Querverlag

Schwarzlicht

Markus Dullin

Roman

Erste Auflage September 2002

Lektorat: Lisa Kuppler

Umschlag und grafische Realisierung von Sergio Vitale unter Verwendung einer Fotografie von Gaze Ltd/London

Druck und Weiterverarbeitung: Druckhaus Köthen
ISBN 3-89656-080-8
Printed in Germany

Bitte fordern Sie unser Gesamtverzeichnis an:
Querverlag GmbH, Akazienstraße 25, D-10823 Berlin
http://www.querverlag.de

Komm, täuschen wir mit heiterm Blick die Stunde:
Birg, falscher Schein, des falschen Herzens Kunde!
Shakespeare

Kapitel 1

Der Körper lag bäuchlings auf dem gepflügten Ackerboden, die Beine weit gespreizt. Der linke Arm war unnatürlich gedreht, und die Finger griffen gegen den Himmel, als hätten sie versucht, dort Halt zu finden. Das Gesicht lag in eine der Furchen gedrückt. Zu sehen war davon nur das kurze, dunkle Haar, das rechte Ohr voll Sand, und der silberne Ohrring darin. Kein Blut, keine Wunde zeichnete sich durch das weiße T-Shirt ab, aber auch kein Heben und Senken des Brustkorbes oder gar ein Laut, der aus dem Dreck hervordrang. Nur diese Stille, die schrecklicher war als jeder Schrei, jeder Hilferuf.

Kai hockte sich neben den Toten in den Sand, streckte vorsichtig die Hand nach ihm aus. Doch bevor er die kalte Schulter berühren konnte, zog er sie zurück. Er mußte sich nicht erst davon überzeugen, wie Andreas gestorben war. Er wußte es. Ohne den Blick abzuwenden, tastete Kai nach der Pistole dicht neben ihm. Er hob sie auf, wog sie in der Hand. Dann wischte er sanft die dunkle Erde von der Waffe, und steckte sie in den Bund seiner Jeans.

Es war nicht der erste Tote, den Kai sah. Da war der Typ im Leichenschauhaus, den er identifizieren mußte, und Bernd, der an seinen Verletzungen im Krankenwagen krepiert war. Beide Male hatte er ihre erstarrten Gesichter gesehen, bläulich verfärbt oder blutverschmiert. Trotz des Ekels, der in ihm aufgestiegen war, hatte er sich nicht abgewandt. Er hatte den Tod sehen wollen. Auch jetzt wäre es ihm lieber gewesen, Andreas hätte ihn angestarrt mit aufgerissenen

Augen, mit blutbeflecktem Oberkörper, mit irgend etwas, das seinen Tod sichtbar gemacht hätte. Der Körper dagegen wirkte bedrohlich in seiner Abgewandtheit, dem Hinterkopf ohne Gesicht und dieser greifenden Hand ins Nichts. Aber Kai wagte nicht, ihn umzudrehen. Zu viele Spuren hatte er bereits hinterlassen. Seine Schuhabdrücke, die im lockeren Ackerboden deutlich zu erkennen waren, und die Fingerabdrücke auf der Pistole. Er wollte nicht auch noch Blut an seinen Händen. Und Andreas' Gesicht konnte ihm eh nichts mehr sagen.

Aus der Hocke heraus drehte Kai sich um, vergewisserte sich, daß niemand ihm gefolgt war. Die Pappeln, die den Feldweg säumten, verdeckten den Blick auf den Hof. Lediglich der alte Kuhstall war zu sehen, und zwischen den Ästen hindurch, hinter der wildgewachsenen Hecke, das Dach des Wohngebäudes. Von dort drang kein Laut. Da war niemand, der etwas gesehen hatte. Er war mit Andreas allein.

Aus seiner Hosentasche zog Kai ein Taschentuch, legte es über seine Hand und streckte sie erneut nach dem Toten aus. Aber auch diesmal faßte er ihn nicht an. Es hatte keinen Sinn, ihn zu durchsuchen. Andreas trug lediglich ein weißes T-Shirt, an der einen Seite rot befleckt, wie er jetzt bemerkte, und enge Jeans, die keinen Platz gelassen hätten, für das, was Kai suchte. Womöglich hatte Andreas die Wahrheit gesagt.

Kai stand auf, klopfte sich den Sand von den Knien. Sein erster Gedanke war, einfach loszulaufen, quer über den Akker, fort von dem Haus hinter ihm, fort von seinen Bewohnern, die ihn anwiderten, und fort von Andreas. Aber wohin sollte er fliehen? Weit und breit gab es keinen Ort, geschweige denn eine Stadt, überall lediglich Felder, Büsche, einige Bäume. Es würde nicht lange dauern, und man hätte ihn eingeholt. Sobald die anderen Andreas gefunden hatten, wäre die Polizei ihm auf den Fersen. Es gab nur die Flucht nach vorn – und das hieß, zurück zum Haus. Seine Autoschlüssel lagen in ihrem Zimmer im ersten Stock, in der Tasche neben der Matratze, auf der Vera wohl noch schlief. Er würde sie leise holen, dann mit dem Auto davon fahren, irgendwohin. Dieser Vorsprung mußte genügen.

Ein dumpfes Geräusch riß Kai aus seinen Gedanken. Er blickte zurück zum Hof, aber die Pappeln ließen nicht erkennen, wer aus dem Haus getreten war. Wieder zögerte er, obwohl er keine Wahl hatte. Wer immer es war, er mußte demjenigen gegenübertreten, ihn davon abhalten, die Leiche zu finden. Er würde ihn aufhalten, ihn in ein Gespräch verwickeln und mit ihm kehrtmachen. Er mußte Zeit gewinnen.

Das Gehen auf dem weichen, unebenen Boden fiel schwer. Seine Füße sackten seitlich in die Furchen, ließen ihn stolpern, und er verfluchte Andreas mit jedem falschen Tritt. Mitten auf dem Acker drehte Kai sich noch einmal um. Violett glühte der Horizont, der Himmel darüber war wolkenlos, und ringsum begann der Morgen die felderbedeckten Hügel in ein sanftes, warmes Licht zu tauchen. Dicht vor ihm brachte sich eine Feldmaus in Sicherheit, und über ihm flogen Wildenten in perfekter Formation. Es war windstill. Die Leiche konnte er von hier kaum ausmachen, sie lag verdeckt in der Furche. Nur die Hand ragte aus dem Acker hervor.

Zwischen den Büschen und der Hecke, die den Hof umzäunten, sah er Vera auf sich zukommen. Er ging zielstrebig auf sie zu und zog lediglich das Hemd aus der Jeans, um die Pistole damit zu verdecken. Kurz war er versucht, sie einfach in die Büsche zu werfen, aber die Polizei würde sie finden, seine Fingerabdrücke identifizieren, die lange schon im Strafregister gespeichert waren. Besser, er nahm sie mit.

Auf halbem Weg zum Haus, nahe der Hecke, traf er auf seine Frau. Noch verschlafen, als habe sie etwas aus dem Traum gerissen, fuhr sie sich mit der Hand über das müde Gesicht.

„Was ist los?“ fragte Vera. Ihr Blick traf ihn hart, ein geübter Blick, vorwurfsvoll und resignierend zugleich.

Kai hielt ihrem Blick stand. Dann spuckte er zur Seite aus. Zu sagen hatte er nichts. Seine Gelassenheit, das völlige Fehlen jeglichen Gefühls bei Andreas' Anblick verflog, machte einer Wut Platz, die nun hervorbrach und die er verbergen mußte, damit Vera keinen Verdacht schöpfte.

Sie standen sich dicht gegenüber, aber Kai schwieg. Er würde ihr nicht ausweichen. Diese Genugtuung sollte sie nicht kriegen. Er brauchte nur durch sie hindurch zu sehen, seine Augen einfach auf den Busch hinter ihr zu fokussieren.

„Was machst du so früh hier draußen? Hast du es auch gehört?“ Ihre Stimme war leiser geworden.

Er wollte nicht reden, sich nicht erklären müssen. Das hatte er nie getan. Mit einem Schritt war er an Vera vorbei, streifte dabei unsanft ihre Schulter und lief auf die Hecke zu.

„Was ist passiert?“ rief sie ihm nach. „Ich weiß, daß etwas passiert ist. Was hast du getan?“

Wütend über ihre Unterstellung blieb er stehen, drehte sich ruckartig um. Aber Vera ließ den Blick bereits über den Acker gleiten, über Andreas' Leiche hinweg, die sie nicht sehen konnte, weiter bis zum gleißend roten Morgenhimmel, zu dem kleinen Wäldchen und einer Kirchturmspitze, die hinter dem Horizont wie die Spitze einer Lanze hervorstach. Alles lag friedlich, die Ruhe verriet nichts.

„Wo ist Andreas, Kai?“ fragte sie mit einem Ausdruck in der Stimme, als wüßte sie bereits alles. Sie kam erneut auf ihn zu. „Er war nicht im Haus. Hast du ihn gesehen?“

Doch Kai antwortete nicht. Er wollte fort von hier. Verärgert wandte er sich ab, als wäre es ihre Schuld, als sei der Tote dort hinten ihr Werk, denn immerhin wäre dies nicht geschehen, hätte sie ihn nicht dazu überredet, das Wochenende hier zu verbringen.

Er trat auf den schmalen Pfad, der durch die Hecke zum Haus führte. Bevor Kai jedoch in die verwachsene Enge eintreten konnte, hielt Vera ihn am Arm fest. Er riß sich unsanft von ihr los. Sie sollte ihn jetzt nicht anfassen. Jede Berührung könnte ihn endgültig die Kontrolle verlieren lassen. Er würde zuschlagen, wenn sie ihm weiter auf die Nerven ging.

Vera wich zurück. An ihrem Gesichtsausdruck war deutlich zu erkennen, daß sie sehr wohl kapiert hatte. Sie sollte vorsichtig sein mit dem, was sie sagte.

„Was ist passiert, Kai?“ flüsterte Vera noch einmal. „Wo ist mein Bruder?“

„Bin ich sein Kindermädchen?“ schrie er sie an, seine rechte Hand geballt, als müßte er sich verteidigen. „Was weiß ich, wo er ist. Laß mich in Ruhe!“

Sie sah erneut durch die Pappeln hindurch auf das Feld. Die Sonne drang jetzt durch den mangofarbenen Horizont. Der Himmel darüber wechselte in ein wäßriges Blau.

„Wart ihr zusammen draußen? Warum antwortest du mir nicht?“

Wieder packte Vera ihn am Arm, fester diesmal, so daß sich ihre langen Nägel in die Haut krallten. Angewidert stieß er sie von sich. Vera stolperte und fiel rückwärts gegen die Dornenhecke. Auch Kai verlor kurz das Gleichgewicht. Dabei glitt ihm die Pistole aus dem Gürtel und landete mit einem dumpfen Aufprall auf dem Sand.

Vera starrte auf die Waffe, die Lippen aufeinander gepreßt. Es dauerte einen Moment, ehe sie langsam den Kopf hob. Sie sahen sich an. Kai fühlte sich erschöpft, seine Augenlider wurden schwer.

„Was hast du diesmal angestellt?“

Kai bückte sich nach der Pistole, blickte darauf, als bemerke er sie zum ersten Mal, als bedeute sie ihm plötzlich das ganze Ausmaß seiner Situation. Dann steckte er sie zurück in den Bund seiner Jeans. Ihre Worte hatte er wohl vernommen, auch ihre Betonung auf dem *diesmal*. Ihm war klar, daß sie das Schlimmste von ihm befürchtete, ihm alles zutraute. Jetzt würde er sie nicht mehr vom Gegenteil überzeugen können.

Entschlossen richtete Vera sich auf, verharrte kurz, als wartete sie auf eine Antwort, die nicht kam. Ohne ein weiteres Wort rannte sie den Pfad entlang aufs Feld. Im Zickzack stolperte sie dort über den unebenen Boden, rief nach ihrem Bruder. Kai hielt sie nicht auf. Besser, sie fand ihn selbst. Seine Worte waren nichts im Vergleich zu den Tatsachen. Und er ersparte sich den Moment, in dem die Gewißheit über die Zweifel an seiner Schuld siegen würde. Diesen Ausdruck in ihren Augen konnte er jetzt nicht ertragen.

Kai trat aus der Hecke. Das Wohnhaus lag direkt vor ihm. Rechts davon sah er den Obstgarten, der sich bis hinter das Haus zog. Zu seiner Linken befand sich der langgestreckte Kuhstall, und dahinter der Stall für die Schweine. Tiere gab es auf dem Hof schon lange nicht mehr. Der Kuhstall war aus Holz, eigentlich abbruchreif. An einigen Stellen fiel sogar das Licht von der morschen Rückwand durch die Planken. Er hätte diese Bruchbude längst plattgemacht. Der andere Stall war wenigstens aus Stein und gut genug für eine ordentliche Werkstatt.

Auf dem Platz vor dem Haus standen die Autos, mit denen sie alle gestern nachmittag hier eingetroffen waren. Ein schwarzer Honda, ein alter Käfer und Andreas' blauer Passat. Daneben, ganz außen, sein roter GTI. Sein ganzer Stolz. Vera hatte vorgeschlagen, mit Andreas zu fahren, aber darauf hatte er sich gar nicht erst eingelassen. Er hatte die Karre doch nicht wochenlang aufgepeppt, frisiert und die neuen Felgen aufgezogen, damit sie dumm rumstand.

Kai ließ seinen Blick über den Hof schweifen, bevor er die drei Männer wahrnahm, die aus der Haustür getreten waren und dort stehenblieben, als sie ihn bemerkten. Diesen Typen jetzt gegenüberzutreten kotzte ihn an, aber es blieb ihm nichts anderes übrig.

Unter dem Hemd zog Kai die Pistole aus der Jeans und legte den rechten Zeigefinger um den Abzug. Es war Blödsinn, sie zu verstecken. Und vielleicht würde er sie noch brauchen. Dann eilte er auf das Haus zu.

In ihren verschlafenen Gesichtern konnte Kai die Verwunderung lesen über die ungewöhnlichen Geräusche so früh am Morgen. Eine Gruppe von Schwulen, mit denen er nichts zu tun haben wollte und die er, sobald er weg war, nie wiedersehen würde.

Erneut stieg Wut in ihm auf, und er umklammerte den Griff der Pistole fester in seiner Hand. Er würde sich nicht aufhalten lassen, schon gar nicht von einem Haufen Perverser. Sie würden ihm sowieso nicht glauben. Egal, was er sagte.

Wortlos drängte Kai an den Männern vorbei ins Haus. Dabei starrte er zu Boden, auf seine verschmutzten Schuhe. Auch die Jeans hatte Flecken. Er sah aus, als hätte er sich im Dreck gewälzt. In der Tür stieß er gegen Martin, bevor dieser den Blick senkte und die Pistole bemerkte.

„Was ist los?“ fragte Martin. Sein Tonfall war neutral, sorgfältig kontrolliert. Es klang ruhig, angenehm, und einen Moment lang verließ Kai die Anspannung, sackte die Angst in sich zusammen. Beinahe war er versucht, alles zu beichten, auf den Acker zu deuten und zu sagen, wer dort erschossen lag.

„Er ist verrückt geworden“, hörte Kai jemanden hinter sich rufen, und er fuhr ruckartig herum, die Pistole am ausgestreckten Arm, um sie auf Josef zu richten.

„Dann paß auf, was du sagst“, schrie Kai mit der ganzen Anspannung in der Stimme, wiedergekehrt durch diesen einen Satz. Er würde nichts sagen, nichts gestehen, eher erkaufte er sich seine Freiheit mit Gewalt.

„Sei ruhig, Josef“, rief Martin, „laß ihn in Frieden!“

Josef wich zurück, die Hände wie im Film lächerlich erhoben, so daß Kai die Waffe sinken ließ.

„Willst du nicht sagen, was passiert ist?“ fragte Martin.

Kai kniff die Augen zusammen, sah sie abwechselnd an: Martin, Josef, dann Peter – Martins Freund, soweit er wußte –, der sich kreidebleich und zitternd an Martin klammerte. Solche Typen ekelten ihn an. Es war nicht seine Idee gewesen, hierher zu kommen. Niemals hätte er Vera und Andreas nachgeben sollen. Er hatte es bereut, sobald er eingetroffen war. Jetzt war Andreas tot, das ließ sich nicht ändern. Und die Tunten sollten ihn besser nicht reizen, wenn sie nicht einen zweiten Toten riskieren wollten. Besser, sie kapierten, daß mit ihm nicht zu spaßen war.

Vor ihm befand sich die Treppe, die zu den Schlafzimmern im ersten Stock führte, und daneben eine alte Kommode mit dem Telefon darauf. Es roch leicht nach Farbe und Lack. Die Stufen waren mit einem roten Sisalteppich bespannt. Das Geländer wackelte, und das Holz knarrte bei jedem Schritt.

Aus den Augenwinkeln bemerkte Kai jemanden in der Tür zum Wohnzimmer, so daß er auf der Mitte der Treppe stehenblieb. Arnim stand dort, starrte ihn an mit leicht erhobenem Kopf. Wie gestern bei der Begrüßung musterten sie sich, sah Kai den kalten Blick unter Arnims stark gewölbten Augenknochen. Mißtrauen lag darin und ein unterschwelliger Haß, eine gegenseitige Empfindung, die sofort in ihnen aufgekeimt war. Sie hatten keine Silbe geredet, lediglich genickt und einander in die Augen gestarrt. Kai war irritiert gewesen, so sah kein Schwuler aus. Von seinen Kumpels waren auch einige kahlgeschoren, nur mit diesen Koteletten an den Seiten, und sie trugen ebenfalls Perry-Shirts und Domestos und Rangers, aber schließlich waren das echte Skins und keine Schwuchteln.

Auch jetzt hielten beide ihren Blicken stand. Arnim sprach kein Wort. Er konnte nicht wissen, was draußen passiert war. Aber vielleicht hatte Arnim den Schuß gehört.

Und gut möglich, daß Arnim einiges über ihn und Andreas wußte. Doch für dieses Angestarre war keine Zeit. Kai mußte sich beeilen, bevor Vera vom Feld zurückkam. Schnell rannte er die restlichen Stufen hinauf ins obere Stockwerk.

Niemand hielt ihn auf. Das leise Murmeln ihrer Stimmen war alles, was er hinter sich vernahm. Im Gästezimmer lagen die Matratzen auf dem Boden, das Bettzeug war achtlos zur Seite geworfen. Vorhin hatte er sich leise entfernt, um Vera nicht zu wecken. Andreas hatte hinter dem Kuhstall auf ihn warten sollen, so war es verabredet gewesen. Im Dunkeln aus dem Haus schleichend, war Kai zwischen den beiden Ställen zur Rückseite gelangt. Trotz der milden Nacht hatte er leicht gefroren. Es war Andreas' letzte Chance gewesen, seinen Fehler wiedergutzumachen. Länger würde er sich nicht an der Nase herumführen lassen, das hatte Kai ihm klar und deutlich gesagt. Aus keinem anderen Grund hätte er sonst das Wochenende mit diesen Schwanzlutschern verbracht. Aber Andreas war einfach nicht erschienen. Niemand hielt ihn zum Narren, schon gar nicht Andreas. Er hatte versucht, die Ruhe zu bewahren, da er wußte, wie schnell er die Beherrschung verlor.

Kai durchwühlte seine Reisetasche, warf die Kleidung einfach zu Boden, bis er den Autoschlüssel fand. Dann zog er unter der Matratze seine Brieftasche hervor und steckte sie in die Jeans. Einen Moment lang hielt er inne, sah aus dem Fenster. Die Sonne hatte sich jetzt gänzlich hinter dem Horizont hervorgezwängt. Sie blendete ihn, und mit zugekniffenen Augen erkannte er Martin, wie er über den Acker rannte, auf Vera zu, die sich kniend an Andreas' toten Körper klammerte. Er wandte sich ab. Sollte sie jammern und heulen, soviel sie wollte. Und am besten gleich für ihn mit.

Kai prüfte jeden Schritt, bevor er sein Gewicht auf eine der Stufen verlagerte, damit niemand ihn hörte. Jede weitere Begegnung wollte er lieber vermeiden. Die Pistole hielt er vorsichtshalber in der Hand. Falls sie ihn aufzuhalten versuchten, würde er schießen. An der offenen Tür zum Wohnraum blieb er stehen. Die drei Homos standen dort, und jeder von ihnen blickte in eine andere Richtung, als würden sie sich nicht kennen. Es war seltsam, daß niemand ein Wort sprach, daß alles so schweigend ablief. Kai hatte Gekreische erwartet, aber nicht diese Stille.

Martins Freund war der erste, der sich vom Fenster aus umdrehte, ihn im Türrahmen bemerkte, mit einem verängstigten Blick auf die Waffe. Dieser Ausdruck war ihm nicht neu. Peter schien immer auf der Hut zu sein, unsicher, verstört. Kaum ein Wort hatte er verloren, seit Kai hier war, er war ihm ständig ausgewichen. Ein Feigling, aber genau diese Art Mensch war die unberechenbarste, unauffällig, beeinflußbar und deshalb viel zu leicht bereit zum Verrat. Er kannte genug von dieser Sorte.

Arnim und Josef standen abseits, jeder für sich, ohne Kai wahrzunehmen. Sie schienen zu warten, schweigend, ohne genau zu wissen, auf was. Gleich aber würden sie Gewißheit haben über ihn, über die Waffe und den Schuß, den sie alle gehört hatten.

Der einzige, den Kai heute morgen noch nicht zu Gesicht bekommen hatte, war Ralf. Keine Ahnung, ob er schlief oder wo er sich aufhielt. Und im Grunde war das gut so. Immerhin mochte er Ralf. „Nicht noch eine Schwuchtel", hatte er zu Vera gesagt, als sie ihren Bruder zum Essen eingeladen hatte und Andreas seinen neuen Freund mitbringen wollte. Aber gegen Ralf hatte er nichts gehabt. Er war überhaupt nicht vertuckt gewesen, hatte einen ganz normalen Eindruck gemacht. Mit ihm ließ sich reden. Ihm jetzt gegenüberzustehen und zu wissen, daß sein Freund erschossen im Dreck lag, darauf konnte er verzichten.

Er mußte los.

Auf dem Hof kam Martin ihm aus der Hecke entgegen und verlangsamte seinen Schritt, als er ihn bemerkte. Er keuchte, war verschwitzt. Martin hatte etwas Beruhigendes, auch jetzt noch. Da war dieser seltsame Ausdruck auf seinem Gesicht, der dazu verleitete, alles gestehen zu wollen. Kai hatte den Eindruck, er würde es irgendwie begreifen, ihm womöglich verzeihen. Ein absurder Gedanke.

„Hör zu“, begann Kai deshalb, brach aber sofort ab und schüttelte den Kopf.

Wortlos und ohne ihn aus den Augen zu lassen, machte Martin einen kleinen Bogen um Kai, bevor er im Haus verschwand. Jetzt wußten sie es, jetzt mußte er sich beeilen. Er rannte auf den GTI zu. Seine Hand zitterte, und es dauerte einige Sekunden, ehe er den Schlüssel ins Türschloß stekken konnte.

Der kurze Schrei hinter ihm ließ Kai sich ruckartig umdrehen. Arnim kam ihm über den Hof nachgerannt. Es war Josef, der geschrien hatte, um Arnim aufzuhalten.

„Bleib stehn!“ rief Kai, hob die Pistole und richtete sie auf Arnim, der nicht auf ihn hörte.

Kais Finger krümmte sich bereits um den Abzug. Er würde schießen, auch wenn das alles nur noch schlimmer machen würde. Er hatte keine Wahl und nichts mehr zu verlieren. Doch der Abzug leistete Widerstand. In der Anstrengung konnte er den Lauf nicht gerade halten, so daß er die linke Hand zu Hilfe nehmen mußte, um mit beiden Zeigefingern fest zu drücken, bevor der Schuß sich mit lautem Knall löste. Nur um wenige Zentimeter verfehlte die Kugel ihr Ziel und drang weit hinter Arnim in die Haustür ein.

Arnim rannte weiter auf ihn zu, war fast bei ihm. Doch bevor Kai ein weiteres Mal schießen konnte, warf Arnim seinen nackten Oberkörper mit voller Wucht gegen Kai und riß ihn mit zu Boden. Dabei fiel ihm die Pistole aus der Hand, landete außer Reichweite auf dem Sand. Arnims Gesicht beugte sich dicht über das seine. Er konnte seinen abgestandenen Atem spüren.

„Schwein“, schrie Arnim, „du dreckiges Schwein!“

Krampfhaft versuchte Arnim ihn in der Rückenlage zu halten. Aber er war stärker als Arnim. Mit einem Ruck drückte er ihn von sich, packte dann mit einer Hand seinen Hals und schlug ihm mit der Faust ins Gesicht. Arnim stöhnte laut, prallte mit dem Hinterkopf gegen einen Stein.

„Was ist, du Wichser? Schon genug?“

Kai wollte ein weiteres Mal zuschlagen, nicht aufhören, sondern immer weiter prügeln. Aber er besann sich. Die Hand noch um Arnims Kehle geklammert, tastete er nach der Pistole. Arnim würgte. Je mehr er versuchte, sich aus dem Griff zu befreien, desto stärker drückte Kai zu. Die Finger seiner anderen Hand berührten bereits den Lauf der Waffe. Er mußte sich weiter vorstrecken. Gleich hatte er sie.

Mit einem kräftigen Tritt traf der Schuh seinen Handrükken und quetschte ihn gegen den harten Sand. Kai schrie auf.

„Schluß jetzt!“ hörte er Martin sagen, bevor dieser sich bückte, um die Waffe aufzuheben. Mit einem Schritt rückwärts brachte Martin sich in einen sicheren Abstand und hielt den Lauf auf Kai gerichtet. Arnim stand auf. Er blutete.

„Drück ab!“ sagte Arnim zu Martin, den Handrücken gegen die Nase gepreßt, um das Blut aufzuhalten.

Kniend sah Kai an ihm hoch. Hätte Arnim die Pistole, würde er es tun. Sie waren beide viel zu aufgebracht, als daß Arnim nicht dasselbe wagen würde wie er.

„Na los“, keuchte Kai, „mach schon. Das willst du doch.“

„Allerdings. So einer wie du verdient nichts anderes!“

Kai ließ seinen Blick an Arnim hinabgleiten, von seinem rasierten Kopf, der blutenden Nase zu dem verschwitzten Oberkörper mit der Tätowierung auf dem rechten Oberarm. Er stieß einen verächtlichen Laut aus. „Feigling!“

„Hört auf, ihr zwei!“ Mit beiden Händen hielt Martin die Pistole umklammert. Unruhig blickte er zum Wohngebäude und wieder auf Kai. „Los, geh ins Haus.“

Er könnte einfach ins Auto steigen und davonfahren. Martin würde nicht schießen. Davon war er überzeugt. Niemand würde es wagen, ihn aufzuhalten. Aber die Polizei wäre ihm schnell auf den Fersen. Egal, wohin er flüchten würde.

„Weit kommst du eh nicht", sagte Arnim, als hätte er seine Gedanken erraten. „Für dich ist hier Endstation. Und ich würde dich abknallen, darauf kannst du Gift nehmen!"

„Wer sagt denn überhaupt, daß ich es war?" fragte Kai.

„Willst du das etwa leugnen?" schrie Arnim ihn an.

Nein, das würde er nicht. Wozu? Vera hatte ihn vom Feld kommen sehen, die Pistole in der Hand. Andreas lag erschossen im Dreck, und er hatte auf Arnim gezielt. Was sollte er da leugnen?

Ralf kam ihnen jetzt über den Hof entgegengeeilt. Er trug Trainingshosen und ein offenes Hemd. Seine braunen Haare waren ungekämmt, als hätte er tatsächlich bis eben geschlafen. Peter und Josef standen noch immer im Hauseingang, verfolgten das Geschehen aus sicherer Entfernung.

„Geh wieder ins Haus", rief Kai ihm zu.

Verwirrt hielt Ralf inne, blickte von einem zum anderen. Noch hatte er wohl keine Ahnung, was geschehen war.

„Es ist besser, du tust, was Kai sagt. Es ist alles in Ordnung", sagte Martin mit der Pistole in der Hand.

„Peter und Josef wollen mir nicht sagen, was eigentlich los ist", antwortete Ralf, und mit einem Blick auf die Waffe: „Seid ihr alle übergeschnappt?"

„Kai hat …"

„Arnim!" fiel Martin ihm ins Wort.

„Was hat Kai?"

Niemand antwortete ihm. Unwillkürlich wandte Kai seinen Blick nach rechts. Die Sonne warf lange Schatten über den Hof, und ihre Strahlen ließen bereits die Hitze des kommenden Tages erahnen. Von hier war der Acker hinter der Hecke und den Pappeln nur bruchstückweise zu erkennen. Vera war dort noch immer bei ihrem toten Bruder.

„Wo ist Andreas?“ fragte Ralf plötzlich.

„Bitte, Ralf, du mußt jetzt …“ Martin trat einen Schritt vor und berührte ihn leicht am Arm.

„Was ist mit ihm?“ rief Ralf. „Arnim, wo ist er?“

Arnim sah zu Boden. Kai dagegen hielt dem Blick stand, als Peter sich schließlich ihm zuwandte. Es hatte keinen Sinn zu schweigen.

„Andreas ist tot. Er liegt dahinten auf dem Acker“, sagte er und wartete auf die Reaktion in Ralfs Gesicht, auf die Ungläubigkeit, die nur zu schnell einer möglichen Gewißheit weichen würde.

„Du solltest jetzt nicht hingehen“, sagte Martin. „Vera ist bei ihm.“

Aber Ralf rannte bereits zu dem kleinen Pfad, durch das dichte Gestrüpp, über den Feldweg hinweg zum Acker.

„Scheiße!“ sagte Arnim.

Kai zuckte die Achseln. Besser, Ralf erfuhr es gleich, dann hatte er es hinter sich.

Kurz sahen sie sich an, bevor Kai sich dem Haus zuwandte. Eine reale Chance zur Flucht hatte er sowieso nicht gehabt. In seinem Rücken spürte er, wie Martin und Arnim ihm folgten. An der Tür wichen Josef und Peter auseinander, starrten ihn an wie einen Aussätzigen. Aber das störte ihn nicht. Abnormal waren die, nicht er.

„Was … was wollt ihr jetzt mit ihm machen?“ stotterte Peter, „w-wieso laßt ihr ihn ins H-Haus?“

„Ich schließe ihn oben ins Gästezimmer, bis die Polizei kommt“, sagte Martin und klopfte seinem Freund dabei auf die Schulter.

„Dann gib ihm die Waffe“, schlug Josef vor, die Hände in den Hosentaschen, „vielleicht möchte er ja Hand an sich legen.“

„Red keinen Unsinn“, sagte Martin.

Kai grunzte angewidert. „Was ist das hier? Ein Kindergarten, oder was?" Dann spuckte er vor ihnen aus.

„Halt endlich deine Fresse!" sagte Arnim und trat dicht an ihn heran.

„Schau an, unser deutscher Held", erwiderte Kai. Seine Mundwinkel verzog er zu einem Grinsen. Vor denen würde er nicht klein beigeben. „Ganz der Arier, was? Aber die Schwuchtel riecht man noch meilenweit gegen den Wind."

Arnim ballte die Faust, holte aus. Aber er schlug nicht zu. Kai lächelte ihn herausfordernd an. Unruhig blieb die Faust erhoben, doch bevor sich Arnim entscheiden konnte, ging Kai voran ins Haus. Die anderen folgten ihm die Stufen hinauf. Nur Peter blieb zurück.

„Die Polizei wird jeden Moment hier sein", sagte Martin und ließ Kai ins Zimmer treten. „Es ist besser, du verhältst dich bis dahin ruhig."

„Ich nehme solange die Waffe", sagte Arnim, „und halte hier Wache. Man kann nie wissen."

Kai antwortete nicht mehr, ließ es geschehen. Er sah, wie Martin Arnim die Pistole überreichte, wie dieser sie in der Hand wog, so, wie er selbst es getan hatte, vorhin auf dem Acker. Langsam hob Arnim die Waffe, zielte auf ihn. Aber das war nur ein Spiel, eine Machtprobe, die nichts mehr zu bedeuten hatte. Er zuckte mit den Achseln. Martin zog die Tür zwischen ihnen zu und schloß von außen ab.

Regungslos blieb Kai stehen. Er hörte die anderen die Treppe hinuntergehen, dann war es still. Schließlich trat er ans offene Fenster. Es wäre ein Leichtes, sich an der Regenrinne hinunterzuhangeln. Keine Minute bräuchte er dafür. Diese Tucken sollten sich ja nicht einbilden, sie hätten ihn schachmatt gesetzt. Es war allein sein Entschluß, wenn er jetzt aufgab.

Von hier oben konnte er sogar den Autoschlüssel erkennen, den er hatte stecken lassen. Sein GTI glänzte frisch poliert in der Sonne. Vom Feld drangen Stimmen herüber, und als er die Hand über die Augen legte, erkannte er Vera. Sie stand abseits, während Martin versuchte, Ralf von der Leiche fortzuführen.

Kai nahm seine *Marlboro* aus der Hemdtasche, zündete sich eine an. Dann bemerkte er, wie Josef von der Rückseite des Hauses kam. Er ging jedoch nicht über den Hof, sondern rannte zwischen den beiden Ställen hindurch außer Sichtweite. Sein Gang war gestelzt und affektiert, einfach lächerlich, wie alles an ihm. Der würde einen Fußball nicht mal treffen, wenn er direkt vor ihm läge. Was hatte diese Schießbudenfigur jetzt da hinten zu suchen? Dort war schließlich nichts weiter als Gestrüpp und Unkraut. Er selbst hatte da vergeblich auf Andreas gewartet und sich im Dunkeln an den Scheißbrennesseln verbrannt. Und wie so oft hatte Andreas ihn verarscht. Er hätte auf seinen Kumpel hören sollen. „Laß die Finger von dem", hatte er gesagt, „sonst fickt er dich irgendwann in den Arsch." – Von wegen.

Aus der Ferne waren Sirenen zu hören, und kurze Zeit später fuhren drei Bullenwagen auf den Hof. Die Reifen knirschten auf dem groben Sand, wirbelten Staubwolken auf. Die drei auf dem Acker mußten die Sirenen ebenfalls gehört haben, da sie sich von dem Toten abwandten und den Rückweg antraten. Vera blieb auf dem Feldweg stehen, wie unschlüssig darüber, ob sie den Ort verlassen durfte. Er sah, wie Martin sie am Arm faßte, um sie fortzuführen. Ralf war bereits zwischen den Büschen verschwunden.

Kai wandte sich vom Fenster ab, zog noch einmal an der Zigarette. Dann ließ er die Kippe auf den Dielenboden fallen und zerdrückte sie mit dem Schuh. Mit dem Gesicht zur Tür wartete er auf die Bullen. Sein Wochenende war vorüber.

Kapitel 2

Der Kaffee war lauwarm und nicht besonders stark. Mit einer hastigen, ungelenken Bewegung stellte die Bedienung die Tasse ab, so daß braunes Wasser über den Rand schwappte und den papiernen Untersetzer durchnäßte. Maik dankte. Als er eingetreten war, hatte er die Kellnerin auf Mitte Zwanzig geschätzt, jetzt, da sie vor ihm stand, erschien sie ihm viel älter. Ihr blondes Haar wirkte ausgeblichen, und er konnte die Falten um ihre geschminkten Mundwinkel erkennen. Mit einem abfälligen Blick, der ihre gezupften Brauen bis tief über die falschen Wimpern hinabgleiten ließ, zog sie sich langsam hinter die Theke zurück. Maik war der einzige Gast im Dorfhotel, in dieser Stube mit den dunklen Eichenmöbeln, dem grauen Linoleumfußboden und den Hirschgeweihen an den Wänden. Wahrscheinlich verirrten sich nicht viele Gäste hierher, schon gar nicht so früh am Morgen.

Vor dem Fenster mit den ordentlich zur Seite gebundenen Gardinen wand sich die Straße zwischen maroden Häusern hindurch zu der einzigen Kreuzung weit und breit. Er schob den kleinen Blumentopf mit der verwelkten Geranie ein wenig zur Seite und lehnte sich über das Fensterbrett, dicht gegen die Scheibe. Auf dem Bürgersteig war niemand zu sehen. Das ganze Dorf schien wie ausgestorben. Der Laden gegenüber war mit Brettern vernagelt, und auch die Wohnungen, die er hinter den Fenstern der Gebäude vermutete, machten einen verlassenen Eindruck. Nicht ein einziges Auto fuhr vorbei. Er sah auch keine Schilder, welche ihm die Richtung zum Hof gedeutet hätten. Es war, als seien er und die Kellnerin die einzigen Menschen in dieser gottverlassenen Gegend.

Maik wandte seinen Blick der Theke zu, von wo aus die Frau ihn noch immer beäugte. Wahrscheinlich lag es an seiner Hautfarbe. Ein farbiger Fremder in diesem Ort war vermutlich doppelt ungewöhnlich. Verlegen lächelte er in ihre Richtung und rückte den Blumentopf an seinen alten Platz. Sofort senkte die Kellnerin den Kopf, um sich auf die Gläser zu konzentrieren, die sie im Abwaschbecken spülte. Bevor er ging, würde er sie nach dem Weg fragen müssen, damit er sich nicht verfuhr – wie beim letzten Mal.

Eilig hatte Maik es nicht. Niemand würde ihn um diese Zeit erwarten. Über der Straße lagen die Schatten der Häuser, die den trostlosen Eindruck noch verstärkten. Er hätte in Berlin bleiben sollen. Hier hatte er nichts verloren.

„Was soll ich denn da?" hatte er zu Andreas gesagt. „Ich kenne doch kaum jemanden."

„Sei kein Spielverderber. Klar kommst du."

Natürlich wurde es Zeit, daß er sich Martins und Peters neues Zuhause endlich einmal ansah, da er nicht mehr auf dem Hof gewesen war, seit sie das Wohnhaus auf Vordermann gebracht hatten. Aber ihm behagte der Gedanke nicht, sich mit Menschen abgeben zu müssen, denen er nie begegnet war oder die er nur von kurzen Treffen oder aus Erzählungen kannte. Er wollte keine neuen Freundschaften schließen. Was wäre, wenn sie ihn nicht ausstehen konnten? Das hatte er Andreas auch gesagt.

„Hör zu", hatte Andreas geantwortet, und das spielerische Lächeln um seinen Mund war verschwunden, „du kommst! Basta. Martin und Peter werden sich freuen – und ich auch. Das genügt doch wohl, oder?"

Irgendwann hatte Maik eingelenkt und hoch und heilig versprechen müssen, die Einladung anzunehmen. Andreas die dringende Bitte auszuschlagen oder gar die Zusage rückgängig zu machen, hätte Maik nie gewagt, obwohl ihm nicht wohl bei den Andeutungen gewesen war, die Andreas gemacht hatte. Er verstand nicht alles, was Andreas an diesem Wochenende plante, was seine Geheimnistuerei bedeutete, und immer, wenn er nachfragte, hatte er dieselbe Antwort erhalten:

„Das wirst du schon früh genug sehen." Mehr hatte Andreas nicht sagen wollen.

Jetzt ärgerte er sich darüber, daß er sich so leicht hatte überreden lassen. Vielleicht sollte er trotz allem einfach umdrehen, später anrufen, um sich zu entschuldigen, da etwas dazwischen gekommen sei. Aber Martin wußte genau, wie er seine Wochenenden verbrachte und daß es nichts gab, was er vorhaben könnte. Er müßte irgendeinen Notfall erfinden, einen plötzlichen Unfall seiner Mutter oder den Anruf seines Chefs, der ihn zur Arbeit verdonnert hätte. – Nein, das war Blödsinn. Lügen war nie seine Stärke gewesen, seine Stimme allein würde ihn verraten. Er hatte keine Wahl. Immerhin war es ja nur für ein Wochenende, wenn auch ein verlängertes. Genaugenommen hatte er bereits gestern, am Mittwoch, eintreffen sollen, aber wenigstens um diesen einen Tag hatte er sich drücken können.

Er atmete tief durch. Es half alles nichts, und genaugenommen hätte er sowieso nicht gewußt, was er die Tage über allein tun sollte, außer sich zu langweilen. Das Zusammensein mit unbekannten Menschen mochte tatsächlich aufregender sein als die Einsamkeit seiner vier Wände. Die Abneigung war demnach nur die Angst vor dem Unbekannten. Aber er hatte gelernt, genau dem zu mißtrauen.

„Noch einen Kaffee?" fragte die Kellnerin.

Maik hatte sie nicht kommen hören. Ihre wilden, blonden Haare und die reichlich aufgetragene Schminke bekamen aus dieser Nähe etwas maskenhaftes, travestieähnliches.

Es hatte wohl einige Mühe gekostet, ihr wirkliches Alter zu vertuschen. In der Hand hielt sie bereits das dicke Portemonnaie.

„Nein, danke“, antwortete er. Der Kaffee war zu dünn gewesen, um ihm die Müdigkeit aus den Gliedern zu vertreiben. Viel zu früh hatte er aufstehen müssen, und sein Schlaf war unruhig gewesen.

„Das macht dann zwei fünfzig.“

Er reichte ihr fünf Euro. Von dem Wechselgeld ließ er fünfzig Cent neben der Tasse liegen.

„Ach, entschuldigen Sie“, hielt Maik sie auf, „können Sie mir sagen, wie ich zum Dene-Hof komme?“

„An der Kreuzung rechts und immer geradeaus“, antwortete sie, rümpfte die Nase und zog dabei die Oberlippe nach oben. Auf ihren weißen, zu geraden Zähnen klebte Lippenstift.

„Danke.“

Rechts, nicht links abbiegen. Deshalb war er wohl das letzte Mal diesen weiten Bogen gefahren, noch dazu im Dunkeln.

Maik trank den letzten Schluck aus seiner Tasse und erhob sich. Auf dem Weg zur Tür spürte er die bohrenden Blicke der Kellnerin im Rücken. Das Klappern des Geschirrs und der Gläser war verstummt. Vor dem Gasthof dann atmete er erleichtert auf, froh darüber, dieser drückenden Atmosphäre entkommen zu sein. Dieses Lokal würde er nicht weiter empfehlen.

Sein alter, grüner Fiesta parkte auf der gegenüberliegenden Straßenseite. Er hätte sich nicht die Mühe machen brauchen, mit ihm durch die Waschanlage zu fahren. Auf dem Hof würde er eh gleich wieder dreckig. Aber um die Roststellen sollte er sich endlich mal kümmern. Als Maik den Wagen aufschloß, bemerkte er etwas entfernt zwei Jugendliche in Jeans, deren Schritt ihnen in den Kniekehlen hing und die eine Bierdose über den Bürgersteig kickten.

Sie hielten inne und starrten in seine Richtung. Die Büchse schepperte laut auf ihn zu.

Eilig stieg Maik ins Auto und fuhr auf dem Kopfsteinpflaster bis zur Kreuzung. Dort bog er rechts ab. Zu seiner Linken befand sich die Kirche mit ihrem nadelförmigen Turm inmitten eines von Unkraut überwucherten Friedhofes, dem sich einige verfallene Villen anschlossen. Kurz danach zeigte ihm das gelbe Schild, mit dem roten Querbalken über dem Wort *Nob*, das Ende des Dorfes an. Das Kopfsteinpflaster wechselte zu Asphalt.

Maik hatte auf der Landstraße gerade beschleunigt, als er drei Polizeiautos über dem Kamm des Hügels auftauchen sah, die mit überhöhter Geschwindigkeit auf ihn zukamen. Sofort bremste er ab. In eine Polizeikontrolle zu geraten, war das Letzte, was er jetzt gebrauchen konnte. Aber sie beachteten ihn nicht, rasten an ihm vorbei. Im Rückspiegel beobachtete er die Autos, wie sie hinter der letzten Kurve ins Dorf einbogen. Drei Streifenwagen zu dieser frühen Stunde in dieser einsamen Gegend waren ein seltsamer Anblick. Die lautlos zuckenden Martinshörner, die glänzende, weiß–grüne Lackfarbe und die steif in den Autos sitzenden Beamten, deren Gesichter er nicht erkennen konnte, signalisierten eine Hektik und Geschäftigkeit, die nicht hierher gehörten.

Am Straßenrand hielt Maik an, stieg aus und zündete sich eine Zigarette an. Weit und breit war nichts als Felder, Hügel und abgelegene Gehöfte. Umgepflügter Ackerboden wechselte mit grünem oder bereits gelbem Getreide, säuberlich getrennt von Baumreihen oder kleinen Wäldchen. Nur vereinzelt ragte ein Dach aus den Senken heraus. Selbst das Dorf war von hier aus nicht mehr in Sicht. Als einziges Zeichen von Zivilisation ragte der Kirchturm hinter einer der Anhöhen hervor.

Er hätte nie geglaubt, daß Martin und Peter ihr Vorhaben in die Tat umsetzen, daß sie es tatsächlich wagen würden, Berlin den Rücken zuzukehren, um hier, im Nichts, einen neuen Anfang zu machen. Sicher, sie hatten lange darüber geredet, besonders Martin, der in einem kleinen Dorf in Bayern aufgewachsen war und gut auf die Großstadt verzichten konnte. Warum auch Peter sich darauf eingelassen hatte, blieb ihm allerdings ein Rätsel. Als echter Berliner war er an die Abwechslung gewöhnt, die die Hauptstadt zu bieten hatte, und Maik erinnerte sich gut daran, wie verschlafen Peter sonntags für gewöhnlich aussah, nachdem er die Nacht zuvor durchgemacht hatte. Als Paar hatte er den beiden zunächst auch keine Chance gegeben, eben weil die zwei so verschieden waren. Peter mit längeren, gefönten Haaren, in schrillen T-Shirts und modischen Turnschuhen, aufgedreht und jedes Wochenende unterwegs, Martin dagegen beinahe unscheinbar, in karierten Hemden und Jeans, der lieber zu Hause blieb und las. Aber Peter hatte sich im Laufe der Zeit gewandelt, war ruhiger geworden, seine Haare kürzer und die Klamotten unauffälliger.

„Ich hab mich ausgetobt", hatte er ihm einmal gesagt. „Alles wird irgendwann langweilig, selbst Berlin. Und ich finde es gar nicht mehr so erschreckend, aus Berlin fortzuziehen. Vor einem Jahr wäre das undenkbar gewesen, aber jetzt …" Peter hatte gelächelt und dabei auf Martin gesehen, der den Videorecorder programmiert hatte und nicht hörte, worüber das Gespräch ging.

Maik hatte seine Zweifel gehabt, ernsthafte sogar, aber sie hatten es getan, und soweit er wußte, fühlten sie sich wohl hier, konnten sie sich nichts anderes mehr vorstellen. Und zugegeben, diese Ruhe und Abgeschiedenheit hatte ihren Reiz, verbreitete eine Gelassenheit, der auch er sich kaum entziehen konnte. Zumindest jetzt, in diesem Moment, verstand er ihren Entschluß. Aber anders als sie hatte er die Möglichkeit, jederzeit kehrtzumachen.

Vom Beifahrersitz nahm Maik die Landkarte und folgte mit dem Zeigefinger der angegebenen Route. Irgendwo in einer dieser Senken mußte der Hof liegen, eingebettet und abgeschirmt von der Straße. Er war schon zweimal hier gewesen, aber das war lange her, oder es war zu dunkel gewesen, als daß er den Weg dorthin wiedererkannte. Alles schien ihm seltsam verändert, obwohl der Hof nicht mehr als zwei, drei Kilometer entfernt sein konnte. Eine einsame Eiche am Straßenrand markierte die Stelle, an der er in einen Feldweg einbiegen sollte, der ihn zum Haus führen würde. Das war alles, woran er sich erinnerte. Doch eine Eiche war nirgends zu sehen.

Plötzlich hörte Maik hinter sich erneut Autos näherkommen, diesmal aus Richtung des Dorfes. Auf ihren Dächern waren blaue Sirenen befestigt, die aufblitzten, als die Fahrzeuge an ihm vorbeirasten. Es waren keine Polizeiautos, sondern zwei schwarze Mercedes. Kurz darauf folgte ein Krankenwagen. Ebenso schnell wie sie aufgetaucht waren, verschwanden sie hinter dem nächsten Hügel.

Belustigt über dieses ständige Polizeiaufgebot in dieser einsamen Gegend, schüttelte Maik den Kopf. Er ließ die Zigarettenkippe auf den Asphalt fallen und stieg zurück ins Auto. Kurz darauf kam er an drei Buchen vorbei, an ein paar Sträuchern und einem Baum, den er nicht identifizieren konnte, bevor hinter dem Kamm des zweiten Hügels die Eiche aus der Ferne sichtbar wurde. Ihre dicken, gekrümmten Äste beugten sich weit über die Straße. Endlich war er am Ziel, und ungeduldig trat er das Gaspedal bis zum Anschlag durch. Wenigstens den letzten Kilometer wollte er Vollgas geben.

Auf der langgezogenen, verlassenen Landstraße vor ihm tauchte ein Kaninchen auf, hoppelte auf die Fahrbahn und machte auf seiner Fahrspur Halt.

„Geh aus dem Weg!“ rief Maik laut gegen die Windschutzscheibe, aber das Tier blickte nur in seine Richtung, schnupperte in der Luft, um sich dann hinter dem Ohr zu kratzen. „Verschwinde endlich!“

Maik nahm den Fuß nicht vom Gaspedal. Mit unverminderter Fahrt raste er auf das Kaninchen zu. Kauernd blieb das Tier sitzen, starrte mit kleinen, schwarzen Knopfaugen auf das sich nähernde Fahrzeug. Erst als Maik nur noch wenige Meter von ihm entfernt war, trat er hart auf die Bremse. Zu spät. Es gab einen dumpfen Schlag. Maik konnte hören, wie etwas unter der Karosserie hindurchgezogen wurde, und erst jetzt kam er zum Stehen. Mitten auf der Straße stieg er aus.

Einige Meter hinter dem Wagen lag der Körper des toten Kaninchens auf der Fahrbahn. Aus dem kleinen Maul tropfte Blut. Der Brustkorb war zerquetscht, und das Fell darüber aufgerissen, bräunlich rot verfärbt. Maik ging darauf zu, beugte sich vor und stieß mit dem Schuh dagegen, um sicherzugehen, daß es tot war.

„Warum bist du nicht abgehauen, du dummes Ding? Dafür war Zeit genug“, sagte er.

Aber so war das nun mal, für ihn wich auch niemand aus. Er wäre schon so oft davon gelaufen, wenn man ihm die Möglichkeit gegeben hätte. Das Kaninchen zumindest hatte seine Chance gehabt.

Peter wischte sich mit den Handrücken die Tränen ab und sah auf Arnim und Josef, die betreten im Zimmer standen. Sie beachteten ihn nicht, wichen seinen Blicken aus. Seit Kai in seinem Zimmer eingesperrt worden war, hatte Peter ununterbrochen geheult, und nun war er zu erschöpft dazu. Er trat ans Fenster, um zu beobachten, was vor sich ging.

Draußen führte Martin drei der Polizisten durch die Hecke auf den Acker, und Ralf begleitete die beiden anderen zum Haus. Peter bewunderte an seinem Freund, wie er mit allem fertig wurde, sich nichts anmerken ließ, sondern den Tatsachen ruhig ins Auge blickte und wußte, was zu tun war. Er selbst hätte das nicht gekonnt. Um nichts auf der Welt wäre er jetzt zum Tatort gegangen.

Manchmal, wenn er versuchte, ihre Beziehung aus einigem Abstand zu betrachten, war er erstaunt, wie ungleich sie sich eigentlich waren. Allein äußerlich schienen sie nicht zusammen zu passen. Martin war kleiner als er, doch seine Statur wirkte einnehmender, präsenter. Peter brauchte nur seine Haltung zu sehen, die Art, wie er da stand und mit den Polizisten redete, um das Selbstvertrauen und die Entschlossenheit zu spüren, die Martin ausstrahlte. Alles an Martin war eckig, kantig. Seine Gesten, sein Gang, aber auch das Gesicht mit dem strengen Kinn, der Hakennase und dem ordentlich geschnittenen Schnauzbart darunter. In seiner Stimme war nie ein Zweifel zu hören; was er sagte, klang überlegt, vernünftig. Zu Beginn ihrer Beziehung hatte Peter deshalb geglaubt, ihm nicht genügen zu können und daß ihm sein eigenes schüchternes Wesen auf die Nerven fallen würde, aber Martin hatte ihn nie so etwas spüren lassen. Im Gegenteil: Wenn er weinte, tröstete Martin ihn, sprach er ihm zu, bis er sich wieder im Griff hatte, und bei schweren Entscheidungen wog er mit ihm zusammen ab, suchten sie gemeinsam nach der besten Lösung. Ohne Martin hätte er nie den Job aufgegeben, obwohl er, dank seiner Eltern, finanziell unabhängig war. Ihn hatte die Arbeit sowieso gelangweilt, tagaus, tagein Rechnungen zu schreiben und zu buchen, mit Zahlen zu jonglieren und am Computer zu hocken. Jahrelang hatte er davon geredet, einfach das Handtuch zu werfen, aber gewagt hatte er es nie. Erst Martins Zuspruch hatte ihm die Angst genommen. Noch am gleichen Tag hatte er die Kündigung eingereicht und nichts bereut. Martin wußte, was gut für ihn war, auf ihn konnte er sich verlassen. Selbst jetzt, in dieser furchtbaren Situation, hatte Martin wie selbstverständlich die Führung übernommen, da er wußte, wie sehr ihn das belastete, daß er es nicht ertragen hätte, mit der Polizei zu reden. Nein, um nichts auf der Welt wollte er Martin missen.

Unterdessen war Arnim hinaus zu Ralf und den Polizisten in den Flur gegangen, und Peter hörte sie die Stufen hinaufsteigen.

„Der macht jetzt keinen Ärger mehr", sagte Josef zu ihm, mit einer Kopfbewegung gegen die Decke. „Keine Sorge."

Peter nickte, wagte nicht zu antworten. Seine Stimme könnte zittern, oder er würde ins Stottern geraten, wie so oft, wenn er sich aufregte oder, wie jetzt, mit den Nerven am Ende war. Als Kind hatte er ständig gestottert, hatte kaum einen Satz fehlerfrei hervorbringen können, und erst mit der Zeit war es besser geworden. Seine Eltern hatten ihn mit neun Jahren in eine Therapie geschickt, ihn ermutigt und seine Fortschritte gelobt. Niemand in seiner Familie hatte sich darüber lustig gemacht, es war eben ein Teil von ihm, der nach und nach unterdrückt wurde. Ganz verschwunden aber war dieser Sprachfehler nie, und deshalb schämte er sich um so mehr, wenn es ihm immer noch passierte, zumal Josef seinen Spaß daran hatte, ihn mit dem Stottern aufzuziehen. Das hatte Andreas auch getan, aber anders als bei Josef war es bei ihm nie zur Belustigung oder gar aus Bosheit geschehen. Als Peter Andreas das erste Mal begegnet war, hatte er bereits bei der Begrüßung stottern müssen und war rot angelaufen. Andreas hatte gelacht, ihm durchs Haar gestrichen und gesagt, wie niedlich er aussähe, wenn er über einzelne Worte stolpere. Irgendwie hatte Peter das gefallen, und seine Scheu war gewichen. Vor Andreas hatte er sich nie zu schämen brauchen.

„Na, das ist ja ein heiteres Wochenende", sagte Josef. Sein Versuch, belustigt zu klingen, mißlang. Peter hatte Josef nie durchschaut, immer blieb ein Rest von Unsicherheit, ob er das, was Josef sagte, für bare Münze nehmen sollte. Josefs Blick jedenfalls verriet nichts, weder Zynismus noch Bestürzung. Sein Ausdruck hatte etwas Gelangweiltes, was wohl den dünnen Lippen geschuldet war und den ein wenig herabfallenden Mundwinkeln. Dabei könnte Josef so gut aussehen mit seiner griechischen Nase, den gleichmäßig geschwungenen Augenbrauen, der glatten, weichen Haut und vor allem mit diesen wasserblauen Augen.

Aber Josef hatte recht, egal wie er es meinte. Gestern noch hatte Peter sich gefreut, die Freunde und Bekannten wiederzusehen, vor allem Andreas, und es hatte gut getan, Gesellschaft zu haben, Abwechslung. Den ganzen Morgen über hatte er Vorbereitungen getroffen, war ins Dorf gefahren, um die letzten Einkäufe zu machen, hatte die Matratzen und die Wolldecken in den Zimmern bezogen und geputzt. Jeden einzelnen hatte er überschwenglich begrüßt, selbst Kai, den er bis dahin nie gesehen hatte. Sie hatten zusammengesessen, gelacht und erzählt. Es hatte keinen Streit oder irgendwelche Spannungen gegeben. Im Gegenteil.

Nur Kai war ihm unheimlich gewesen, etwas an ihm hatte ihn verängstigt. Er war nicht viel größer als er selbst, aber offensichtlich machte Kai Krafttraining. Sein Händedruck hatte ihm weh getan, und er hatte die dicken Adern bemerkt, die auf seinen Unterarmen hervortraten. Die Nase schien irgendwann gebrochen worden zu sein, ihr Rücken bildete einen Höcker, und seine Lippen waren voll, beinahe wulstig. Die blonden Haare hatte er mit Gel zurückgekämmt. Dennoch empfand Peter ihn keineswegs als unattraktiv, seine Makel paßten zu ihm, verliehen ihm eine grobe, sehr maskuline Ausstrahlung, und Peter konnte gut verstehen, was Vera an ihm fand. Aber da war auch eine Kälte in Kai, eine Ablehnung, die er offen zur Schau stellte und die Peter nicht einzuordnen wußte. Außerdem hatte er sich von Kai beobachtet gefühlt, hatte seinen Blick auf sich gespürt, als würde er abgeschätzt. Vielleicht hatte er sich das nur eingebildet. Gesagt jedenfalls hatte Kai kaum ein Wort, und schließlich hatte er ihn in der guten Laune einfach vergessen. So ungezwungen waren sie schließlich selten alle zusammen gewesen. Die anfänglichen Bedenken, besonders was Arnim und Josef betraf, hatten sich in Luft aufgelöst.

Bereits beim Essen hatten sie über gemeinsame Bekannte gelästert, hatten kein gutes Haar an ihnen gelassen. Selbst Martin und Ralf, sonst eher reserviert, hatten mitgemacht, waren gänzlich aus sich herausgegangen. An einen von Andreas' schrägen Witzen konnte Peter sich sogar noch erinnern, obwohl er zu diesem Zeitpunkt bereits ziemlich angetrunken gewesen war.

„Was ist ein Lesben-Müsli?“ hatte Andreas gefragt und war bereits vor seiner Antwort in lautes Lachen ausgebrochen. „Eins ohne Nüsse.“

Über diese Art Witze hatten sie den ganzen Abend über lachen können, und es hatte gut getan, so albern zu sein. Irgendwann war Andreas dann aufgesprungen, und es hatte ein wenig gedauert, ehe Ruhe einkehrte, ehe sie bemerkten, daß Andreas eine Art Trinkspruch loswerden wollte. Er hatte sein Glas erhoben, sich noch die Tränen vor Lachen aus den Augen gewischt und begonnen.

„Ich will keine lange Rede halten“, hatte er gesagt, „aber ich finde es herrlich, hier draußen zu sein. Was uns verbindet, und ihr wißt schon, wie ich das meine, das macht uns so schnell niemand nach. Auf unsere Freundschaft!“

Grölend hatten sie zugestimmt und den letzten Satz wiederholt. Peter hatte Andreas stolz angesehen, und dieser ihm schelmisch zugezwinkert. Nur Kai, die Arme neben ihm verschränkt, hatte abfällig gegrunzt. Peter hatte den Blick bemerkt, den er Andreas zuwarf, und die folgende, nur angedeutete Kopfbewegung. Kurz darauf waren beide in die Küche verschwunden, um, wie Andreas sagte, Nachschub zu holen. Niemand sonst schien diese stille Absprache bemerkt zu haben, und als sie zurückkamen, war Andreas sichtlich verärgert. Aber bereits ein paar Minuten später war er wieder ganz der Alte.

Bis in den frühen Morgen hinein hatten sie so vergnügt zusammengesessen und sich schließlich zwingen müssen, ins Bett zu gehen. Noch auf dem Weg auf ihre Zimmer hatten sie gekichert, schwankend vom Alkohol, und sich geschworen, ein solches Wochenende bald zu wiederholen. Kai hatte all dem nichts abgewinnen können, als einziger Hetero war ihm diese Art der Ausgelassenheit wohl fremd, aber niemand hatte sonderlich auf ihn geachtet. Nicht einmal seine Frau, die sich in Gesellschaft von Schwulen gut aufgehoben fand. Und wenn selbst Josef und Arnim sich singend und lachend einander in die Arme fallen konnten, dann zeigte dies doch, daß Andreas recht hatte, daß sie alle zusammengehörten. Es tat gut, solche Freunde zu haben, zu wissen, daß man sich aufeinander verlassen konnte. In dieser Situation mehr denn je.

Durch die offene Tür konnte Peter sehen, wie Kai in Handschellen abgeführt wurde. Er hatte den Kopf gesenkt, blickte starr vor sich hin. Peter spürte erneut die Tränen heraufsteigen, aber er wollte jetzt nicht weinen, nicht vor der Polizei, und auch nicht vor Josef. Arnim begleitete Kai und die beiden Polizisten nach draußen, während Ralf ins Wohnzimmer trat.

„Der Krankenwagen wird gleich hier sein", sagte Ralf, „und die Kripo auch."

„Hat Kai Zicken gemacht?" fragte Josef.

„Nein, überhaupt nicht. Er hat kein Wort gesagt."

Ralf hatte die Hände lässig in die Hosentaschen gesteckt, wippte sogar mit den Füßen. Wie Martin schien Ralf äußerlich ruhig, ganz der Lage gewachsen. Aber bei Ralf kam ihm diese Beherrschtheit künstlich vor, wie eine Art Schutz. Außer seinen Pupillen, die unruhig zuckten und nirgends haften blieben, zeigte Ralfs Gesicht keinerlei Regung, obwohl ihn Andreas' Tod wohl mehr getroffen hatte als jeden sonst hier. Am liebsten hätte Peter ihm gesagt, daß es in Ordnung sei, daß er ruhig weinen könne. Aber es war nicht an ihm, Ralf zu sagen, wie er zu reagieren habe.

„Was w-w-werden sie jetzt m-machen?"

„Na, w-was wohl?" entgegnete Josef. Peter fuhr herum und bemerkte das leichte Grinsen auf Josefs Gesicht.

Natürlich war Peter klar, wie es weitergehen würde. Aber er hatte Angst vor der Befragung, vor den Dingen, die die Polizei womöglich über ihn und Martin und Andreas wissen wollte. Ihm gefiel die Vorstellung nicht, sein Leben und seine Gefühle offenzulegen. Jedenfalls nicht völlig Fremden gegenüber.

Das Knirschen von Reifen ließ ihn erneut aus dem Fenster sehen. Ein Krankenwagen parkte neben zwei schwarzen Mercedes, und zwei Sanitäter sprangen heraus. Sie trugen weiße Kittel, die ihnen bis zu den Knien reichten. Gemeinsam öffneten sie die Hecktüren und zogen eine Bahre ins Freie. Der Größere von beiden löste die Schnallen der zwei Gurte, die über die Bahre gespannt waren, und schlug die Decke zurück.

Schnell wandte Peter sich ab.

Maik stand neben seinem Auto auf dem Hof, der völlig zugeparkt war. Nicht nur drei Privatautos, darunter Andreas' Passat, auch die beiden Zivilstreifen, die vorhin an ihm vorbeigefahren waren, sowie der Krankenwagen drängten sich auf dem sandigen Platz. Es war merkwürdig still. Weder Martin noch Andreas noch irgend jemand sonst war zu sehen. Die hinteren Türen des Krankenwagens standen weit offen, und die Bahre darin fehlte. Medizinische Geräte hingen oder lagen im Innenraum, warteten auf ihren Einsatz.

Mit der linken Hand fuhr sich Maik verwundert über den Nacken, blickte sich um. Vor ihm lag das Wohnhaus, die Fassade weiß und strahlend, die Fenster und Türen geschlossen, hinter ihm der langgestreckte Kuhstall mit den alten, brüchigen Holzwänden. Davor verwitterten alte Strohballen. Achtlos waren sie übereinander gestapelt, einige bereits auseinandergefallen, so daß das Stroh wie eine kleine Lawine zu Boden gerutscht war.

Durch die Hecke zu seiner Rechten drangen jetzt entfernt Stimmen, aufgeregte, gehetzte Worte, die Maik nicht verstand. Etwas Furchtbares schien auf dem Hof passiert zu sein, und womöglich störte er hier. Wieder war er versucht, einfach kehrtzumachen, aber er überwand sich, ging statt dessen ein paar Schritte auf das Wohnhaus zu.

Jemand trat aus der Tür, ein Mann mit Glatze, der ihm mit energischen Schritten entgegenkam.

„Was willst du hier?“ fuhr der Mann ihn an. „Verschwinde!“

Im ersten Moment starrte Maik diesen Unbekannten nur an. Er war zu überrascht von seinem Anblick, als daß er etwas erwidern konnte.

„Es gibt nichts zu glotzen. Verpiß dich! Hast du nicht verstanden? Du abhauen!“

Mit den Händen schlug der Skinhead in die Luft, versuchte so, ihn zu verscheuchen, und kam dabei immer näher, bis Maik durch die Drohgebärde zwei Schritte zurückwich. Wahrscheinlich war er in den falschen Weg eingebogen, hatte er auf dem falschen Hof geparkt. Er sollte sich schnellstens aus dem Staub machen, bevor noch mehr von dieser Sorte auftauchten. Es wäre nicht das erste Mal, daß ihm diese Art von Ärger drohte.

Doch bevor Maik sich umdrehen konnte, tauchte Peter hinter dem Skin auf.

„Laß ihn in Frieden, Arnim!“ rief er. „Das ist Maik.“

„Was ist denn hier los?“ Maik sah abwechselnd auf Peter und den Unbekannten. Er meinte damit keineswegs nur die Polizei- und den Krankenwagen, sondern vor allem war es der Skinhead, dessen Gegenwart er nicht begriff.

„Tut mir leid, wirklich“, sagte Peter und umarmte ihn zur Begrüßung, „aber wir sind a-alle etwas … etwas …“

Peter brach ab. In der Umarmung konnte Maik ein leichtes Zittern in ihm spüren. Er selbst blieb steif, reagierte kaum, sondern sah über Peters Schulter auf den bedrohlich aussehenden Mann, der sich nicht mehr von der Stelle rührte.

Endlich hatte Peter sich wieder gefaßt, ließ von ihm ab. „Entschuldige, es geht schon wieder. Das ist übrigens Arnim. Arnim – Maik."

„Eh, war nicht so gemeint", entschuldigte sich der Glatzkopf und hielt ihm die ausgestreckte Hand entgegen. „Ich konnte ja nicht wissen, wer du bist." Und zu Peter gewandt, sagte er: „Warum habt ihr nicht gesagt, daß ihr einen Schwarzen erwartet?"

Die Geste ließ Maik unbeachtet. Er wollte ihm nicht die Hand schütteln, starrte ihn nur an. Weiße Hosenträger spannten sich über ein schwarzes T-Shirt, auf dem ein Pitbull die Zähne fletschte. Die behaarten Arme hatte der Skin jetzt über seine Brust verschränkt. An der rechten Hand steckte ein klobiger Ring aus Silber. Der Kopf war völlig kahlrasiert, bis auf die Koteletten, die sich vom Ohr hinunter zum Kiefergelenk zogen. Breitbeinig stand er da, wie ein Bollwerk. Maik hatte keine Ahnung, zu wem er gehörte, wer von seinen Freunden solche Typen kannte.

„Was ist los, Peter?" fragte er noch einmal und zwang sich, den Blick von dem Skinhead zu wenden. „Weshalb ist die Polizei hier? Und der Krankenwagen?" Über den Unbekannten schwieg er.

Peter schluckte. Den Kopf hatte er zu Boden gesenkt.

„Hör zu", antwortete er leise, „es ist etwas Schreckliches passiert. Vielleicht kommst du erst mal mit rein. Ich ..."

„Mit dem Wochenende auf dem Land ist Sense", sagte der Skin mit harter Stimme. „Man hat Andreas erschossen."

Erneut mußte Maik ihn anstarren. Die Lippen hatte der fremde Mann aufeinander gepreßt, und seine Augenbrauen lagen dicht zusammen über den tiefen Augenhöhlen. Maik wandte sich abrupt den Autos hinter ihm zu. Noch immer war dort niemand in Sicht. Der Hof kam ihm vor wie ein Filmset, bereit für die nächste Aufnahme. Alles erschien so unwirklich, als hätte es jemand für ihn in Szene gesetzt. Die Worte des Skins prallten dabei an ihm ab, er wollte sie nicht aufnehmen.

„Ja, ganz früh heute morgen“, fuhr Peter fort, „draußen auf dem Acker. Die Kripo ist hier. Martin ist bei ihnen, Ralf auch. Wir k-können nichts m-machen.“

„Wer?“ fragte Maik leise, ohne ihn anzusehen. „Wer hat ihn erschossen?“

„Kai. Sein Schwager“, antwortete der Glatzkopf, und Maik spürte, wie er seinen Blick an ihm auf und nieder gleiten ließ.

„Wir sind alle völlig durcheinander, es ist so schrecklich“, fiel Peter ein. Seine Augen wurden wäßrig. „Martin und ich haben noch im Bett gelegen, als wir den Schuß gehört haben. Dann hat Kai uns bedroht. Mit der ge-geladenen Waffe! Zum Glück hat die Polizei ihn schon a-abgeführt.“

Maik sah auf Peter, dann auf den Skin. Peter verstört und aufgelöst, der Skinhead beherrscht, in steinerner Haltung, als müßte er für alle hier die Fassung bewahren. Maik wußte nicht, wie er sich verhalten sollte, was all dies bedeutete – was es für ihn bedeuten würde.

Ein Sanitäter tauchte jetzt aus der Hecke auf, rannte mit wehendem Kittel zum Krankenwagen und griff in eine dunkle Tasche, die im hinteren Teil des Wagens stand. Er achtete nicht auf sie, sondern eilte sofort wieder zurück. Alle drei sahen sie ihm nach. Dann folgte Maik den beiden ins Haus. Er wollte soviel Abstand wie möglich von den Autos gewinnen, weg von der Szenerie, von den Anzeichen der Gewalt.

Mit der Entfernung aber drang die eigentliche Nachricht langsam ins Bewußtsein: Andreas war tot. Erschossen. Maiks Magen zog sich zusammen, und er war froh, daß er nur Kaffee zum Frühstück gehabt hatte. Sein Körper rebellierte gegen diese Neuigkeit, doch sein Geist blieb merkwürdig unberührt. Entsetzen, selbst Ekel stieg in ihm auf, und er hatte das Gefühl, als könnte er den Leichnam direkt vor sich sehen: die Schußwunde in Brust oder Bauch, das Blut und das fahle Gesicht, den Mund halb offen, die Pupillen verdreht, Bilder, die keine reale Grundlage besaßen, die sich aus Filmen zusammensetzten, aus Vorstellungen darüber, wie ein Toter aussehen mochte, und die nichts mit Andreas zu tun hatten. Jedenfalls noch nicht.

Im Wohnraum stand Josef, die Hände in den Hosentaschen. Maik kannte Josef von einer Party bei Martin und Peter im letzten Jahr. Damals hatten sie kein Wort miteinander gewechselt. Ein gutaussehender Mann Anfang dreißig, dunkelhaarig und groß, mit klaren, etwas grimmig dreinblickenden Augen und einem spöttischen Ausdruck um die schmalen Lippen.

„Du kommst zu spät“, sagte Josef trocken, nachdem Peter sie noch einmal vorgestellt hatte, „das Beste hast du verpaßt.“

„Josef“, rief Peter, „hör endlich auf damit. Es ist furchtbar genug. Du mußt nicht auch noch Witze darüber machen.“

Josef zuckte nur die Achseln. „Was soll's? Andreas ist tot. Er kann mich nicht mehr hören.“

„Kümmert dich das denn überhaupt nicht?“

„Laß mich endlich mit deiner Gefühlsduselei zufrieden!“ erwiderte Josef unwirsch und trat zu der Anrichte aus dunklem Eichenholz. Flaschen mit Likör, Whiskey, Wodka und anderen Spirituosen standen dort wahllos herum. Josef nahm sie einzeln in die Hand, prüfte sie sorgfältig und entschied sich schließlich für einen *Johnnie Walker*.

„Haltet beide die Klappe“, fuhr der Skinhead dazwischen, „wir müssen jetzt die Ruhe bewahren! Immerhin ist die Polizei hier. Weder heulen noch zetern nützt uns was. Reißt euch gefälligst zusammen!“

Maik verfolgte stumm das Gespräch. Was hatte er hier verloren, jetzt, wo Andreas tot war? Seinetwegen war er schließlich hierher gekommen, und nun ließ Andreas ihn im Stich. Ohne ihn wollte er fort.

Sofort schämte Maik sich für diese Gedanken, dafür, daß er in einem solchen Moment nur an sich dachte. Wahrscheinlich lag Andreas irgendwo dort draußen, hinter der Hecke, aus der er die Stimmen gehört hatte. Aber es war schwer, das zu begreifen. Unruhig trat Maik auf der Stelle. Er hatte so viele Fragen, die er nicht zu stellen wagte, deren Antworten er fürchtete.

„Ich frage mich", sagte Josef und goß sich den Whiskey ein, „was die solange da draußen machen? Die Sache ist doch offensichtlich."

„Die müssen die Spuren sichern", antwortete der Skin, „Fotos vom Tatort schießen. Hinweise finden."

„Was denn für Hinweise?" fragte Peter. Er klang erschrokken. „Wir wissen doch, was passiert ist."

„Kai wird es leugnen."

„Aber wie denn, Arnim? Ich meine, wie k-kann er das denn? Wir haben den Schuß doch gehört, er hat die Pistole in der Hand gehabt, er hätte auch auf uns schießen k-können!"

„Keine Panik, das ist Routine. Hör auf, dich so aufzuregen. Du fängst wieder an zu stottern." Josef hob das Glas und trank es in einem Zug aus. Dann schenkte er nach.

Peter lief rot an. „Mußt du dich eigentlich so früh am Morgen schon betrinken?"

„Das hält mich ruhig. Eine hysterische Tunte reicht schließlich." Bevor Josef auch das zweite Glas hinunterkippte, prostete er Peter und Maik zu.

„Ich bin nicht hysterisch. Ich k-kapiere es einfach nicht, ich mache mir Gedanken, immerhin ist jemand erschossen worden. Ich finde es unglaublich, wie ihr hier herumstehen k-könnt, als sei nichts weiter geschehen. Andreas ist tot. T-Tot!"

Peters aufgebrachte Worte blieben ohne Erwiderung. Verlegen sahen sie aneinander vorbei. Josef hielt krampfhaft sein Glas fest, ließ die gelbliche Flüssigkeit darin kreisen, und selbst der Skin hatte den Blick zu seinen Stiefeln gesenkt.

Seit seiner Ankunft hatte niemand das Wort an Maik gerichtet, und offenbar schien keiner mehr gewillt zu reden. Um wenigstens irgendwas zu tun, sah er sich um. Soweit Maik sich erinnern konnte, hatte sich im Wohnzimmer nichts verändert, seit er das letzte Mal hier gewesen war. Der große, runde Eßtisch aus hellem Kiefernholz mit den fünf Stühlen stand nahe dem Fenster, an der Wand neben ihm die Anrichte mit dem Alkohol, von dem sich Josef bedient hatte. Ihm gegenüber befand sich das Sofa, ein klobiges Ding, das keinen sehr einladenden Eindruck machte, und daneben ein kleiner Beistelltisch mit einem schnurlosen Telefon darauf. In der Ecke eine Stereoanlage. An der Wand, dicht neben der Tür zum Flur, hingen gerahmte Fotos. Die zumindest waren neu. Auf einigen erkannte er Martin und Peter, meist Arm in Arm, in die Kamera lächelnd, Urlaubsfotos gewiß, und auf den anderen ältere Leute oder kleine Kinder. Verwandtschaft, wie es aussah, Eltern, Onkel und Tanten, Neffen und Nichten. Auf den beiden Tischen standen Vasen mit frischen Blumen, sicherlich aus dem Garten und von Peter sorgfältig arrangiert.

Schließlich wandte Maik sich ab und blickte aus dem Fenster. Zwischen den Büschen tauchten Polizisten auf, gefolgt von zwei Sanitätern, die die Bahre trugen. Darauf lag ein schwarzer Plastiksack. Sie schoben die Bahre in den Krankenwagen, dann schlossen sie die Türen. Martin trat hinter den Autos hervor, gefolgt von einem weiteren Mann, den Maik nicht kannte. Die Beamten sprachen mit ihnen, und Martin nickte nur, ohne selbst etwas zu sagen. Der zweite Mann stand abseits, blickte seltsam gelangweilt, als ginge ihn das Geschehene nichts an. Er fuhr mit dem Fuß durch den Sand, den Kopf unruhig hin und her wendend, die Hände hinter dem Rücken verschränkt. Irgendwann trafen sich ihre Blicke durch das Fenster, und der Mann zog die Brauen zusammen.

Abrupt trat Maik vom Fenster zurück und eilte an Peter vorbei durch die Küche und von dort durch die Hintertür ins Freie.

Die Sonne blendete ihn wie ein unerwartetes Blitzlicht, das den Augenblick in gleißenden Konturen festhielt. Als hätte man ihn ertappt – einer der Zeugen der grausamen Tat, sein ungläubiges Gesicht abgelichtet, entsetzt und zweifelnd an den Tatsachen –, kniff Maik die Augen zusammen.

Das erste Mal war er Andreas auf der Klappe am Richard-Wagner-Platz begegnet. Maik hatte gegen die Fliesenwand gelehnt gestanden, als drei junge Glatzen in Bomberjacken und schwarzen Stiefeln heruntergestiegen kamen. Zwei von ihnen hatten Bierdosen in der Hand. Zunächst hatten sie ihn nicht beachtet, sich an die Rinne gestellt, um zu pissen, ehe einer von ihnen abfällige Bemerkungen machte. Um einen Streit zu vermeiden, wollte Maik den Rückzug antreten, doch einer der Männer versperrte ihm den Weg, und der zweite verlangte seine Geldbörse. Maik weigerte sich. Sie traten näher an ihn heran, umzingelten ihn. Von hinten wurde Maik brutal gegen den Vordermann gestoßen. Eine Faust traf ihn mitten in die Magengrube, so daß er sich vornüber krümmte. Der nächste Schlag landete in der Nierengegend. Maik sackte zu Boden, lag seitlich kauernd auf den kalten Fliesen, und die Männer schrien „Schwule Sau“ und „Nigger“. Er wagte nicht, aufzuschauen, sah nur ihre hohen, stahlverkappten Stiefel, die weißen Schnürsenkel. Mit den Händen versuchte er, sein Gesicht zu schützen, als sich Bier über seinen Kopf ergoß. Dann hörte er jemanden die Stufen herunterkommen. Bevor Maik seine Angreifer die Treppe hinauf flüchten sah, traf ihn ein Stiefel in die

Brust. Der Schmerz war unerträglich, er stöhnte und würgte. Erst als sich jemand neben ihm hinkniete und fragte, wie es ihm ginge, blickte er auf. Der Mann lächelte ihn mitleidig an. Er half ihm hoch.

Benommen wurde Maik die Stufen hinaufgeführt, und dann, im Freien, als er zu zittern begann und tröstend in den Arm genommen wurde, beruhigte er sich langsam. „Bist du verletzt?" fragte Andreas und klopfte ihm den Dreck vom Hemd. „Nein, nichts weiter passiert." Er versuchte ein tapferes Lächeln aufzusetzen. „Du brauchst nicht den Helden zu spielen", sagte Andreas, und irgendwie imponierte Maik das, hatte er sofort gefühlt, daß er sich vor Andreas nicht zu verstellen brauchte, daß er sich gehen lassen konnte. Andreas gegenüber gab es keinen Grund, einen zweifelhaften Schein zu wahren. Das war einer der Gründe gewesen, weshalb er ihm vertraut, ihn so sehr gemocht hatte.

Martin dagegen hatte er zunächst gar nicht wahrgenommen, so einnehmend empfand er in diesem Augenblick Andreas' Gegenwart. Sie luden ihn ein, etwas mit ihnen trinken zu gehen, und obwohl ihm noch immer die Knochen weh taten und sein Hemd von dem Bier feucht war, schloß er sich ihnen an. Zu beiden hatte sich schließlich eine enge Freundschaft entwickelt, aber es war Andreas, der ihm näherstand, zu dem er sich mehr hingezogen fühlte, nicht nur – doch besonders – weil er es gewesen war, der ihn aufgehoben und vor Schlimmerem bewahrt hatte.

Maik hatte diesen ersten Moment noch genau vor sich, Andreas' hübsches, lächelndes Gesicht mit den geraden, weißen Zähnen und der kleinen Kerbe in seinem Kinn. Seine dunklen, leicht gewellten Haare, die glatte, weiße Haut. All das, was jemand mit einem einzigen Schuß zerstört hatte.

Langsam gewöhnten sich Maiks Augen an die Helligkeit, konnte er den Garten erkennen und den kleinen Pfad aus zerbrochenen Steinplatten, der sich zwischen Tomatenstauden, Stachelbeeren und Obstbäumen eine kleine Anhöhe hinaufwand. Maik folgte dem Pfad bis nach oben, von wo aus er den Blick frei hatte über das Wohngebäude hinweg zu dem Schweinestall und dem Sandweg rechts davon, auf dem er vor einer halben Stunde hierhergefahren war. Die Polizeiautos, der Krankenwagen und auch der Acker, auf dem Andreas ermordet worden war, wurden vom Dach des Hauses verdeckt. Um ihn herum Stauden, wild gewachsene Obstbäume, krumm und schief und an einigen Stellen mit Holzpfählen gestützt. Ein alter Apfelbaum warf seinen langen Schatten über ihn, und er lehnte sich gegen den Stamm.

Ihm schossen plötzlich Tränen in die Augen. Nicht um Andreas' willen, sondern um seinetwegen. In den letzten Monaten war Andreas so etwas wie ein großer Bruder für ihn geworden, er hatte sich um ihn gekümmert, ihn auf Partys mitgenommen, ihn mit anderen Leuten bekannt gemacht. Mit ihm war sich Maik nicht mehr so allein und hilflos vorgekommen. Andreas hatte ihm gutgetan. Doch nun war alles wieder vorbei.

Der Tod selbst war noch zu weit von Maik entfernt, als daß er darüber weinen konnte. Bisher war es lediglich eine Nachricht, ein Bericht aus zweiter Hand, auch wenn der Krankenwagen und die Polizei für sich sprachen. Er schämte sich für die falschen Tränen, die jetzt über seine Wangen liefen, und er dachte an den Blick, den der Mann neben Martin ihm zugeworfen hatte, diesen fragenden Blick durch das Fenster hindurch. Sie waren sich nie begegnet, aber sie hatten sich erkannt. Maik wußte nicht, wieviel Andreas seinem Freund erzählt hatte über ihn, ob Ralf wußte, wieviel Zeit sie miteinander verbracht hatten. Womöglich hatte Ralf es seltsam gefunden, daß Andreas sie nie vorgestellt hatte, daß Maik für ihn nur ein Name gewesen war und vielleicht nicht einmal das. Jetzt allerdings war ein denkbar schlechter Zeitpunkt, sich kennenzulernen.

Wie unberührt dieser Ralf dagestanden hatte, mit dem leeren Ausdruck im Gesicht, den umherschweifenden Blikken und dem scharrenden Fuß, so, als könnte auch er noch nicht begreifen, daß sein Freund tot war.

Maik sah Martin aus der Tür treten und auf sich zukommen. Mit dem Handrücken wischte er sich das Gesicht trocken. Er wollte nicht, daß Martin seine Tränen bemerkte. Martin war niemand, der seine Gefühle zur Schau stellte, immer schon versteckte er sich hinter seiner Rationalität. Während Andreas ihn damals in den Arm genommen und ihn getröstet hatte, war Martin Motiven und Gründen nachgegangen, die solche Skinheads zur Gewalt trieben. Er hatte sie nicht verteidigen wollen, nur irgendwie verstehen. Maik hatte zugehört, ihm folgen können, es hatte alles logisch und nachvollziehbar geklungen, aber es waren Andreas' Berührungen gewesen, nicht Martins Worte, die ihn den Vorfall verkraften ließen.

Maik stellte sich aufrecht, die Hände hinter dem Rükken verschränkt. Er wußte nicht recht, wie er reagieren sollte, was zu sagen war.

„Kein guter Zeitpunkt, um ein Wiedersehen zu feiern", sagte Martin zur Begrüßung und drückte ihm einen Kuß auf die Wange, die Maik ihm hinhielt. „Tut mir leid, daß du da reingezogen wirst. Aber ich bin trotzdem froh, daß du kommen konntest."

Maik sah ihn an, erstaunt über die echte Freude in seiner Stimme, trotz der schrecklichen Situation, die nichts anderes zuzulassen schien als Bestürzung und Trauer.

„Ich bin nicht sicher", erwiderte Maik, „ich hab schon überlegt, einfach wieder wegzufahren."

Mit der Hand fuhr Martin über seinen Rücken und nickte verständnisvoll. Sie schwiegen eine Zeitlang, blickten zum Haus, das friedlich in der Sonne stand. Bis auf das Vogelgezwitscher war es still.

„Was ist passiert?" fragte Maik schließlich, ohne ihn anzusehen.

Martin nahm den Arm von seiner Schulter, lehnte sich seinerseits gegen den Baumstamm. „Ich weiß es nicht. Gestern abend war noch alles in Ordnung, wir hatten keinen Streit oder ähnliches."

„Wer ist der Typ?"

„Kai? Das ist Veras Mann, Andreas' Schwager. Sie hatte gefragt, ob sie ihn mitbringen kann, und natürlich habe ich ja gesagt. Ich habe ihn vorher nie gesehen. Er war sehr schweigsam, etwas abweisend vielleicht, aber ansonsten ganz umgänglich. Wie Heteros eben so sein können. Wahrscheinlich waren es irgendwelche Familienstreitigkeiten, von denen wir nichts gewußt haben. Mag sein, daß Ralf etwas weiß, aber der ist völlig neben der Spur. Im Moment kann er nicht darüber reden."

„Ein Hetero", sagte Maik leise, den Blick auf den Horizont gerichtet. Es war keine Frage gewesen, nicht einmal abfällig gemeint, er wußte selbst nicht, warum er das betonen mußte. Vielleicht brachte das ja die nötige Distanz. Ein Außenseiter, jemand, der mit Schwulen nichts zu tun hatte und dem eine solche Tat zuzutrauen war.

„Ja", erwiderte Martin, „aber ich glaube nicht, daß er etwas gegen Schwule hatte, falls du das meinst. Sonst wäre er wohl nicht mitgekommen."

„Was soll es sonst gewesen sein?" fragte Maik, dem das mögliche Motiv zu gefallen begann. Intoleranz und Haß hatte er selbst oft genug am eigenen Leib erfahren müssen. Der Überfall auf der Klappe, rassistische Bemerkungen in der U-Bahn oder auf der Straße, selbst Blicke, die man ihm zuwarf, bewiesen ihm, wie schnell Menschen mit Vorurteilen bei der Hand waren. Egal, ob es dabei um seine Hautfarbe oder sein Schwulsein ging.

„Ist das denn so wichtig?"

„Natürlich ist es das", bekräftigte Maik seine Bemerkung, selbst überrascht über die Vehemenz seiner Äußerung. „Ich meine, sonst ergibt es doch keinen Sinn, wenn wir nicht wissen, warum. Ohne Grund kann man niemanden töten, und ohne Grund kann ich nicht …" Er brach ab.

Verstohlen warf Martin ihm einen Blick zu, aber erwiderte nichts. Von irgendwoher bellte ein Hund.

„Wir werden es schon erfahren", sagte Martin. „Die Polizei ist sicher gerade dabei, Kai zu verhören."

„Ja, sicher. Aber ich kann es einfach nicht glauben. Es ist wie ein böser Traum. Vielleicht, wenn ich einfach wieder zurückfahre, dann …"

„Red dir nichts ein", sagte Martin. „Was willst du damit bezwecken? Was passiert ist, ist nun mal passiert."

Es hatte keinen Sinn, die Augen vor den Tatsachen zu verschließen, das wußte er selbst. Es war nur so schwer zu begreifen, daß er nichts ändern konnte. Seit seiner Kindheit hatte er gelernt, alles auf sich zu beziehen, die Schuld an allem und jedem bei sich zu suchen. Er mußte endlich aufhören damit.

„Wie faßt es Ralf auf?" fragte Maik.

„Er ist sehr beherrscht", antwortete Martin, „ich glaube, es ist der Schock."

Maik nickte. Plötzlich war er dankbar für seine späte Ankunft. Ralf hatte seinen toten Freund sehen müssen, und diese Bilder würden sich unwiderruflich in sein Gedächtnis graben. Ralf hatte Gewißheit. Zum Glück wurden seine eigenen Erinnerungen an Andreas nicht von den Bildern einer grausamen Realität verdeckt, die Ralf womöglich sein Leben lang verfolgen würden.

„Wie lange waren sie zusammen?"

„Nicht ganz vier Jahre", erwiderte Martin.

Zwei Jahre mehr, als er Andreas kannte. Zwei Jahre Vorsprung, die er nicht mehr aufholen konnte. Ein leichter Wind wehte ihm entgegen, er war angenehm kühl in der beginnenden Mittagshitze.

„Wie lange, glaubst du, wird die Polizei hier sein?" fragte er.

„Sie haben den Acker abgesperrt wegen der Spurensicherung. Dann wollen sie uns Fragen stellen. Kai und Vera haben sie vorhin schon aufs Revier gebracht. Das dauert sicher noch eine ganze Weile."

„Meinst du, die Polizei wird mich auch verhören?" Maiks Frage kam leise, Unbehagen stieg in ihm auf. „Ich bin doch gerade erst gekommen."

„Sicherlich wollen die nur unsere Namen und Adressen, nichts weiter. Kein Grund, sich aufzuregen. Wir haben alle geschlafen, als es passiert ist. Viel werden wir denen sowieso nicht sagen können."

Auch das war ein Grund, weshalb Maik lieber nicht hier wäre. Es war nicht das erste Mal, daß er Fragen der Polizei beantworten mußte. Seine letzte Begegnung war ihm noch gut in Erinnerung, auch wenn sie glimpflich abgelaufen war, da Andreas ihn gewarnt hatte und er das Koks rechtzeitig aus der Wohnung schaffen konnte. Ohne ihn wäre er sicherlich im Gefängnis gelandet.

„Es hat sich einiges getan, seit ich das letzte Mal hier war", sagte er, um sich selbst auf andere Gedanken zu bringen.

„Ja", erwiderte Martin und lächelte unter seinem dichten Schnauzbart. „Das Dach ist endlich fertig gedeckt, und die Außenwand mußten wir komplett neu verputzen. Auch der Garten sieht jetzt viel grüner aus."

„Es ist schön hier. Ein richtiges kleines Paradies, das ihr gefunden habt. Aber ist es nicht schrecklich einsam hier draußen?"

„Einsam? Nein. Diese Ruhe ist ja gerade, was wir wollten. Peter und mir gefällt es. Ich kümmere mich um die handwerklichen Dinge, und Peter ist der geborene Gärtner. Die Beete da und die ganzen Stauden, die hat er völlig neu angelegt und bepflanzt. Mir überläßt er das Grobe. Jeder hat eben seinen Bereich. Und du weißt ja, so etwas habe ich mir immer gewünscht. Berlin habe ich nie wirklich leiden können. Wahrscheinlich kommt da der Wessi vom Dorf in mir durch."

Martin lächelte ihn offen an, ein Lächeln, das keine Zweifel an seinen Worten aufkommen ließ. Maik erinnerte sich gut an früher, als Martin nur davon geredet hatte, aufs Land zu ziehen, und an Peter, der ihn damit aufzog.

„Selbst Peter liebt es hier", fuhr Martin fort und griff in die Äste über sich, um einen der vielen, kleinen Äpfel zu pflücken. „Wir können uns einfach nichts anderes mehr vorstellen. Außerdem ist die Stadt ja nicht aus der Welt. Wenn uns danach ist, können wir jederzeit das Wochenende nach Berlin oder Hamburg fahren."

„Ich finde es bewundernswert, wie ihr das schafft. Ich meine, es solange miteinander auszuhalten, noch dazu hier auf dem Hof. Er muß dich sehr lieben."

Martin lachte auf. Den Apfel drehte und wendete er in der Hand, als prüfte er ihn auf Maden. „Ja, das muß er wohl. Irgendwann ist es wie bei einem alten Ehepaar, man kommt nicht mehr voneinander los."

„Willst du das denn?" fragte Maik.

„Großer Gott, nein. Das war ein Scherz."

Maik war erleichtert. Für ihn war es unvorstellbar, daß Peter und Martin sich irgendwann trennen könnten. Sie gehörten einfach zusammen, nicht nur, weil er sie als Paar kennengelernt hatte, sondern vor allem, weil er niemanden sonst kannte, der diese Ausgeglichenheit und Zufriedenheit ausstrahlte.

Hinter dem Haus erschien jetzt der rot leuchtende Krankenwagen, der vorsichtig die unbefestigte Straße entlang fuhr. Martin und Maik blickten ihm nach, wie er mal links, mal rechts den Schlaglöchern auswich, dann die Landstraße erreichte, um schließlich zwischen den Hügeln zu entschwinden.

„Vielleicht“, sagte Martin und warf den Apfel ins Gestrüpp, „sollten wir zurück ins Haus.“

Die Polizei hatte den Hof verlassen. Gemeinsam saßen sie in der Wohnstube um den runden Eßtisch, tranken Kaffee und blickten aneinander vorbei. Niemand sagte ein Wort. Maik war das recht. Er wollte die Einzelheiten nicht besprochen wissen, seine vagen Vorstellungen vom Hergang der Tat und von Andreas' totem Körper nicht konkretisieren müssen. Es war besser, nur zu schweigen, Abstand zu halten.

Ihm gegenüber saß Josef, zurückgelehnt, die Arme hinter dem Kopf verschränkt, und beobachtete ihn, wenn er glaubte, daß Maik es nicht bemerkte. Peter saß neben Martin, der seine Hand hielt, und Ralf hatte den Kopf gesenkt. Der Skinhead war nicht da.

Einer nach dem anderen hatte den Polizisten Namen und Anschrift genannt, aber über den Mord hatte niemand etwas aussagen können. Damit hatte Martin recht behalten. Sie hatten alle geschlafen und waren erst durch den Schuß oder durch die anschließende Unruhe aus dem Schlaf geschreckt worden, bevor sie Kai mit geladener Pistole in die Arme gelaufen waren. Mehr wußten sie nicht. Aber selbst wenn Kai weiterhin jegliche Aussage verweigern sollte, schien der Hergang eindeutig, und spätestens die Fingerabdrücke auf der Pistole würden Gewißheit bringen. Kai hatte keine Chance, ungestraft davonzukommen. Das zumindest war eine gewisse Genugtuung.

Zum Abschluß hatte die Polizei ihnen noch gesagt, daß sie sich für weitere Fragen zur Verfügung zu stellen hätten, und sich vergewissert, sie zumindest das Wochenende über hier auf dem Hof erreichen zu können. Danach würde die Berliner Polizei sie kontaktieren, sollte dies nötig sein, und mit dem Hinweis, daß der Termin des Prozesses ihnen rechtzeitig mitgeteilt werden würde, hatte man sie allein gelassen.

„Die haben sich aufgeführt wie in einem Agatha-Christie-Krimi", sagte Josef schließlich, „für die haben wir Andreas wahrscheinlich gemeinsam umgebracht. Ihr wißt schon, wie im Orient Expreß."

„Aber ich war doch gar nicht hier", fiel Maik zu laut dazwischen. Die Befragung saß ihm noch in den Knochen. „Ich bin aus Berlin gekommen, als alles schon …"

„Ja, ja, die vermeintlich Unbeteiligten", winkte Josef ab. „Das sind immer die Verdächtigsten."

„Josef will dich doch nur aufziehen", sagte Martin, „es geht doch überhaupt nicht darum, ob jemand verdächtig ist. Die wollen nur rauskriegen, wie es passiert ist, weiter nichts."

Mit der Hand fuhr sich Maik über das Gesicht. Er durfte sich nicht so aufregen, schließlich ging es um den Mord, das hatte nichts mit ihm zu tun. Die Sache mit dem Koks lag bereits einige Zeit zurück, weshalb sollte die Polizei ausgerechnet jetzt dahinterkommen? Zwar hatten die Polizisten keine Silbe über den Vorfall verloren, sondern tatsächlich nur nach seinem Namen und seiner Adresse sowie nach dem Zeitpunkt seiner Ankunft gefragt, aber beruhigt gewesen war er nicht. Sie hätten jederzeit seine Personalien im Computer überprüfen können. Keine Ahnung, ob er wirklich in ihrer Kartei stand, immerhin war ja alles glatt gelaufen. Strafbar jedenfalls hatte er sich nicht gemacht. Ein ungutes Gefühl blieb trotzdem, auch wenn er endlich aufhören sollte, überall einen Verfolger zu sehen.

„Ich frage mich nur", fuhr Martin fort, „was in Kai gefahren ist. Wieso hat er das getan?"

„Andreas hat mal erzählt", sagte Ralf, den Blick weiterhin in seine Kaffeetasse gerichtet, „daß Kai bereits einige Vorstrafen hat oder auf Bewährung draußen ist. Bewaffnete Raubüberfälle, glaube ich, waren es."

Maik beobachtete Ralf über den Tisch hinweg, versuchte zu erkunden, was in ihm vorgehen mochte. Bisher hatte Ralf kein Wort gesagt, hatte lediglich an ihnen vorbeigesehen, unbeteiligt und ohne eine Gefühlsregung auf dem Gesicht. Auch jetzt redete er mit gesenktem Kopf. Martin legte die Hand auf Ralfs Arm. Auch er schien nicht recht zu wissen, wie er Ralf behandeln, ob er tröstende Worte finden oder so neutral wie möglich mit ihm reden sollte.

Seit Ralf vom Acker zurückgekehrt war, hatte er nicht ein Mal geweint, und auch als sie hier gewartet hatten, bis es an ihnen war, den Polizisten Rede und Antwort zu stehen, hatte Ralf im Sessel gesessen und seelenruhig in einer alten *Men's Health* geblättert, als befände er sich im Wartezimmer eines Arztes. Maik war ungeduldig auf und ab geschritten, so wie Peter und Josef, selbst Martin hatte nicht still sitzen können, aber Ralf hatte sich nicht ablenken lassen. Seine scheinbare Gelassenheit vermittelte Maik den Eindruck, als hätten sie alle etwas mißverstanden, als sei Andreas' Tod eine Verwechslung. Aber es war wohl Ralf, der die Situation nicht begriff. Jedenfalls noch nicht.

„Da haben wir ja ein richtig schwarzes Schaf bei uns aufgenommen", bemerkte Josef und kippte sich etwas Wodka in den Kaffee, „ein bewaffnetes noch dazu."

Mit einem Ruck nahm Peter den Kopf von Martins Schulter und sah verängstigt auf. „Was hat er hier nur mit einer Pistole gewollt?"

„Vielleicht ein paar Schwule abknallen", bot Josef eine Erklärung an. „Einer von dieser Sorte, die glaubt, wir seien pervers. Und nicht zu vergessen das Virus, das wir überall verbreiten. Ausrotten, das hat er wohl gedacht."

„M-Meinst du wirklich? Zuzutrauen wäre ihm das. Ich fand ihn u-unheimlich."

„Rede keinen Unsinn, Josef", sagte Martin, „und hör auf mit deinen Klischees! Diese Verallgemeinerungen führen zu nichts."

„Meistens stimmen die aber. Siehe Kai."

„Was haben die bloß auf dem Acker zu suchen gehabt?" fragte Ralf plötzlich. „Noch dazu mitten in der Nacht."

„Das solltest du doch am besten wissen“, erwiderte Josef.

Ralf sah ihn an, die Stirn in Falten gelegt. „Ich habe nicht die leiseste Ahnung. Wie kommst du da drauf?“

„Na hör mal, du weißt ganz genau, was ich meine.“

„Nein, sag du es mir.“ Ralf zuckte mit den Schultern.

„Worauf willst du eigentlich hinaus, Josef?“ fragte Martin.

Josef sah sie abwechselnd an, die Augenbrauen demonstrativ erhoben, als wäre es offensichtlich, was er meinte. Aber niemand kam ihm zu Hilfe. Dann winkte er abrupt ab. „Schon gut. Lassen wir das, ich will kein Spielverderber sein. Vielleicht hat Andreas Kai ja auch angebaggert. Heteros sind so furchtbar empfindlich in dieser Beziehung. Die können mit so was nicht umgehen, die rasten dann aus.“

„Andreas hat Kai nicht angemacht“, sagte Martin. Seine Stimme klang verärgert. „Immerhin war Kai sein Schwager.“

„Schlecht ausgesehen hat er jedenfalls nicht. Ein richtiger Kerl. Ein klassischer Hetero eben.“ Josef hob seine Tasse und prostete ihnen zu.

„Darauf stand Andreas nicht“, sagte Ralf sachlich.

Josef wog seinen Kopf hin und her. „Hm, da hast du wohl recht. Der wäre eher was für Arnim.“

„Hört mit diesem blöden Gerede auf“, sagte Martin, „Arnim und Kai konnten sich nicht ausstehen!“

Arnim hatte sich als erster von der Polizei befragen lassen. Dann war er nach oben auf sein Zimmer gegangen. Er hatte keine Lust, mit den anderen über das Vorgefallene zu reden. Der Schock und die Aufregung steckten ihm noch in den Knochen. Nur um Haaresbreite war die Kugel an seinem Kopf vorbei geflogen, und er hatte gehört, mit welcher Wucht sie hinter ihm in die Tür eingeschlagen war. Später hatte er sich das Einschußloch angesehen. In einem Durchmesser von zehn Zentimetern war das Holz völlig zersplittert. Erst da war ihm richtig klar geworden, wie leichtsinnig er sich benommen hatte.

Arnim ließ sich auf die Matratze fallen. Was hatte er sich bloß dabei gedacht, den Helden zu spielen? Eine gewisse Genugtuung konnte er dennoch nicht leugnen. Immerhin war er der einzige, der etwas gegen diesen Irren unternommen hatte. Sonst hätte ihn doch niemand aufgehalten, und Kai wäre über alle Berge. Schon bei seiner Ankunft gestern hatte Arnim gespürt, daß Kai Ärger machen würde. Er hatte sich umgesehen, als hätte man ihn in einen Hinterhalt gelockt, und außer bei Andreas hatte er kaum die Zähne auseinander gekriegt. Daß der nicht ganz koscher war, hatte Arnim zehn Meilen gegen den Wind riechen können. Zwar hatte er Kai zuvor nie gesehen, aber aus Andreas' Schilderungen wußte er, um wen es sich handelte. Keine Ahnung, weshalb Kai überhaupt mit auf den Hof gefahren war. Sicher, er war Veras Mann, und Vera verstand sich gut mit Martin und Peter, aber er hatte den ganzen Abend über deutlich gemacht, daß er Schwule nicht ausstehen konnte.

Als Arnim ihm vorgestellt wurde, hatten sie sich gemustert, versucht, mit Blicken den anderen abzuschätzen. Arnim hatte keine Angst gezeigt, nicht vor diesem aufgeblasenen Hetero mit seinem elenden Berliner Akzent, seiner arroganten Art, seinem O-beinigen Gang, dem Machogetue, mit dem er Vera herumkommandierte, und seiner blanken Pistole, die ihm die Macht und die Berechtigung für sein Verhalten gab. Zu dumm, daß er die Waffe hatte abgeben müssen. Das kalte, schwere Metall im Bund seiner Jeans hatte ihm gefallen. Auch die Gewißheit, daß sie geladen war, hatte Arnim ein seltsam erregendes Gefühl gegeben.

Durch den Fußboden drangen gedämpfte Stimmen zu ihm, da sich sein Zimmer direkt über dem Wohnraum befand. Die anderen redeten sicher über ihre Verhöre, suchten Erklärungen und einen Grund für den Mord, den es wahrscheinlich gar nicht gab. Kai war ausgerastet, hatte Andreas abgeknallt, einfach so. Darüber brauchte er nicht zu diskutieren, das führte zu nichts. Seine eigene Befragung war schnell vorübergewesen, denn über den Tathergang gab es keine Zweifel. Es würde nicht lange dauern, und man hätte Kai den Prozeß gemacht. Seine Fingerabdrücke waren auf der Pistole, Vera war draußen auf dem Feld gewesen, hatte ihn dort ertappt, während er und die anderen im Haus gewesen waren. Viel zu ermitteln gab es da nicht. Kai würde für ein paar Jahre einsitzen. Mehr gab die verdammte Justiz ja nicht her. Vielleicht hätte er ihn doch erschießen sollen.

Ruckartig sprang Arnim von der Matratze auf und begann, seine Sachen in die Reisetasche zu packen. Es hatte keinen Sinn, länger hier zu bleiben. Das Wochenende war ruiniert. Was geschehen war, tat ihm leid, besonders natürlich für Ralf, dessen ruhige, besonnene Art er zu schätzen gelernt hatte, und mit dem er sich in letzter Zeit sogar besser verstanden hatte als mit Andreas. Auch Martin und Peter würden es nicht leicht haben, immerhin war Andreas einer ihrer besten Freunde gewesen. Nicht, daß er sich Sorgen um Martin machen mußte, er kam sicher darüber hinweg. Peter dagegen war ein Waschlappen. Für ihn würde es hart werden. Aber das war nicht sein Bier. Auf einen Kreis heulender und deprimierter Schwuler hatte er keinen Bock. Besser also, er fuhr zurück nach Berlin.

Viel zu packen gab es nicht: die Kulturtasche, getragene Socken, sein graues Perry-Shirt, das war alles. Arnim steckte das schwarze T-Shirt in die Jeans, schlug die Hosenträger hoch und begann sich die Stiefel zu schnüren.

„Wie ich sehe, willst du ebenfalls weg."

Überrascht sah Arnim auf. Ralf lehnte im Türrahmen, die Arme verschränkt. Er hatte keine Ahnung, wie lange Ralf schon dort stand und ihm zusah.

„Was sollen wir hier noch? Das Ganze hat uns ziemlich aus der Bahn geworfen. Es ist besser, jeder regelt das für sich."

„Aus der Bahn geworfen“, wiederholte Ralf mit einem gequälten Lächeln. „Es ist wohl eher Andreas, den es aus der Bahn geschleudert hat.“

„Du weißt schon, was ich meine. Ich bin nicht besonders gut bei so was. Es muß verdammt hart sein, seinen Freund auf – auf diese Weise zu verlieren.“

„Ja“, antwortete Ralf knapp. Er betrat das Zimmer und hob ein kleines Lederetui auf, das halb unter der Matratze hervorragte. „Hier, vergiß dein Messer nicht.“

Arnim nahm es entgegen und steckte es in die rechte Gesäßtasche. „Du bist ziemlich gelassen, nach all dem. Nicht, daß mich das was angeht, aber ich finde ...“

„Du meinst, ich müßte heulen, hysterisch werden, mir die Haare raufen und Asche auf mein Haupt streuen?“

„Nun ja, vielleicht nicht alles auf einmal.“

Ralf ging zum Fenster, sah hinüber auf den Acker. Arnim folgte seinem Blick. Die Stelle, an der Andreas gelegen hatte, war markiert. Der Anblick hatte nichts Furchtbares oder Tragisches, es war eine routinemäßige Untersuchung gewesen, ein fast gewöhnlicher Vorgang. Von hier oben aus gesehen, gab es keinen Grund für Trauer oder Bestürzung. In der Distanz verlor sich jegliches Gefühl. Ralfs Gesicht jedenfalls zeigte keinerlei Regung. Er stand kerzengerade, beinahe wie bei einem Salut, und seine etwas schief gestellten Augen schienen den Tatort gar nicht wahrzunehmen.

„Wahrscheinlich“, fuhr Arnim fort, „ist es noch der Schock. Das ist ganz natürlich. Wenn ich vorhin auch nur eine Sekunde überlegt hätte, wäre ich niemals auf Kai losgegangen. Wer weiß, wo er dann jetzt wäre.“

„Du warst ein richtiger Held“, sagte Ralf und wandte sich vom Fenster ab.

„Ach was. Ich habe einfach nicht nachgedacht.“ Dennoch fühlte sich Arnim geschmeichelt. Er stand auf, stellte sich in Positur. Wenn er jetzt noch die Pistole hätte, wäre sein Erscheinungsbild perfekt.

„Was wirst du jetzt tun?“ fragte er. Mit der Hand fuhr er sich über die Glatze, wußte nicht, wie er in eine andere Haltung wechseln sollte. Auf seinem Hinterkopf spürte er die dicke Beule, die der Aufprall nach Kais Kinnhaken hinterlassen hatte.

„Keine Ahnung“, erwiderte Ralf und zuckte die Achseln. „Das Café läuft auf uns beide, und wir haben es ja auch gemeinsam betrieben. Ich bin nicht sicher, ob ich allein damit fertig werde.“

„Läuft es gut?“ fragte Arnim.

„Mal so, mal so. Andreas wollte es schon ein paarmal verkaufen, aber ich habe ihn bisher immer davon abhalten können. Ich war der Meinung, daß wir uns erweitern müßten, aber das fand er zu riskant. Keine Ahnung, was ich jetzt tun soll. Ich kann noch nicht darüber nachdenken.“

„Sicher.“

Unschlüssig standen sie sich gegenüber, wußten nichts mehr zu sagen. Arnim sah verlegen auf das Bett und seine Reisetasche. Gewöhnlich verließen ihn die Worte nicht. Ralf hatte ein paar tröstende Worte verdient, vielleicht eine Umarmung, aber er wußte nicht wie. Es war ihm unangenehm.

Arnim mochte keine übertriebenen Gesten und schon gar nicht diese überschwenglichen Begrüßungsküsse. Das war was für Tucken. Ein Nicken, ein Händeschlag, vielleicht einen gutgemeinten Schlag auf die Schulter oder wie jetzt ein anteilnehmendes Schweigen, das genügte. Damit zeigte er deutlich genug, wie sehr er mitfühlte. Und er war sicher, daß Ralf es auch so verstand. In dieser Hinsicht waren sie sich ähnlich. Deshalb hatte er sich schließlich mehr zu Ralf als zu Andreas hingezogen gefühlt, der genau das Gegenteil verkörperte. Nicht affektiert oder weinerlich wie Peter, eher diese immer aufgekratzte Heiterkeit, diese ständige gute Laune, die er manchmal nicht ertragen hatte. Andreas war ein guter Kumpel gewesen, aber die ruhige Art von Ralf imponierte ihm mehr, besonders jetzt, in dieser Situation.

Allerdings machte Ralf keinerlei Anstalten, die bedrückende Situation abzubrechen. Trotz allem schien er auf irgend etwas zu warten. Schließlich räusperte sich Arnim, ging auf ihn zu und legte die Arme unbeholfen um Ralfs Oberkörper. Kurz drückte er ihn, dann ließ er los. Mit einem Schritt rückwärts brachte er sich auf Abstand. Genau deshalb haßte er diese Gesten. Sie glitten immer ins Peinliche ab.

„Laß uns runter gehen", schlug Ralf vor, ohne ihn anzusehen.

Erleichtert griff Arnim nach seiner Tasche, warf sie über die Schulter und eilte hinaus in den Flur.

„Warte", rief Ralf ihm hinterher, „ich hole nur schnell meine Sachen aus dem Nebenzimmer. Gepackt habe ich schon."

„Was habt ihr denn vor?" fragte Josef.

Peter hörte seine Frage, sah auf und bemerkte erst jetzt, daß Arnim und Ralf im Wohnzimmer standen, ihre großen Taschen geschultert. Arnim stellte die seine ab und kratzte sich hinter dem Ohr.

„Es ist wohl besser, wir fahren zurück", antwortete er. „Mir ist die Lust auf ein Wochenende hier vergangen."

„Willst du auch fahren?" Martins Frage ging an Ralf.

Seine Mundwinkel zuckten kurz. „Ich muß weg hier", sagte er.

Peter wurde flau im Magen. Daß ihre kleine Gruppe auseinanderbrechen könnte, damit hatte er nicht gerechnet. Er wollte nicht, daß sie womöglich alle gingen und ihn und Martin allein ließen. Es wäre besser, sie blieben zusammen, damit sie sich gegenseitig trösten konnten. In einem leeren Haus würde er es nicht aushalten.

In der Hoffnung, daß Martin wußte, wie Arnim und Ralf aufzuhalten waren, sah er ihn erwartungsvoll an. Aber Martin schwieg. Josef neben ihm blieb unbeteiligt, lehnte sich zurück und verschränkte die Arme hinter dem Kopf mit seinem ewig gleichen, belustigten Ausdruck um die Lippen. Wie immer hielt Josef sich raus, beobachtete lediglich, bis er einen seiner bissigen Kommentare abgeben konnte.

Arnim wurde ungeduldig, trat auf der Stelle. Offenbar wartete er darauf, daß jemand sich ihm anschloß.

„Also, wenn noch jemand mitmöchte …“, begann er.

„Ich. Ich komme mit.“

Maik sprang von seinem Stuhl auf und trat einen Schritt vor. Dann hielt er inne, blickte verunsichert zurück auf den Tisch.

„Es – es tut mir leid“, sagte er leise, „aber ich glaube, Ralf hat recht.“

Maik sah jetzt direkt auf Martin. Peter fiel auf, daß sich Maik wie er selbst an Martin wandte, wenn es darum ging, eine Entscheidung zu fällen.

Die Vorstellung, daß seine Freunde ihn in dieser Situation verließen, konnte Peter kaum ertragen. „Aber w-warum wollt ihr denn alle weg?“ fragte er. „Ihr k-könnt uns doch hier nicht allein lassen.“

„Du bist nicht allein“, sagte Arnim, „außerdem ist das hier dein Zuhause. Für uns ist das was anderes.“

„Aber was ist mit der Polizei? Wir h-haben doch gesagt, daß wir hierbleiben.“

„Ich pfeif auf die Bullen! Wenn die was wollen, finden die mich schon. Haben ja meine Adresse.“

„Wollt ihr euch das nicht noch mal überlegen?“ fragte Martin. Er erhob sich ebenfalls, und seine nächsten Worte gingen an Ralf. „Es wäre doch seltsam, wenn wir jetzt alle auseinandergehen, nach diesem schrecklichen Vorfall. Unabhängig von dem, was wir der Polizei gesagt haben. Ich fände es besser, wir bleiben zusammen. Wir brauchen einander doch jetzt. Willst du denn allein in deiner Wohnung sitzen, Ralf?“

Ralf stellte die Tasche ab. „Ich bin nicht sicher, ob ich darüber reden will“, sagte er, und Peter glaubte einen Zweifel in seiner Stimme zu hören.

„Du mußt ja nicht, wenn dir nicht danach ist. Aber hier sind wir für dich da, wenn du jemanden brauchst.“

„Was soll das, Martin?“ rief Arnim. „Wir werden uns etwas vorjammern und die Sache nur schlimmer machen, als sie sowieso schon ist. – Also, was ist jetzt, kommt ihr?“

Maik, der zwischen den beiden Gruppierungen stehen geblieben war, trat einen weiteren Schritt auf Arnim zu.

„Maik“, rief Martin ihm hinterher, „denk an unser Gespräch vorhin. Weglaufen ändert nichts. Andreas ist nicht mehr da, aber wir sind es noch.“

Peter zuckte bei Martins Worten zusammen, erschrokken darüber, daß er diese Tatsache einfach so aussprach. Aber er hatte natürlich recht. Rückgängig machen ließ sich nichts. Man konnte nur noch versuchen zu begreifen, warum. Maik gingen wohl dieselben Gedanken durch den Kopf, sein Blick glitt unruhig von Martin zu Arnim und wieder zurück.

„Wie ihr wollt“, sagte Arnim mit einem Ton der Resignation in der Stimme, „dann bleibt hier. Ich jedenfalls fahre.“

„Warte, Arnim!“ rief Maik ihm nach, als Arnim bereits aus der Türöffnung verschwunden war. Noch einmal sah er sie an, nur kurz allerdings. Dann lief er Arnim hinterher.

Ralf dagegen blieb stehen.

„Also gut“, sagte er und zuckte mit den Schultern, „vielleicht habt ihr recht. Meine leere Wohnung ist vermutlich wirklich schlimmer als das hier.“

„Wir werden dir helfen, so gut wir können“, erwiderte Peter vorsichtig. „Wir gehören jetzt zusammen, das hat Martin doch gesagt. Gemeinsam stehen wir das irgendwie durch. Das hätte Andreas auch so gewollt.“

Hinter ihm machte Josef ein abfälliges Geräusch mit den Lippen. Doch bevor Peter darauf reagieren konnte, trat Josef ans Fenster. Auf dem Hof, vor dem schwarzen Honda, standen Arnim und Maik und sprachen miteinander. Arnim hatte bereits die Heckklappe geöffnet, seine Tasche stand davor auf dem Boden.

„Seht euch das an, der Nazi und der Neger im Gespräch vertieft", meinte Josef.

Peter starrte ihn entsetzt an.

„Meine Güte, das war sarkastisch gemeint. Darf man nicht mal mehr einen Witz machen?"

„Ich finde deine Witze nicht sonderlich lustig."

„Du hast halt keinen Sinn für subtilen Humor."

Verärgert wollte Peter antworten, aber er spürte bereits den Kloß in seinem Hals. Er würde stottern müssen, und deshalb hielt er lieber den Mund.

Kurz darauf trat Maik mit gesenktem Kopf wieder in den Wohnraum. Es war ihm sichtlich unangenehm, seine Entscheidung rückgängig zu machen. „Ich habe es mir anders überlegt, ich bleibe doch."

„Das ist vernünftig", sagte Martin und führte ihn zurück an den Tisch, „wozu sind wir schließlich da, als uns gegenseitig zu stützen? Was ist mit Arnim?"

„Ich glaube, er fährt. Er hat mich angemacht, als ich gesagt habe, wir sollten uns das vielleicht noch mal überlegen. Er hat dieses Hickhack satt, meint er."

Maik hatte sich gesetzt, und Peter bemerkte, wie sehr ihn die ganze Sache mitnahm. Er war blaß geworden, seine Haut wirkte jetzt beinahe aschgrau.

„Ich werde mit Arnim reden", sagte Ralf laut, so daß Peter zusammenzuckte.

„Keine Ahnung, wie es euch geht", fiel Josef ein und fuhr mit den Armen durch die Luft, als müßte er ihre Starre und Niedergeschlagenheit durchbrechen, „aber ich habe einen riesigen Kohldampf. Was haltet ihr davon, wenn wir etwas Ordentliches zu essen machen?"

„Keine schlechte Idee", bestätigte Peter, „das wird uns bestimmt ein wenig aufmuntern."

„Optimist", erwiderte Josef mit gekünsteltem Lächeln. „Ich werde mich mal darum kümmern", rief er ihnen über die Schulter zu, bevor er in der Küche verschwand. „Irgendwo muß auch noch die zweite Ginflasche sein."

„Tu mir bitte einen Gefallen und betrink dich heute nicht."

„Ich wüßte keinen besseren Anlaß dafür", hörte er Josefs Antwort durch die offene Tür.

Besorgt blickte Peter auf Martin, dann auf Maik, in der Hoffnung, sie würden ihn in seiner Bitte an Josef unterstützen. Aber keiner von beiden reagierte.

Martin trat unterdessen auf Maik zu und legte den Arm um ihn.

„Du wirst es nicht bereuen, glaube mir", sagte er leise wie zu einem Kind.

„Bestimmt nicht", bekräftigte Peter, selbst froh darüber, daß Maik und Ralf es sich anders überlegt hatten.

Maik lächelte ihnen schwach zu. Dann stand er auf, ging ans Fenster und blickte hinaus. An seinem Hinterkopf vorbei konnte Peter sehen, wie Ralf draußen stand, neben Arnim an seinem Auto, und auf ihn einredete.

„Wer ist dieser Arnim überhaupt?" fragte Maik.

„Ich dachte, ihr kennt euch. Voriges Jahr, auf meinem Geburtstag …" Martin brach ab, sah zu Peter, damit er ihm weiterhalf. Peter konnte sich erinnern, schüttelte aber den Kopf.

„Maik war schon weg, als Arnim kam", sagte er.

„Ach so", erwiderte Martin und wandte sich wieder an Maik. „Dann hätte ich dich wohl vorwarnen sollen. Arnim ist ein wenig grob, aber das meint er nicht so. Kein Grund zur Panik. Ich kenne ihn schon eine halbe Ewigkeit, und er und Andreas waren gute Freunde. Damals war er auch noch kein Skin. Wir hatten uns aus den Augen verloren, und irgendwann ist er wieder aufgetaucht. Mit Glatze und Bomberjacke."

„Ist er ein – ich meine, ein Nazi?"

Die Frage war an sie beide gerichtet. Josef hatte Arnim in seiner typischen, zynischen Art einen Nazi genannt, aber Maik war es offensichtlich ernst damit. Peter wußte keine rechte Antwort auf diese Frage und schwieg lieber.

„Nein, Unsinn", sagte Martin schnell. „Nun ja, manche seiner Sprüche sind alles andere als politisch korrekt, aber ... Peter und ich mögen ihn einfach. Wir reden nicht über Politik. Und du wirst sehen, man kann gut mit ihm auskommen."

„Ja", stimmte Peter zu, da er das Gefühl hatte, auch etwas sagen zu müssen. „Wenn ihr euch erst mal richtig kennengelernt habt, dann wirst du sehen, was für ein prima Kerl er ist."

Wieder sah Maik hinaus, und Peter folgte seinem Blick. Arnim gestikulierte dort aufgeregt, brüllte fast, so daß seine Stimme dumpf durch die Fensterscheibe drang. Es sah ein bißchen so aus, als wollte Arnim Ralf eine reinhauen. Daß Maik sich durch ihn eingeschüchtert fühlte, konnte Peter bei diesem Anblick gut nachvollziehen. Auch er war entsetzt gewesen, als Arnim das erste Mal in seiner neuen Aufmachung bei ihnen zu Besuch war, und es hatte eine Weile gedauert, ehe er begriffen hatte, daß Arnim unter seiner brutalen Fassade derselbe geblieben war.

Neben ihm hatte Maik den Blick gesenkt.

„Warum ruhst du dich nicht ein wenig aus", schlug Martin vor, „oder gehst spazieren? Es wird eine Weile dauern, bis das Essen fertig ist."

„Soll ich nichts helfen?"

„Ach was", sagte Peter. „Das schaffen wir schon. Ich muß eh Josef im Auge behalten, damit er keine Dummheiten macht."

„Was glaubt ihr, geht einem durch den Kopf, wenn so etwas passiert?“

Peter sah auf, ließ das Kartoffelmesser sinken, und starrte auf Josef, der die Frage in den Raum geworfen hatte. Josefs Stimme war nachdenklich, sie hatte nichts von dem Zynismus, mit dem er bisher der Situation begegnet war.

Die Stirn in Falten geworfen, saß Josef leicht vornüber gekrümmt, und Peter bemerkte, daß er zugenommen hatte, seit er das letzte Mal hier gewesen war. Früher hatte Josef immer auf seine Figur geachtet, war ins Fitnesscenter gegangen und hatte zu enge T-Shirts getragen. Jetzt schien ihm das egal geworden zu sein. Vielleicht lag es auch an dem vielen Alkohol.

„Es muß furchtbar sein“, erwiderte Peter, „ich meine, zu wissen, daß man sterben wird.“

„An was er wohl als letztes gedacht hat?“

Martin stand am Kühlschrank und wandte sich um. „Ich bin sicher, daß man überhaupt keine Zeit hat, noch irgendwas zu denken. Er wird es nicht begriffen haben. Niemand kann sich wirklich vorstellen zu sterben.“

„Ich hoffe nur, es ist schnell gegangen.“ Josef nahm einen Schluck aus dem Weinglas.

„Vielleicht hat er gar nicht gemerkt, was passiert. Andreas hat doch nie ernstlich geglaubt, daß ihm etwas zustoßen könnte. Ich weiß noch, wie er hier auf dem Dach gestanden und herumgetanzt ist, als gäbe es keine Schwerkraft. Jeder andere wäre runtergestürzt und hätte sich das Genick gebrochen.“

Martin setzte sich an den Tisch und nahm Josef das Schälmesser aus der Hand. Peter war froh, daß Martin jetzt diese Aufgabe übernahm, da Josef eh mehr mit seinem Glas beschäftigt war als mit den Kartoffeln. Josefs Zustand schien in einem merkwürdigen Zwischenstadium zu sein. Weder betrunken noch nüchtern verschwanden seine Sticheleien und kleinen Boshaftigkeiten, und er verfiel in Erinnerungen. Peter warf ihm einen skeptischen Blick zu. Lange würde dieser Zustand nicht anhalten, wenn er weiter soviel trank.

„Er war immer irgendwie lustig", sagte Josef. „Gott, was haben wir gelacht. Egal wieviel Ärger er mit dem Café hatte. Erinnert ihr euch noch an diese Bedienung, wie hieß der gleich, André oder so ähnlich? Diese Tucke, die nicht rechnen konnte?"

„Antonio", warf Peter ein. „Der Italiener. Ja, der war furchtbar."

„Süß, aber blöd. Andreas hat immer die Krise gekriegt, wenn sie zusammen arbeiten mußten, und ist hinter seinem Rücken über ihn hergezogen. Eigentlich war Andreas nie die große Zicke, aber seine Sprüche hättet ihr hören sollen. Ich hab mich weggeschmissen vor Lachen. Weiß der Teufel, warum er Antonio nicht ausstehen konnte. Aber gefeuert hat er ihn nie."

„Sie werden sich schon irgendwie vertragen haben. Auf Andreas konnte niemand lange böse sein", sagte Martin. „Keine Ahnung, wie er die gute Laune in jeder Situation behalten konnte. Für Ralf wird es nicht leicht werden."

„So plötzlich seinen Freund zu verlieren." Peter schüttelte den Kopf, legte die geschälten Kartoffeln in den großen Topf. „Ich weiß nicht, was ich tun würde, wenn …" Er brach ab und sah Martin traurig an.

„Am besten, man läßt den Beziehungskram ganz bleiben, dann kann einem so etwas gar nicht erst passieren." Josef preßte die Lippen zusammen und starrte in das leere Weinglas. Dann füllte er nach.

„Immerhin", erwiderte Martin, „hatten sie ein paar schöne Jahre. Die kann Ralf keiner mehr nehmen."

„Und was hat er jetzt davon? Ist doch alles umsonst gewesen."

„So kannst du das nicht sehen, Josef. Sonst wäre alles, was man tut, egal. Wenn der Schmerz vorbei ist, wird Ralf sich gern erinnern. Nichts ist besser, als jemanden zu haben, den man liebt.“ Unwillkürlich griff Martin nach Peters Hand, streichelte sie.

„Ja, du hast gut reden.“

„Was ist denn mit dir?“ fragte Peter. „Jemand in Sicht?“

„Hört mir bloß auf damit. Mag für euch ja alles schön und gut sein, aber ich will niemanden, der sich in mein Leben einmischt. Einmal reicht.“

Josef hatte nicht aufgesehen bei seinen Worten, und auch Martin senkte den Kopf, mußte sich räuspern. „Na ja, irgendwann kommt schon der Richtige, du wirst sehen.“

Die Anspielung war deutlich genug gewesen. Aber Peter wollte jetzt auf keinen Fall an diese kurze Episode in Martins Leben erinnert werden. An diese paar Wochen, in denen Martin und Josef versucht hatten, eine Beziehung zu führen.

Genaugenommen hatten Josef und er sich bei Martin die Klinke in die Hand gegeben, nachdem Martin Schluß gemacht hatte. Viel erzählt hatte Martin nie über ihr kurzes Zusammensein, aber er konnte nur allzu gut verstehen, weshalb es nicht geklappt hatte. Keine zwei Wochen hätte er es mit Josef ausgehalten. Laut Martin waren sie in einem heftigen Streit auseinandergegangen, Josef hatte gewütet und mit Gegenständen um sich geworfen, bevor er davongestürmt war und auf weiteren Kontakt verzichtet hatte. Nach einigen Monaten dann hatte Martin wieder den ersten Schritt gewagt, sie hatten sich getroffen, geredet und beschlossen, auf anderer Basis weiterzumachen. Gefallen hatte Peter diese Wendung ganz und gar nicht, immerhin handelte es sich um seinen Vorgänger, aber er hatte es akzeptiert. Er vertraute Martin, und Josefs Gehabe war ein guter Garant dafür, daß gewisse Dinge sich nicht wiederholten.

„Ich habe Martin für verrückt erklärt“, sagte Peter schnell, um abzulenken, „als er ernsthaft vorgeschlagen hat, aufs Land zu ziehen. Für ihn war das ja nichts Neues, aber für mich? Ich als Großstadtkind habe gedacht, das kann nicht gutgehen. Aber er hat mich überzeugt. Es ist so völlig anders. Dinge, die man für wichtig hielt, werden hier einfach unwichtig. Man – man konzentriert sich nur noch aufs Wesentliche."

„Jetzt klingst du schon genau wie Martin", fiel Josef halb scherzhaft, halb genervt ein.

Martin lachte auf. Zu schnell. Und zu laut.

„Wir werden uns wohl immer ähnlicher", sagte er und wickelte die Kartoffelschalen in das darunterliegende Zeitungspapier, um sie in den Mülleimer zu werfen.

„Noch ein Grund, allein zu bleiben."

Martin und Peter sahen sich kurz an und lächelten. Peter kannte Josefs Ansichten nur allzu gut und wußte, daß auch Martin sie nicht ganz ernst nahm. Außerdem gab es wohl niemanden, der es mit Josef auf Dauer aushielt.

„Hier, du Beziehungsmuffel", sagte Martin und reichte ihm ein paar grüne Paprika, „die müssen geschnitten werden."

„Und ich bin ja wohl nicht der einzige Single hier. Arnim hat bestimmt keinen Freund, und diesen Maik habe ich auch noch nie mit jemandem gesehen." Bevor Josef sich an die Arbeit machte, nahm er einen großen Schluck Wein.

„Vielleicht sollten wir dich mit einem von ihnen verkuppeln", schlug Martin im Scherz vor.

„O ja, bitte. Ich wollte mir immer schon eine Glatze schneiden und mir diese schicken Hosenträger umhängen."

„Gestern zumindest wart ihr noch ein Herz und eine Seele."

Josef winkte ab. „Mein Gott, wir waren alle völlig dicht. Ihr doch auch. Was ich im Rausch gesagt oder getan habe, wirst du mir ja wohl hoffentlich nicht vorwerfen wollen."

„Und was ist mit Maik?" fragte Peter.

„Ein hübsches Kerlchen", gestand Josef, den Mund gespitzt und die blauen Augen nach oben verdreht, als müßte er tatsächlich darüber nachdenken. „Das wäre, wie jeden Tag Schokolade essen. Ich habe noch nie mit einem Schwarzen, soll ja einiges dran sein an den Gerüchten. Ihr wißt schon, lange Schwänze und den Rhythmus im Blut." Dann schüttelte er genervt den Kopf. „Jetzt hört aber auf mit diesem Quatsch, ich brauche niemanden. Außerdem wäre es wohl geschmacklos, in dieser Situation mit jemandem anzubändeln. Noch dazu vor Ralf."

„Ich hoffe nur, er verkraftet das. Er ist komisch, so distanziert. Ich wünschte, wir könnten irgend etwas für ihn tun."

Martin legte seine Arme um Peters Schulter und hielt ihn fest. „Es genügt, glaube ich, wenn er das Gefühl hat, nicht allein zu sein. Er braucht uns, auch wenn es im Moment nicht danach aussieht. Mehr können wir im Augenblick nicht helfen."

„Ganz begriffen habe ich eh nie, was die beiden zusammengehalten hat", überlegte Josef. „Andreas war immer gut drauf, und Ralf ist so verdammt still und ruhig."

„Genau das werden sie voneinander gebraucht haben."

„Ja, ja, Martin, ich weiß schon. Gegensätze ziehen sich an. Deshalb verbringe ich wohl auch dieses mißratene Wochenende mit Arnim."

Martin legte die geschnittenen Paprika in die Salatschüssel, bevor er Josef anerkennend durchs Haar strich.

„Das tust du doch gern", sagte er. „Uns zuliebe."

Josef verzog das Gesicht zu einer Grimasse. „Klar doch. Für euch und die Harmonie und die Einigkeit auf Erden. Amen."

Die Sonne hatte längst den Zenit überschritten, als Maik aus dem Haus trat, dessen Schatten sich bis zur Hecke erstreckte. Dahinter hatte Andreas im Dreck gelegen. Er war neugierig auf diesen Ort, aber gleichzeitig fürchtete er sich vor dem Abdruck im Ackerboden, vor den möglichen Blutspuren, die er dort noch finden könnte. Es war besser, einen Bogen um den Tatort zu machen.

Andreas hatte unbedingt gewollt, daß er auf den Hof kam. Beinahe befohlen hatte er es, und obwohl er bereits einiges von dem begriff, was Andreas vorgehabt hatte, blieb noch vieles unbeantwortet. Jetzt würde er es nicht mehr erfahren. Er war nicht sicher, was die anderen davon wußten oder ahnten. Und ob er sie danach fragen sollte. Zuviel war in den letzten Stunden durcheinander geraten, als daß er darüber einen klaren Gedanken fassen konnte. Was sein Leben brauchte, war eine neue Struktur, einen neuen Leitfaden, irgend etwas, an dem entlang es sich leben ließ.

Hinter dem schwarzen Honda war Arnim gerade dabei, seine Tasche aus dem Kofferraum zu holen. Wer weiß, mit welchen Argumenten er sich von Ralf hatte überzeugen lassen. Maik beachtete ihn nicht weiter, bog nach rechts, ging auf den Kuhstall zu, um zwischen ihm und dem Schweinestall hindurch auf die dahinter gelegene Wiese zu gelangen. Wildwachsende Gräser wechselten dort mit Feldblumen und Disteln, führten, unterbrochen von Maulwurfshügeln, die das Gehen beschwerlich machten, einer kleinen Anhöhe entgegen, auf der eine Bank wartete.

Von hier oben bot sich eine wunderbare Aussicht. Strahlend blauer Himmel wölbte sich über die ausgedehnten Felder und Hügel, zwischen denen hier und da verstreut die grünen Wipfel eines Wäldchens erkennbar waren. Hinter den Dächern des Hofes zeigte sich der Obstgarten, durch den Maik vorhin gelaufen war, und zur Rechten befanden sich die aufgereihten Pappeln, schirmten den Tatort ab, als stünden sie Spalier für einen Toten.

Maik setzte sich auf die Bank. Niemand sonst war in Sicht. Wohin er auch sah, er war allein. Es war vollkommen still. Nichts lenkte ihn ab. Das eintönige Blau und Grün der Umgebung schien die Leere um ihn unendlich weit auszudehnen. Nichts, gegen das sein Blick stoßen konnte, das ihm Widerstand geleistet hätte.

Seine Mutter hatte ihm den Mund abgewischt, von der Schokolade noch verschmiert. „Halt still“, hatte sie gesagt, da er ihre ständige Fürsorge haßte und sich gewehrt hatte. Er war schließlich kein Baby mehr, aber Mutter sah das anders. Viel älter als fünf oder sechs konnte er nicht gewesen sein. Ihr Spaziergang hatte sie auf den Berg aus Müll mitten in der Stadt geführt, und statt Felder hatten Betonburgen zu ihren Füßen gelegen. Er hatte bereits keine Lust mehr gehabt, weiterzulaufen. „Wann kommt Papa wieder?“ hatte er gefragt, nuschelnd und prustend, da Mutter mit dem Abputzen noch nicht fertig war. Sie hatte innegehalten und an ihm vorbei gestarrt, und er hatte geglaubt, sie hätte ihn nicht gehört. „Er ist weggegangen, weil er schwarz ist, nicht?“ Das war seine Erklärung gewesen, und er wollte, daß sie stolz auf ihn war, weil er von allein darauf gekommen war.

Unvorbereitet hatte seine Mutter ihn mit der flachen Hand geschlagen. Zunächst ins Gesicht, schließlich, da er ausgewichen war, auf den Hinterkopf und die Schultern, bis sie erschöpft gewesen war und auch zu schreien aufgehört hatte. Still hatte er geweint, sie mit großen, erschrokkenen Augen angesehen. Nie zuvor hatte sie ihn geschlagen. Ihre langen, blonden Haare hingen durch die hektischen Bewegungen wild um ihren Kopf. Ihr Blick war leer, wich dem seinen aus. Damals hatte er gedacht, daß er recht gehabt hatte: Vater würde niemals wiederkommen, er war gegangen, weil er dunkelhäutig war, denn warum sonst hätte sie ihn schlagen sollen, es hatte an ihm gelegen, war irgendwie seine Schuld. Sein Bild vom Vater war zu diesem Zeitpunkt bereits verschwommen: Ein großer, breitschultriger Mann, der in einer Sprache zu ihm gesprochen hatte, die Maik nicht fließend beherrschte und heute, von einigen Sätzen abgesehen, nicht mehr verstand. Später erst begriff er, daß es nicht an ihm gelegen hatte. Seine Mutter hatte einfach keinen anderen Ausweg gewußt, um ihn zum Schweigen zu bringen, da sie mehr darunter litt als er. Wie hätte er das damals wissen sollen?

Über seine Hautfarbe wurde nicht gesprochen. Daß er anders aussah, hatte er natürlich gewußt, aber nicht, was dies bedeutete. Das geschah später, als die neuen Freunde seiner Mutter ihn überrascht ansahen, wenn er bei ihren ersten Besuchen aus dem Kinderzimmer trat. Oder bei seiner Einschulung, auf dem Foto mit den vielen Kindern und den kegelförmigen Tüten in ihren kleinen Händen, zwischen denen er hervorstach mit seiner braunen Haut, dem kurzen, krausen Haar und den großen, verlorenen Augen. Oder bei den vielen Fragen, die die Mitschüler ihm stellten, manchmal freundlich, manchmal herausfordernd, aber immer skeptisch, und auf die er selber keine Antwort wußte. „Neger" nannten sie ihn. Mutter erklärte ihm, daß dies kein nettes Wort sei, auch wenn es nicht abschätzig gemeint war. Er sollte ihnen erklären, daß ihn das kränken würde und sie diese Bezeichnung unterlassen möchten. Naiv wie er war, befolgte er den Rat seiner Mutter, nur um ausgelacht und auf dem Nachhauseweg verprügelt zu werden.

In der vierten Klasse bekamen sie einen neuen Schüler, der sitzengeblieben war und den Jahrgang wiederholen mußte. Er hieß Jens und war behindert. Der linke Arm hing ihm kraftlos an der Seite, endete kurz vor dem Ellenbogen in einigen merkwürdigen Hautblasen, die aussahen wie kleine Luftballons. Maik konnte seinen Blick nicht von diesem Stumpf lassen, er sah so unfertig aus, und Maik war froh gewesen, als Jens neben Katja gesetzt wurde, obwohl seine Bank mehr Platz geboten hätte. Von nun an fühlte er sich nicht mehr allein. Im Sportunterricht gab es jetzt einen Leidensgenossen, der wie er bis zuletzt in der Mitte des Spielfeldes stand, während die anderen Kinder sich bereits zu Mannschaften zusammengetan hatten. Für jede Gruppe blieb ein Ungewollter übrig. Die abweisenden Sprüche, das jeweilige Zuschieben des schwarzen Peters hatte ein Ende. Nun gab es zwei von ihnen. Das ließ ihn die Situation besser verkraften.

Freunde aber wurden sie nicht. Da keiner der Mitschüler sie in der Mannschaft haben wollte, endeten sie stets in der jeweils gegnerischen, und es galt zu beweisen, daß man selber besser war als der andere. Allerdings zeigte sich schnell, daß das Fehlen eines Armes weniger behinderte als die Farbe der Haut. Jens spielte, im Gegensatz zu ihm, hervorragend Fußball, und das anfängliche Gelächter aufgrund der unbeholfen aussehenden Bewegungen verstummte, nachdem Jens bald schon mehr Tore schoß als irgendeiner sonst. Wenige Wochen später stand Maik wieder allein, und es war erneut an dem Lehrer, ihn einer Mannschaft zuzuweisen.

Vor die Sonne schob sich eine vereinzelte Wolke, die die Felder mit ihrem Schatten überzog. Noch immer war niemand in Sicht. Die anderen waren im Haus, und auf den Hügeln war nicht einmal ein vereinzelter Wanderer oder Bauer zu sehen. Maik stand von der Bank auf und ging zurück zum Haus. Innerlich mußte er über seine Erinnerungen lachen. Was blieb, war ein dumpfes Gefühl, das ihn überkam, wenn er glaubte, nichts mehr ertragen zu können. Nicht die Ereignisse verletzten, sondern ihr bitterer Nachgeschmack. Seine Hautfarbe empfand er schon lange nicht mehr als Behinderung, er war sogar stolz auf sie, zumal sie ihn auch interessant machte. Das hatte er in der schwulen Szene längst testen können. Eine schwarze Haut war für viele wie das äußere Zeichen einer zügellosen sexuellen Gier und ein Garant für einen riesigen Schwanz. Es hatte einige Männer gegeben, die nur deshalb mit ihm ins Bett wollten. So wie dieser Typ, der ihn irgendwann abgeschleppt hatte, an dessen Namen er sich nicht erinnerte, weil sie wahrscheinlich gar keine Namen ausgetauscht hatten. Pornofilme drehte er, das zumindest war haftengeblieben. Nach dem Sex hatte der Typ auf der Bettkante gesessen, ihn über die Schulter angesehen und überheblich gelächelt. „Ich wollte immer schon mal mit 'nem Neger ins Bett", hatte er gesagt.

So oder ähnlich war es ihm öfter ergangen. Geile, gutaussehende Männer interessierten sich für ihn, bei denen er sicher war, daß sie ihn mit weißer Haut keines Blickes gewürdigt hätten.

Vorurteile hatten manchmal auch ihr Gutes.

Während Maik zwischen den beiden Ställen hindurchschritt, hörte er jemanden im Schweinestall. Die alte Holztür stand offen. Innen war der steinerne Boden mit altem Stroh bedeckt, neben dem Mittelgang erhoben sich niedrige Steinwände, die die einzelnen Boxen für die Tiere abgetrennt hatten. Ralf hockte an einer der Außenwände und zog an einem der metallenen Ringe, die in den Stein eingelassen waren. Eine Weile blieb Maik in der Tür stehen, beobachtete ihn. Ralf war kein gutaussehender Mann, und das lag an der seltsamen Asymmetrie seiner Gesichtszüge, die nicht zusammenpassen wollten. Die Ohren waren nicht auf gleicher Höhe, sie variierten auch ein wenig in der Größe, und seine Augen standen schräg, was ihnen einen fremdländischen Ausdruck verlieh. Aber das hatte Andreas, der ansonsten mit Kritik an dem Aussehen seiner Mitmenschen nie gegeizt hatte, wohl nicht gestört. Immerhin machte Ralfs Figur einen kräftigen Eindruck, und Maik konnte die starken Bizepse erkennen und den sehnigen Hals, während er an diesen Eisenringen zog. Warum er das tat, war ihm allerdings schleierhaft.

„Du bist also Maik", sagte Ralf, ohne sich umzudrehen. Er hatte anscheinend bemerkt, daß Maik ihn beobachtet hatte.

„Ja", antwortete Maik knapp, da er nicht genau wußte, wie er auf diese Äußerung reagieren sollte. Was, wenn Ralf alles über ihn und Andreas wußte?

Ralf ließ von dem Ring ab, stand auf und klopfte sich die Hände an der Hose ab. Mit ausdrucksloser Miene sah er ihn an. „Nun, es freut mich, dich mal kennenzulernen. Besser spät als nie."

„Andreas hat mir viel über euch erzählt", erwiderte Maik.

„So, hat er das?" Ralfs Pupillen zogen sich in seinen schief stehenden Augen zusammen, und das leichte Lächeln auf den Lippen verschwand. „Nun, dann weißt du ja auch, wie sehr wir aneinander gehangen haben."

Maik wich seinem Blick aus. Er glaubte, eine leise Drohung vernommen zu haben. Vielleicht aber bildete er sich das nur ein. Eine Zeitlang spürte Maik noch Ralfs Blicke auf sich ruhen, bevor auch Ralf sich abwandte und abrupt das Thema wechselte.

„Wie auch immer. – Sieh sich das einer an", sagte er und machte eine kreisende Handbewegung durch den Stall. „Wenn man ein wenig Ordnung schafft, läßt sich hier einiges anstellen."

„Wie meinst du das?" fragte Maik. Verwundert schaute er sich um.

„Na, Metallringe, Steinfußboden, an den Balken dort Haken, das ist der ideale Fickraum. Die Ringe hier halten noch einiges aus."

Lose Steine lagen auf dem Boden, Metallhaken ragten aus den niedrigen Mauern hervor, selbst altes, zum Teil verrostetes Werkzeug war irgendwann achtlos liegengelassen worden. Er sah einen Hammer auf einer der Steinwände, eine Brechstange lag halb verdeckt im Stroh, und weiter hinten befand sich ein Pferdegeschirr, und zwei Mistgabeln lehnten dort gegen die Wand. Zu jeder anderen Zeit hätte er Ralf zugestimmt. Doch im Augenblick hielt Maik es für unpassend, über solche Dinge zu reden.

„Nicht ganz ungefährlich", antwortete er, „wenn man nicht aufpaßt, kann man sich ganz schön verletzen. Man braucht nur zu stolpern und gegen eine der Mistgabeln oder diese Brechstange hier zu fallen."

„Mag sein, aber denk an den geilen Sex, den man haben könnte."

„Mir ist im Moment nicht nach Sex."

Ralf verdrehte die Augen. Seine Stimme klang plötzlich hart, genervt, als hätte Maik etwas völlig Falsches gesagt.

„Hör auf damit!" rief er. „So zerbrechlich bin ich nicht. Was erwartet ihr eigentlich alle? Daß ich in Tränen ausbreche, zusammenklappe? Immer wenn ich auftauche, achtet jeder auf seine Worte, tut ihr so, als müßte ich geschont werden. Laßt den Quatsch. Ihr braucht mich nicht mit Glacéhandschuhen anzufassen."

„Was?"

„Es macht mir nichts aus, über Andreas zu reden. Das ist besser, als ihn totzuschweigen. Daß er nicht mehr da ist, wird mir schon noch früh genug bewußt werden, ihr braucht das nicht auch noch zu forcieren."

Maik antwortete nicht. Er war erleichtert. Trotz allem wußte Ralf wohl nichts von ihm und seiner Beziehung zu Andreas, aber dennoch schien er nur die Hälfte zu begreifen. Es ging nicht nur darum, Ralf zu schonen. Vor allem er selbst brauchte diese Rücksichtnahme. So sehr er Andreas hatte nahe sein wollen, so sehr mußte er jetzt Abstand halten.

„Wir wollen doch nur", antwortete er stockend, „daß du …"

„Ja, ja, ich verstehe schon", sagte Ralf. „Wahrscheinlich würde ich genauso reagieren."

„Darf ich dir eine Frage stellen?"

Ralf sah ihn an, die Augenbrauen erhoben, und setzte sich auf eine der niedrigen Steinmauern.

„Du mußt nicht antworten, wenn du nicht willst, aber … ich habe mich gefragt, was Kai für ein Mensch ist."

„Kai?" Ralf zögerte einen Moment. Mit dieser Frage hatte er wohl nicht gerechnet. „Nun, wie soll ich sagen … Eigentlich ist er ein Arschloch. Vielleicht ist es nicht verwunderlich, daß so etwas passiert ist. Ich hab ja schon gesagt, daß er mal wegen Raubüberfall im Knast saß. Er hatte mit einem Kumpel eine Tankstelle überfallen und den Angestellten halb tot geschlagen. Auch Vera hat er einmal geschlagen. Sie ist damals zu uns gekommen, um sich ein paar Tage zu verstecken, bis Kai sich beruhigt hatte. Er hat leicht die Beherrschung verloren. Soweit ich weiß, hat er gesoffen und dann Schlägereien angezettelt. Damit hat er angegeben. Wohl um sich was zu beweisen."

„Warum ist er dann mitgekommen?"

Ralf zuckte mit den Achseln. „Keine Ahnung. Entweder er hat nicht gewußt, worauf er sich da einläßt, oder er hat das Ganze vorsätzlich geplant."

„Hast du eine Idee, worum es ging?"

„Nein. Zu uns war Kai eigentlich immer ganz okay. Manchmal hat er abfällige Bemerkungen gemacht, besonders wenn er getrunken hatte. Er fand schwulen Sex abartig."

„Ich hoffe, er bekommt, was er verdient", erwiderte Maik mit einem plötzlichen Haß, der ihn selbst überraschte.

„Du hättest Arnim sehen sollen. Es hat nicht viel gefehlt, und er hätte Kai abgeknallt. Wir haben, glaube ich, alle so gedacht vorhin. Die Polizei hätte uns geglaubt, wenn wir auf Notwehr plädiert hätten. Aber Selbstjustiz ist natürlich keine Lösung. Manchmal", sagte Ralf, mit einem Tonfall des Bedauerns, „wünsch ich mir allerdings doch die Todesstrafe. – Keine Angst, das sage ich nur, weil ich selbst betroffen bin. Das befriedigt nur den Zorn."

Maik hatte nicht entsetzt aufgeschaut, weil ihm der Gedanke an die Todesstrafe mißfiel, sondern weil er selbst wünschte, Kai würde auf dem elektrischen Stuhl landen.

Solche Typen verdienten kein Mitleid. Er wußte genau, was passieren würde. Kai würde nach einigen Jahren wegen guter Führung entlassen werden, sein jetziges Leben wieder aufnehmen und dort weitermachen können, wo er aufgehört hatte. Mord verdiente keine Schonung. Diese Typen änderten sich nicht, sie würden wieder töten, und das mußte verhindert werden. Auge um Auge. Kai gehörte hingerichtet, jede andere Strafe wäre nicht genug. Arnims Wut verstand er deshalb nur allzu gut, konnte sie nachempfinden.

„Was hast du Arnim gesagt?“ fragte Maik, „daß er doch hiergeblieben ist?“

„Ich bin sicher, er wollte gar nicht gehen“, sagte Ralf. „Arnim ist Einzelgänger, er gibt nicht gern zu, daß er andere braucht. Aber das ist nur ein Vorwand. Niemand ist in solchen Situationen gern allein. Auch Arnim nicht. Ich habe ihm einfach gesagt, daß wir ihn brauchen, daß er der einzige wäre, der hier einen klaren Kopf behalten kann. Das hat ihm die Entscheidung erleichtert. Man muß ihn nur richtig zu nehmen wissen. – Wieso? Stört er dich?“

„Nein, nein! Das habe ich nicht sagen wollen. Ehrlich.“

„Hör zu, Arnim ist nicht jedermanns Sache. Einstellungen sind halt verschieden, aber er ist genauso schwul wie du und ich, also gehört er dazu. Und er ist ein guter Freund, egal wie er aussieht oder was er denkt.“

„Ich habe nichts gegen ihn, wirklich nicht“, sagte Maik.

„Hast du etwa Angst, daß er auf dich losgeht? Glaube mir, so einer ist Arnim nicht. Martin hätte dich wohl kaum mit ihm zusammen eingeladen, wenn Arnim dich nicht riechen könnte.“

Was genau er gedacht hatte, konnte Maik gar nicht sagen. Natürlich empfand er Arnims martialisches Äußeres als bedrohlich, aus gutem Grund. Aber abgesehen von seiner schroffen Begrüßung heute morgen, konnte er tatsächlich nicht behaupten, daß Arnim ihm gegenüber ausfallend geworden war. Vielleicht schätzte er Arnim falsch ein. In einem aber hatte Ralf recht: Sie saßen alle im selben Boot.

„Was ist denn hier los?“ rief Josef plötzlich von der Stalltür aus.

Maik hatte ihn nicht kommen hören. Jetzt drehte er sich um und sah, wie Josef vorsichtig jeden Schritt abschätzte, die Arme weit ausgebreitet.

„Hoppla, das ist ja gefährlich hier.“

„Hebe besser deine Füße, falls du das noch kannst“, antwortete Ralf und stand von der Mauer auf.

„Wenn du glaubst, ich bin bereits dicht, irrst du dich gewaltig. Ich habe noch nicht mal angefangen.“ Überzeugend klang seine Stimme nicht. Die Worte kamen gezogen, ein wenig lallend.

„Da bin ich mir sicher.“

Unsicher blieb Josef zwischen zwei Schweineboxen stehen, stützte sich mit einer Hand auf der Mauer ab und betrachtete sich die beiden lächelnd. Sein Oberkörper wippte leicht vor und zurück.

„Das Essen ist gleich fertig“, brachte er schließlich heraus. „Ich soll euch holen. Oder wollt ihr lieber allein bleiben?“

„Red keinen Unsinn“, sagte Ralf, „wir kommen.“

Als Maik mit Ralf und Josef durch die Hintertür die Küche betrat, war das Abendessen bereits fertig. Es roch nach gebratenem Fleisch und gedünstetem Gemüse. Peter saß am Tisch und schnitt den restlichen Eisbergsalat in Streifen. Seine Augen waren wohl noch vom Weinen gerötet. Im Wohnraum nebenan deckten Martin und Arnim den Tisch.

„Es kann gleich losgehen“, sagte Peter und fuhr sich mit dem Handrücken über die Augen, „setzt euch schon mal hin.“

Alle Fenster und Türen standen weit offen, um den leichten Wind durch das Haus zu leiten und die abgestandene Hitze des Tages zu vertreiben. Peter brachte die

Schüsseln mit den Kartoffeln und den Möhren, dann den Teller mit den Koteletts. Maik stellte den Salat auf den Tisch. Wortlos setzten sie sich. Den ganzen Tag hatten sie nichts Richtiges gegessen, und nun aßen sie hungrig. Sobald die Teller leer waren, wurden sie wieder aufgefüllt. Niemand sprach.

Maik wollte nicht über den Mord und das, was er in ihm ausgelöst hatte, reden. Es war einfacher, nur zu essen und zu trinken. Die Weinflaschen wurden schnell geleert. Nicht nur Josef füllte ein Glas nach dem nächsten, selbst Maik trank, als ginge es darum, den Tag durch den Alkohol zu betäuben. Schließlich aber war auch der Nachtisch aufgegessen. Das notwendige Schweigen wich einem erzwungenen, dessen Stille ihm schwer wurde. Er kratzte die Reste seines Schokoladenpuddings vom Teller, langsam und akribisch, um den Moment auszudehnen.

„Sollten wir nicht mal anrufen", brach Peter schließlich die Stille, „und fragen, wie es Vera geht? Es muß doch schrecklich für sie sein. Wir haben noch nicht einmal gefragt, ob sie jemanden hat, den sie benachrichtigen kann."

Niemand antwortete. An Vera hatte keiner von ihnen gedacht. Maik legte den Löffel beiseite, wischte sich die Hände an der Serviette auf dem Schoß ab. Er hatte Vera gar nicht gesehen heute, also brauchte er sich nicht einmischen.

Ralf setzte sein Glas ab und stand auf. „Du hast völlig recht. Das hätten wir schon längst tun sollen. Ich rufe sie an."

„Nimm das Telefon im Flur", sagte Martin, „da ist es ruhiger."

Als Ralf das Zimmer verlassen hatte, sagte Arnim: „Es ist erstaunlich, wie gefaßt er mit Andreas' Tod umgeht."

„Ralf war schon immer ziemlich stark in solchen Dingen", bestätigte Martin.

„Er hat mir erzählt, was Kai für ein Schwein gewesen ist", sagte Maik und faltete die Serviette zusammen, um nicht aufsehen zu müssen. „Warum hat nicht vorher jemand etwas gegen ihn unternommen? Vielleicht wäre Andreas dann noch am Leben."

Amüsiert sah Josef ihn an. Seine Augen waren vom Alkohol bereits glasig. „Ja, ja, wenn, wenn, wenn – war aber nicht."

„Daß Kai jemanden umbringen würde, noch dazu seinen Schwager, damit hat doch niemand rechnen können. Es hat keinen Sinn, irgendeine Schuld zu suchen." Arnims Worte klangen bestimmt, als fühlte er sich selbst angegriffen. Er hatte sein Besteck laut auf den Teller fallen lassen.

„Das habe ich nicht sagen wollen, wirklich. Es ist nur ..." Maik stockte, wußte nicht weiter. Arnim verunsicherte ihn und warf ihm Blicke aus seinen klaren, kalten Augen zu, denen er ausweichen mußte. „Es ist nur, Andreas war doch kein Unmensch. Er hat niemandem etwas getan."

Peter zog hörbar die Nase hoch. Seine Lippen zitterten. Nach zwei Gläsern Wein sah er noch hilfloser aus als zuvor. „Andreas war immer für einen da, auf ihn war Verlaß. All die Jahre über. Ohne ihn hätten wir das Haus nicht so schnell renovieren können. Ich weiß nicht, was wir o-ohne ihn g-gemacht hätten."

„Ja, das stimmt", sagte Martin und fuhr seinem Freund durch die Haare, „wir haben ihm viel zu verdanken. Jeder von uns." Kurz hielt er inne, sah in die Runde, als wollte er sich vergewissern, daß niemand das Gegenteil behaupten würde. „Ralf kann froh sein über einen solchen Freund."

„Andreas hat das nicht verdient", fuhr Peter fort, der die Tränen nicht mehr zurückhalten konnte. „Warum ausgerechnet ihn? Es ist so u-ungerecht."

Ohne Aufforderung reichte Arnim ihm eine Serviette. „Hier, wisch dir die Tränen ab. Andreas war ein toller Mann, da sind wir uns alle einig."

Josef stand auf und hob das Glas. Er mußte sich an der Stuhllehne festhalten, um sein Gleichgewicht zu halten. „Auf Andreas! Den heiligen Andreas!"

„Das reicht jetzt, Josef", rief Martin und drückte ihn zurück auf den Stuhl. „Ich glaube, du hast genug getrunken."

„Woher willst du das wissen? Glaubst du, ich steck das so einfach weg? Die einen flennen, und die anderen saufen sich halt den Kummer weg. Jedem das seine. Ist noch Wein da?"

In diesem Moment kam Ralf zurück. Maik sah ihn fragend an, aber an seinem Gesicht war keine Reaktion abzulesen.

„Ich habe niemanden erreicht, und ihr Handy ist abgeschaltet", sagte er, „wahrscheinlich bleibt sie die Nacht über bei ihrer Tante oder einer Freundin, wenn die Polizei sie nicht dabehalten hat."

„W-Warum sollten sie d-das tun?" fragte Peter.

„Ich weiß nicht. Aber beruhige dich, bestimmt hat man sie gehen lassen, schließlich hat sie nichts verbrochen." Ralf setzte sich wieder auf seinen Platz.

Erneut trat Stille ein. Maik trank verlegen von seinem Wein. Jetzt, als Ralf wieder bei ihnen am Tisch saß, wagte niemand über Andreas zu sprechen. Auch er konnte nichts sagen, obwohl er wußte, daß Ralf dieses Schweigen unerträglicher fand als das Reden. Aber was gab es zu sagen? Er teilte die Meinung der anderen, für ihn war Andreas schließlich mehr als nur ein Freund gewesen. Gemeinsam waren sie oft um die Häuser gezogen, hatten getanzt oder einfach nur ein Bier getrunken. Meist waren sie dazu in ihre Stammkneipe gegangen, und wenn sie anschließend in die Disco nebenan wechselten, hatten sie vorher immer ein, zwei Linien Koks auf der Toilette gezogen oder eine Ecstasy eingeworfen. Andreas tanzte, während er abseits stand, zusah, wie Andreas sich mit entrücktem Blick drehte, die Hüften kreisen ließ und mit den Armen und Händen der Musik folgte. Er selbst tanzte nicht gern. Andreas zu beobachten und ab und an seinen Blick zu treffen, genügte ihm. Und sein verschwitztes Gesicht zu sehen, das ihn anstrahlte. Oder der Moment, wenn Andreas ins Schwarzlicht trat, wenn seine blasse Haut plötzlich dunkel und grobkörnig wurde, übersät mit kleinen, weiß glänzenden Staubflecken. Die grünlichen Pupillen, groß und rund, und seine Zähne, die in dem künstlichen Licht grell leuchteten. Wie ein Negativ, das Innere nach außen gekehrt.

Wenn Andreas vom Tanzen genug hatte, waren sie nach unten in den Dunkelraum verschwunden und vor dem Morgengrauen selten nach Hause gekommen.

Maik sah Ralf aus den Augenwinkeln heraus an. Er konnte nur hoffen, daß Andreas ihm gegenüber nicht alles erwähnt hatte.

„Also, wenn niemand mehr etwas zu sagen hat", unterbrach Ralf die andauernde Stille, „dann kann ich genausogut schlafen gehen. Es war ein anstrengender Tag."

„Tut mir leid", sagte Martin, „wir sind keine guten Unterhalter."

„Schon gut. Ich bin wirklich müde." Ralf erhob sich und verließ das Zimmer.

Arnim verschränkte die Arme und starrte verärgert in die Runde. „Bravo. Anstatt ihn irgendwie aufzuheitern, sitzen wir alle deprimiert herum und machen alles nur noch schlimmer."

„Hör auf, dich zu beschweren. Du hättest ja was sagen können."

„Meine Idee war es nicht, hierzubleiben, Martin. Wenn es nach mir gegangen wäre, säßen wir jetzt alle zu Hause."

„Und müßten allein damit fertig werden."

„Martin hat recht", fiel Peter ein, „sicher, wir haben Ralf nicht viel helfen können, aber das liegt doch nur daran, daß wir alle noch so geschockt sind, oder? Morgen wird es bestimmt b-besser werden."

„Morgen, morgen", sagte Josef mit gezogener Stimme, „wer weiß, was morgen passiert?"

„Du gehst jetzt besser auch ins Bett", wandte sich Martin an ihn.

„Ach was, ich bin putzmunter. Es ist noch viel zu früh, um Schluß zu machen."

Arnim leerte sein Glas in einem Zug. „Ich schließe mich Ralf an."

„Was soll denn das, ihr Luschen?" rief Josef. Er stand auf, stolperte jedoch rückwärts über den Stuhl.

„Bitte, Josef", sagte Peter, „benimm dich."

„Was soll das heißen, eh? Natürlich benehme ich mich. Was ist nur los mit euch? Klar, einen hat's erwischt, das war Scheiße. Richtig Scheiße. Das ist wie bei den kleinen Negerlein – nichts für ungut, Maik. Die wurden auch immer weniger. Einer nach dem anderen."

Maik hatte gerade einen Schluck Wein genommen. Das Glas noch an den Lippen, sah er auf. Josef konnte sich kaum noch gerade halten. Unsicher hielt er sich an der Tischkante fest.

„Sieben kleine Homolein", kicherte er, „dachten nur an Sex, der eine faßte Kai am Schwanz, da waren's nur noch sechs. – Krk!" Sein Zeigefinger fuhr einmal schnell über den vorgestreckten Hals.

Martin sprang auf. Augenblicklich war es still. Maik verschluckte sich an dem Wein, versuchte krampfhaft, das Husten zu unterdrücken.

„Das reicht!" schrie Martin in das Schweigen.

Mit geweiteten Augen starrte Josef ihn an und biß sich auf die Lippen.

„Wir wissen alle, daß du betrunken bist, aber das geht zu weit. So einen Quatsch brauchen wir uns nicht anzuhören. Verschwinde jetzt!"

Josefs Gesicht war merkwürdig verzerrt, als versuche er angestrengt, sich zu konzentrieren. Es fiel ihm sichtlich schwer, ruhig stehenzubleiben. Immer wieder kippte er zu einer Seite weg.

„Quatsch, alles Quatsch“, konnte er schließlich antworten. „Totaler Quatsch. Ich habe das nicht, ich meinte nur …“

„Ich bringe dich ins Bett.“ Arnim faßte ihn am Arm und führte ihn hinaus.

Maik und Peter starrten ins Leere. Dann sah Maik auf Josef, der schwankend in den Flur trat.

„Andreas hat mir auch was bedeutet“, rief Josef vom Türrahmen aus, noch halb ihnen zugewandt, da Arnim seinen Griff nicht lockerte. „Ich hab Scheiße geredet, wirklich. War nur so rausgerutscht.“ Dann zog Arnim ihn endgültig aus dem Zimmer.

„Was meint Josef damit?“ fragte Maik leise.

Martin winkte ab. „Gar nichts. Hast du nicht gesehen, wie betrunken er ist?“

„Das hat er sich ausgedacht, oder?“

„Natürlich. Das haben wir doch vorhin schon geklärt. Nur weil einer von uns nicht mehr klar denken kann, mußt du nicht alles glauben. Und was soll das überhaupt heißen? Selbst wenn Arnim Kai angemacht hat, berechtigt das doch nicht, jemanden umzubringen.“

„Nein“, sagte Maik, „natürlich nicht. Aber welchen Grund hat Kai sonst gehabt?“

Es war nicht Andreas' Schuld, wie konnte er so etwas auch nur denken? Andreas war tot, ermordet worden, wie sollte er da schuldig sein können? Kai hatte ihn umgebracht, einen beliebten Menschen einfach niedergeschossen. Welches Motiv Kai auch gehabt haben mochte, nichts, das Andreas getan hatte, rechtfertigte diese Tat – nichts.

Langsam fuhr sich Maik mit der Hand über das Gesicht. Er fühlte sich erschöpft. Auch er sollte schlafen gehen. Morgen würde sich nichts geändert haben, aber zumindest hatte sich dann etwas Zeit zwischen die Ereignisse geschoben. Bisher hatte das immer irgendwie geholfen.

An der Tür hielt Maik inne, wandte sich noch einmal um. Ihm fiel ein, daß er auf die Frage nach einem Grund für den Mord keine Antwort erhalten hatte. Niemand schien ernsthaft an diesem Punkt interessiert. Kurz war er versucht, seine Frage zu wiederholen, aber da weder Martin noch Peter ihn beachteten, entschied er sich dagegen.

Kapitel 3

Das Faszinierendste am Landleben war die Stille. Zwar sangen hier draußen Vögel, raschelte es im Gras, manchmal bellten Hunde, und nachts zirpten die Grillen, aber unter all dem lag eine Ruhe, die trotz jeden Geräuschs hervorbrach und eine Intensität hinterließ, die ihm unheimlich war.

Peter saß aufrecht im Bett, sah zum Fenster, durch das die Sichel des Mondes schien. In der Großstadt aufgewachsen, hatte er gelernt, mit Straßenlärm und Kindergeschrei zu leben, es war ihm ein Leichtes gewesen, trotz allem bei offenem Fenster zu schlafen. Die ersten Wochen auf dem Hof aber hatte er wach gelegen. Die Stille erschien ihm nicht wie ein erholsames Element, sondern wie das Fehlen von etwas, das er nicht benennen konnte. Oft hatte er hier draußen das Gefühl, als läge ein Druck auf seinen Ohren, der einen Teil seiner Umgebung ausklammerte. Schließlich hatte Peter sich an die Stille gewöhnt, sein Schlaf war tiefer und fester geworden, die Stille hatte ihn eingehüllt, ihn abgeschirmt von dem fortwährenden Trubel der Großstadt. Nur manchmal schreckte er mitten in der Nacht auf, um dann angestrengt zu lauschen, als habe ihn ein Geräusch geweckt.

Auch jetzt war er ohne erkennbaren Grund aus dem Schlaf gerissen worden, was ihn ärgerte. Es hatte lange genug gedauert, ehe er überhaupt einschlafen konnte. Unruhig hatte er sich von der einen Seite auf die andere geworfen. Erinnerungen waren aufgetaucht, kurze, unzusammenhängende Momentaufnahmen mit Andreas, schemenhafte

Bruchstücke, als wollten sie ihm den Verlust vor seine geschlossenen Augen halten. So sehr er sich auch bemüht hatte, nicht an Andreas zu denken, es war unmöglich gewesen. Martin dagegen war sofort eingeschlafen. Den Arm um ihn geschlungen, das Gesicht an seine Schulter gelehnt, hatte es keine zehn Minuten gedauert, bis Peter den ruhigen, gleichmäßigen Atem seines Freundes gehört hatte.

Vorsichtig, um Martin nicht zu wecken, schlug Peter die Decke zurück und stand auf. Es hatte keinen Sinn, liegenzubleiben. Er nahm die Jeans und sein T-Shirt von der Stuhllehne neben dem Schreibtisch und zog sich an. Martin atmete einmal schwer durch, drehte sich auf den Bauch, so daß die Decke verrutschte und seinen nackten Rücken freilegte. Den einen Arm hatte er unter das Kissen gesteckt, sein Gesicht seitlich darin vergraben. Dann schmatzte er mit den Lippen, lächelte sogar leicht, und Peter hielt gebückt inne, die Schnürsenkel in der Hand. Aber Martin wachte nicht auf.

Martin hatte nie Probleme, sich auf die Stille einzulassen. Vom ersten Tag an schlief er ruhig und fest. Oft hatte Peter neidisch in sein schlafendes Gesicht geschaut, wie er mühelos der Welt entwich, wie er sich zufrieden und glücklich lächelnd davongemacht hatte. Martin beherrschte die Kunst des Ausklammerns, des Nicht-an-sich-heran-lassens. Peter hätte gern gewußt, was es zu diesem Zaubertrick bedurfte. Vielleicht lag es tatsächlich daran, daß Martin vom Dorf kam, daß ihm Stille und Einsamkeit nicht unbekannt waren. Aber eher lag es wohl an der Ausgeglichenheit und inneren Ruhe, die Martin verbreitete, an seinem praktischen Sinn, daß alles sich regeln würde. Die Wochen und Monate vor ihrem Umzug hierher war Peter ein nervliches Wrack gewesen, hatte keine Minute stillsitzen können, voll Unbehagen und Zweifel darüber, ob er wohl das Richtige tat. Der Entschluß war ihm nicht leicht gefallen, zu sehr bedeutete dies einen gewaltigen Einschnitt in sein gewohntes Leben. Martin war von Anfang an dafür, plötzlich ganz in seinem Element gewesen, und hatte ihn schließlich überzeugt. Doch auch die Entscheidung hatte ihn nicht beruhigt. Selbst jetzt noch, als eigentlich alles so lief, wie es laufen sollte, überkamen ihn manchmal Bedenken. Immerhin hatte er seinen Job aufgegeben, die Parties und Freunde, die er nur noch selten sah. Ihre Beziehung war auf sich allein gestellt, es gab nichts und niemanden mehr, mit dem er seine Gedanken und Probleme teilen oder überspielen konnte. Und es war nicht immer leicht mit Martin. Seine selbstsichere, dominante Art konnte auch verletzen, es gab Momente, in denen Peter sich nicht ernstgenommen fühlte. Vielleicht nahm Martin ihn für selbstverständlich hin, war er sich seiner zu gewiß und achtete deshalb zu wenig auf Peters Befürchtungen. Nicht, daß er Martin egoistisch nennen konnte, aber gerade hier draußen, weil er sonst niemanden hatte, fühlte sich Peter eingeengter als zuvor.

Aber genau das hatte er doch schließlich gewollt. Er sollte sich nicht beschweren. Martin hatte ihn aus der Leere befreit, die Enge aufgerissen, die er bis zu ihrem Kennenlernen gespürt hatte, und wenn er jetzt ein wenig die äußere statt der inneren Einsamkeit zu spüren bekam, dann war das nichts im Vergleich zu dem, was er damals durchmachen mußte. Nein, alles war erträglicher als seine Vergangenheit ohne Martin. Was immer er sich vorgemacht hatte, welche dummen Möglichkeiten er auch immer durchgespielt haben mochte, wenn er glaubte, es hier draußen nicht mehr zu ertragen, er wollte nicht fort von hier, konnte es gar nicht. Ein wenig Schlaflosigkeit ließ sich da schon aushalten.

Peter verließ das Zimmer, schloß leise die Tür hinter sich und stieg im Dunkeln die Treppe hinunter. Draußen tauchte der Mond den Hof in ein bläuliches Licht. Keine Wolke verdeckte die Sterne, deren Anzahl ihn jedesmal von neuem überwältigte. In Berlin gab es kaum Sterne, dort wurden sie vom Dunst der Stadt verschluckt. Hier dagegen lagen sie blank. Er ging über den Vorplatz hinüber zum Kuhstall, drehte ziellos ein paar Runden. Vor ihm hoben sich die schwarzen Bäume vor dem Acker wie Scherenschnitte ab. Wie ein zerklüftetes Loch, durch das es hinaus ins All ging, hinaus in die Unendlichkeit, in die Ewigkeit vielleicht.

Das Knarren der Haustür ließ Peter zusammenfahren. Als er sich umdrehte, rannte ein Schatten hinter dem Kuhstall aus seinem Sichtfeld. Er hatte nicht erkennen können, wer es war, der Statur nach müßte es Maik oder Josef gewesen sein. Offenbar war er nicht der einzige, den die Ereignisse schlaflos ließen.

Langsam folgte Peter der Gestalt, bog zwischen den beiden Ställen ein, um auf die Rückseite zu gelangen. Zunächst sah er niemanden, dann aber hörte er Zweige knacken. Jemand hockte unter einem der Büsche, die an der Rückfront des Kuhstalls entlang wucherten. Vorsichtig trat Peter näher. Jetzt erkannte er Josef, wie er kniend Steine und Sand beiseite räumte und der ihn nicht kommen hörte, sondern erregt vor sich hin murmelte. Etwas schien ihn aufzuregen. Aus der kleinen Mulde, die er freilegte, holte Josef einen ekkigen Gegenstand. Peter schlich ein paar Schritte auf ihn zu, um besser erkennen zu können, was er da ausbuddelte. Die Steine legte Josef zurück auf ihren ursprünglichen Platz und stand auf. Als er sich umdrehte, stand Peter dicht vor ihm. Erschrocken fuhr Josef zurück und stolperte.

„Großer Gott!" rief er aus, versuchte mit den Armen das Gleichgewicht zu halten. „Was machst du denn hier?"

„Ich konnte nicht schlafen und bin spazierengegangen. – Was hast du da?"

Josef sah auf das kleine Päckchen in seinen Händen, drehte und wendete es hin und her. „Das hier? Ach, das habe ich gerade gefunden. Da hat was aus dem Boden geragt, und da habe ich es ausgegraben."

„Wenn es hier gelegen hat, dann gehört es wohl mir“, erwiderte Peter und streckte die Hand danach aus.

Schnell zog Josef das Päckchen schützend hinter seinen Rücken und trat einen Schritt zurück. „Nein, das glaube ich nicht.“

„Was ist es?“

„Das geht dich nichts an. Kein Gesetz verbietet mir, Dinge zu vergraben.“

„Was denn jetzt?“ fragte Peter. „H-Hast du es nun gefunden oder versteckt?“

Josef verzog das Gesicht, verdrehte die Augen und streckte die Zunge raus. „Bäh. Also gut, was soll's. Das hab ich heute früh hier deponiert.“

Peter wartete auf weitere Erklärungen. Zweimal setzte Josef zum Sprechen an, nur um schnell wieder den Mund zu schließen und sich am Kopf zu kratzen, als müßte er überlegen, ob er Peter einweihen durfte.

„Kannst du ein Geheimnis für dich behalten?“ fragte Josef schließlich.

„Sag schon, was es ist.“

„Ich habe das aus Andreas' Rucksack genommen, bevor die Polizei eingetroffen ist.“ Josef schlug das Packpapier auf. Zwei Tonkassetten waren darin eingewickelt. Peter nahm sie entgegen. Zwei schwarze Bänder ohne Aufschrift.

„Ich wollte nicht, daß die Polizei sie findet“, erklärte Josef. „Es sind Gesprächsaufzeichnungen. Andreas hat Telefonate mitgeschnitten.“

„Woher weißt du das?“

„Andreas hat damit angegeben. Er hat gesagt, daß ihn damit niemand hintergehen könne, er hätte ja alles auf Band.“

Ungläubig wandte Peter den Blick von den Kassetten zu Josef.

Der zuckte mit den Achseln. „Ich weiß nicht, was er gemeint hat. Vielleicht fand er das einfach irgendwie spaßig. Er hat manchmal einen ziemlich schrägen Humor gehabt."

„Aber weshalb soll die Polizei denn nichts davon wissen?"

„Nun, es ist nicht sehr nett, Freunde ohne ihr Wissen aufzunehmen. Schon gar nicht aus Jux und Tollerei. Es ... hätte keinen guten Eindruck gemacht."

Peter zog die Brauen zusammen. „Und deshalb hast du die Bänder gestohlen? Andreas ist das Opfer, nicht ein Verdächtiger."

„Ich weiß, aber genaugenommen habe ich sie ja nicht gestohlen."

„Weißt du, was drauf ist?"

Josef schüttelte den Kopf. „Nein. Ich weiß nur, daß Andreas gesagt hat, jemand würde ganz schön dumm aus der Wäsche gucken, wenn er das hört. Wen er damit meinte, hat er nicht gesagt. Ich hab auch nicht gefragt. Ich habe es für einen Streich gehalten, den er jemandem spielen wollte. Eigentlich hatte ich schon vergessen, daß er sie mitbringen wollte. Erst nachdem der ... nachdem das gestern passiert ist, ist es mir wieder eingefallen, und ich dachte, es ist vielleicht besser, wenn die Polizei nichts davon erfährt."

Wieder blickte Peter auf die Kassetten, als ließe sich an ihnen etwas ablesen. Natürlich hätte er gern gewußt, was darauf zu hören war, aber gleichzeitig wollte er nicht, daß Andreas in Mißkredit gebracht werden könnte.

„Wahrscheinlich ist es nichts W-Wichtiges", sagte er schließlich. „Ich bezweifle, daß das die Polizei interessiert hätte." Er reichte Josef die Bänder zurück.

„Kann schon sein", sagte Josef, „aber ich wollte sicher gehen."

„Was machst du jetzt mit den Kassetten?"

„Ich weiß nicht", antwortete Josef und wickelte sie wieder in das Papier. „Vielleicht hast du recht, und es ist wirklich nichts Aufregendes drauf. Am besten, ich schmeiße sie einfach weg."

„Glaubst du, wir sollten Ralf etwas davon sagen?“ Immerhin gehörten die Kassetten jetzt wohl ihm.

Josef schüttelte heftig den Kopf. „Keine gute Idee. Andreas hat nicht einmal ihm gesagt, daß er Gespräche aufzeichnet. Jedenfalls hat Andreas mir das so erzählt. Womöglich hat Andreas ihm einen Streich spielen wollen. Nein, es ist besser, wir sagen niemandem etwas. Jetzt ist es sowieso egal. Ich stecke sie ein und werfe sie in Berlin in die Mülltonne. Einverstanden?“

„Wie du meinst.“

Schweigend gingen sie zurück. Aus den Augenwinkeln sah Peter Josef an, der zu seinen Schuhen blickte und nach Kieselsteinen trat. Er ging nicht aufrecht wie gewöhnlich, sondern leicht zusammengesunken, so daß Peter wieder den Bauchansatz wahrnahm, der sich durch das T-Shirt abzeichnete und den er sonst peinlichst genau zu verbergen suchte. Aber Josef war zu sehr in Gedanken versunken, als daß er jetzt darauf achtgab. Was ihm durch den Kopf ging, konnte Peter sich vorstellen. Andreas war ihr Freund gewesen, und es war nur zu verständlich, daß Josef ihn ohne Makel in Erinnerung behalten wollte. Was immer Andreas getan haben sollte, es ging niemanden mehr etwas an. Es hatte keinen Sinn, jetzt nach seinen Fehlern zu suchen.

Vor dem Haus blieben sie stehen. Im matten Licht über der Tür wirkte Josefs Haut seltsam farblos. Er hatte bestimmt ebensowenig geschlafen wie er, war dafür zu betrunken gewesen. Auch jetzt noch waren seine Augen milchig vom Alkohol, er hatte langsam und vorsichtig gesprochen, um nicht über die nächsten Worte zu stolpern.

Josef starrte an ihm vorbei in die Dunkelheit, die Hände in den Hosentaschen vergraben. „Habe ich mich sehr danebenbenommen?“ fragte Josef schließlich.

„Ziemlich. Ich finde w-wirklich, du solltest nicht soviel trinken. Du sagst dann Dinge, die sehr verletzend sind.“

„Was habe ich denn gesagt?“

„Das wiederhole ich jetzt besser nicht. Trotzdem solltest du dich zumindest bei Maik entschuldigen wegen deines G-Gedichtes."

Josef kniff die Augen zusammen. „Ach das." Er fuhr mit der Hand durch die Luft. „Das habe ich doch nicht so gemeint. Gestern ging alles schief, ich meine – du hast recht, das ist keine Entschuldigung."

Es war nichts Ungewöhnliches, daß Josef ausfallend wurde, besonders, wenn er wie gestern zuviel getrunken hatte. Peter begriff nicht, weshalb Martin ihn immer wieder einlud. Früher hatte er nie etwas gegen Josef gesagt, seine Anwesenheit bei Partys oder sonstigen Gelegenheiten immer akzeptiert, bis ihm irgendwann einmal der Kragen geplatzt war. Sturzbesoffen hatte Josef Carsten im Wohnzimmer, vor allen Gästen, einen blasen wollen. Er hatte ihn gerade noch davon abhalten können, nur um sich Josefs Gezeter anhören zu müssen, während alle um ihn herum verstummten. Beleidigt war Josef aus der Wohnung gerannt und hatte den ganzen Hausflur vollgekotzt.

Am nächsten Morgen hatte er Martin seinetwegen zur Rede gestellt, doch der hatte von seinen Argumenten nichts hören wollen. Josef sei ein Freund, hatte Martin nur gesagt, als sei dies Begründung genug. Diese Sturheit, aus Josefs Benehmen keine Konsequenzen zu ziehen, ließ in Peter manchmal Zweifel aufkommen, ob nicht doch noch Gefühle im Spiel waren, besonders von Josefs Seite aus. Womöglich war sein widerliches Verhalten nur eine verquere Form der Zuneigung. Aber selbst wenn … mit seinen peinlichen Auftritten jedenfalls würde er nichts erreichen.

Was Martin Josef gegenüber empfand, war vielleicht eine Art Mitleid. Oder eine Art Beschützerinstinkt, da er wußte, wie einsam Josef war. Josef hatte nicht viele Freunde – gar keine außer ihnen, soweit er wußte. Zumindest diese Art der Zuneigung konnte Peter nachempfinden, auch wenn es nicht immer leichtfiel.

Über ihm schwirrten Insekten aufgeregt um das Licht, flogen gegen das Glas, um gleich darauf das sinnlose Manöver zu wiederholen. Beide warteten sie, ob es noch etwas zu sagen gab. Peter blickte an der weißen Fassade mit den Holzverstrebungen hinauf zu den Fenstern im ersten Stock, hinter denen noch alles dunkel war. Sein Zuhause. Wieviel Arbeit sie in den Hof gesteckt hatten. Monatelang hatten sie im Chaos wohnen müssen, ohne daß ein Ende abzusehen war, und hundertmal hatte er das Haus, Martin und sich selbst verflucht. Jetzt war von all den Mühen, dem Ärger nichts mehr zu sehen. Ein perfektes Haus, eins, das er sich immer gewünscht hatte.

„Na, ich lege mich wieder hin“, unterbrach Josef seine Gedanken, „vielleicht kann ich noch ein, zwei Stunden schlafen.“

Peter folgte ihm ins Haus und stieg hinter ihm leise die Treppe hinauf. Vor seinem Zimmer hielt Josef ihn an der Schulter zurück.

„Und du hältst den Mund, klar“, flüsterte er. „Kein Wort über die Kassetten. Auch nicht zu Martin.“

Als Antwort nickte Peter nur, die Klinke bereits in der Hand. Im Zimmer lag Martin noch immer aufgedeckt und atmete regelmäßig. Auch als Peter sich an ihn schmiegte, rührte er sich nicht. Die ruhigen Auf- und Abwärtsbewegungen des Brustkorbes neben ihm waren einschläfernd, aber dennoch lag Peter mit offenen Augen wach. Womöglich war auch seine Stimme auf Andreas' Bändern zu hören, oder die von Martin. Es mußte einen Grund geben, weshalb Andreas die Aufnahmen gemacht hatte.

Plötzlich schreckte Peter hoch. Vielleicht waren ja Gespräche auf den Kassetten, die Aufschluß über den Mord geben konnten. Daran hatten sie nicht gedacht. In diesem Falle wären die Kassetten ein wichtiges Beweismittel und müßten unbedingt in die Hände der Polizei. Doch was wäre, wenn Josef recht hatte und Dinge herauskamen, die Andreas in einem falschen Licht zeigten? War es überhaupt legal, Telefonate mitzuschneiden?

Vorsichtig schüttelte Peter die Schulter seines Freundes. „Martin“, flüsterte er. „Martin, wach auf.“

Es dauerte einen Moment, ehe Martin aus den Tiefen seines Kissens heraus zu murren begann.

„Hm“, sagte er gequält, „was ist denn?“

„Darf man eigentlich Telefonate aufnehmen?“

Martin drehte den Kopf in seine Richtung und zog die Brauen hoch, ohne dabei die Augen zu öffnen.

„Andreas hat das gemacht. Heimlich. Hast du das gewußt?“

„Wie? Woher soll ich das wissen?“

„Josef hat Kassetten in seinem Gepäck gefunden.“

„Aha.“ Noch immer hatte Martin die Augen geschlossen.

„Hörst du mir überhaupt zu?“ fragte Peter und kitzelte ihn hinter dem linken Ohr.

Martin schlug kraftlos nach seiner Hand. „Laß das. – Und, was soll ich jetzt tun?“

„Ich dachte, das interessiert dich. Ob die Polizei davon wissen sollte?“

Jetzt öffnete Martin die Augen.

„Ich finde“, sagte er verschlafen, „wir sollten Andreas in Ruhe lassen. Wen kümmert es jetzt noch, was auf irgendwelchen Kassetten drauf ist? Über Tote soll man nicht schlecht reden. – Laß uns weiterschlafen.“

Zärtlich schmiegte Martin den Kopf an seine Brust. Peter hielt ihn im Arm und wartete, bis er erneut eingeschlafen war. Martin hatte recht. Die Bänder konnten nichts mehr verbessern, nur alles noch schlimmer machen. Er würde niemandem etwas davon erzählen.

Peter drückte sich näher an Martins warme, weiche Haut. In dieser Ruhe, dem stillen, gleichförmigen Atem, fühlte er sich geborgen. Die jahrelange Vertrautheit war noch immer das beste Mittel gegen die Einsamkeit, die ihn hier draußen immer öfter überkam. Dabei war ihm der Umzug aufs Land so endgültig erschienen, wie ein Schlußstrich unter die eigenen Unsicherheiten, den Unzulänglichkeiten, die er so lange gespürt und gefürchtet hatte. Auf dem Hof, hatte er damals gedacht, würde alles von Neuem beginnen. Wieso nur mußte sich alles abnutzen?

Ralf war bereits früh auf den Beinen und bereitete das Frühstück vor. Irgend jemand mußte heute ins Dorf fahren, frische Milch, Eier, Brötchen und neuen Kaffee kaufen. Und jemand mußte den Abwasch erledigen. Das benutzte Geschirr vom Vorabend stand gestapelt neben der Spüle, und die Essensreste waren bereits angetrocknet. Er nahm den Kessel vom Herd, füllte ihn mit Wasser, zündete die Gasflamme an und stellte den Kessel wieder zurück. Dann lehnte er sich gegen den Tisch. Gestern abend hatte er mehr als üblich getrunken, weil ihn das stumme Rumsitzen der anderen genervt hatte. Zum Glück war er sofort eingeschlafen. Das Bettzeug hatte noch leicht nach Andreas geduftet, nach *Dark Blue* von Hugo Boss und dieser Faltencreme, auf die er immer so geschworen hatte. Das war auch das einzige gewesen, das in dem Zimmer noch an ihn erinnerte, da die Polizei Andreas' Sachen beschlagnahmt hatte. Auch deshalb hatte es sich so tief schlafen lassen. Heute früh dann war selbst der Geruch aus dem Kissen und der Decke verschwunden. Ralf nahm den Kessel vom Herd und goß kochendes Wasser in den Filter.

Nachdem der Kaffee durchgelaufen war, trat Arnim zu ihm in die Küche, als hätte der Geruch ihn angelockt.

„Es wird wieder heiß werden heute“, sagte Arnim und schenkte sich ein.

Ralf saß am Tisch, schnitt Brot in Scheiben.

„Nachmittags soll es gewittern“, erwiderte er. „Eine Abkühlung ist auch dringend nötig. Was ist heute für ein Tag? Ich habe den Überblick verloren.“

„Freitag."

„Diese verlängerten Wochenenden bringen mich immer durcheinander. Was willst du frühstücken?"

„Laß gut sein", sagte Arnim und setzte sich zu ihm. „Ich nehme nur ein paar Cornflakes, das reicht. Ich habe Martin versprochen, den Stall weiter auszumisten."

„Ist da überhaupt ein Ende in Sicht?"

Vorgestern hatten sie mit Andreas einen Rundgang über den Hof gemacht und in die Ställe gesehen. Der Kuhstall war zweistöckig, und oben lagerte das Stroh vergangener Jahre. Beinahe jeder Zentimeter des Stalls und des Bodens, hatte Martin erzählt, war mit den Ballen zugestellt gewesen. Größtenteils waren die Ballen längst auseinander gefallen, so daß sie das Stroh mit der Mistgabel entfernen mußten. Unterhalb der oberen Luke sammelte sich an der Außenwand bereits ein stattlicher Berg davon. Andreas hatte sich sofort rücklings hineinfallen lassen. „Na los!" hatte er gerufen, „ficken wir im Heu. Wenn das nicht romantisch ist." Ralf hatte lachend abgelehnt. Etwas beleidigt war Andreas aus dem Stroh gestiegen, mit Halmen und Spreu übersät, und hatte ihn einen Sexmuffel genannt. Unterdessen hatte sich Arnim eine der Mistgabeln geschnappt und sich darangemacht, wenigstens einen kleinen Teil des Strohs zu entfernen.

„Mir macht es Spaß", sagte Arnim achselzuckend, „körperliche Arbeit kann nie schaden."

Ralf starrte auf Arnims halbentblößten Körper, auf die trainierte Brust und die Oberarme. Auf dem rechtem Oberarm wand sich eine Tätowierung in Form einer Schlange. Was genau auf dem Ring an seinem Finger eingraviert war, konnte Ralf nicht erkennen. Das Silber war bereits ziemlich angelaufen. Es sah aus wie eine Art Kreuz. Wieder trug Arnim seine ausgewaschene Jeans mit den Hosenträgern, die die Brustwarzen bedeckten. Und immer noch – kurz lehnte er sich unter den Tisch, um sich zu überzeugen – diese *Doc-Martens*, oder wie immer die hießen.

„Warum müssen es ausgerechnet weiße Schnürsenkel sein?" fragte Ralf. Eigentlich sollte er einfach den Mund halten, schließlich ging es ihn nichts an.

Arnim ließ die Tasse mit einem lauten Klappern auf die Untertasse fallen. „Fang nicht schon wieder damit an, nicht am frühen Morgen", sagte er.

„Warum nicht eine andere Farbe?"

„Das gehört nun mal dazu", antwortete Arnim genervt. „Ein Erkennungszeichen, nichts weiter."

„Ja, ein Erkennungszeichen der Nazis."

„Hör zu", sagte Arnim, nahm sich eines der belegten Brote, die Ralf bereits geschmiert hatte, und stand auf, „laß uns darüber ein andermal diskutieren, okay? Ich mache mich an die Arbeit."

Mit großen Schritten ging Arnim zur Hintertür und knallte sie hinter sich zu. Über dieses Thema konnte man einfach nicht mit ihm reden. Dabei wollte Ralf ihm gar keine Vorwürfe machen oder ihm etwas unterstellen. Er war lediglich neugierig, weshalb Arnim sich so kleidete. Wenn sie zusammen waren, machte Arnim nie rassistische Äußerungen. Gerade deshalb fand er sein Äußeres ja so seltsam. Auch Andreas hatte ihm nie Näheres sagen können, obwohl er ihn viel öfter sah und auch einige von Arnims Skinheadfreunden kannte. Einmal hatte er Andreas direkt danach gefragt, und Andreas hatte ihn mit großen Augen angesehen und gegrinst. „Na, vielleicht", hatte er nur gesagt, „gibt's keinen versteckten Grund."

Arnim ärgerte sich über Ralfs Bemerkung. Er war sich bewußt, mit wieviel Unverständnis seine Freunde auf sein Äußeres reagierten, obwohl sie selten ein Wort darüber verloren. Seine Aufmachung und Haltung war nie wirklich Thema, immerhin war er weiß Gott nicht der einzige in der schwulen Szene, der so rumlief. Er erinnerte sich noch gut an Martins Gesicht, als er das erste Mal mit Glatze und Bomberjacke bei ihnen aufgetaucht war. Aber was gab es schon zu sagen? Die einen laufen in Leder oder Gummi herum, andere als aufgedonnerte Tunten und er halt als Skinhead. Jedem das Seine. Wenigstens untereinander sollten sie Toleranz zeigen und sich nicht mit Typen wie Kai auf eine Stufe stellen. Und genaugenommen akzeptierten seine Freunde das auch. Nur manchmal eben kamen diese stichelnden Bemerkungen. Dabei waren es zwei verschiedene Dinge, ob ein schwuler Skin diese Merkmale trug oder ein Nazi. Das eine hatte mit dem anderen nichts zu tun. Meistens jedenfalls nicht. Glatze zu sein war eben mehr als nur politische Überzeugung, es war Lebenseinstellung, Zusammengehörigkeit, Kameradschaft. Außerdem sah es geil aus. Und spätestens hier sollten Diskussionen aufhören.

Verärgert schlang Arnim das Brot hinunter und betrat den Kuhstall. Die Mistgabel hatte er vorgestern, nach getaner Arbeit, gegen einen der Holzpfeiler gelehnt. Hier unten war das meiste Stroh bereits entfernt worden. Durch die hölzerne Wand drang Licht. Wie scharfe, strahlende Schwerter fiel es von links und rechts, kreuzte sich im Mittelgang, in dem er stand. Feiner Staub wirbelte um seine Füße. Er nahm die Mistgabel und kletterte die brüchige Leiter zum Boden hinauf. Hier mußte er vorsichtig sein. Die Balken waren morsch, an einigen Stellen sogar durchgebrochen, es genügte ein falscher Schritt, und er würde drei, vier Meter in die Tiefe stürzen. Überall lag Stroh, verdeckte die beschädigten Holzplanken, so daß er jede Stelle mit dem Fuß langsam und vorsichtig prüfte, bevor er sein Gewicht darauf verlagerte. Das Holz unter seinen Stiefeln knarrte.

In gewissen Abständen hatte er den Boden bereits freigelegt. Hier konnte er sicher sein, daß die Balken ihn halten würden. An der linken Front angekommen, öffnete er das hölzerne Tor, vor dem früher eine Rampe auf den Hof geführt hatte. Jetzt lag unter ihm nur der riesige Haufen alten Strohs, das er vorgestern bereits hinuntergeworfen hatte.

Von hier hatte er den Blick frei auf das Wohngebäude und den Obstgarten. Der Acker lag außer Sichtweite. Er müßte sich weit hinauslehnen, um den Tatort sehen zu können.

Arnim begann das Stroh durch die Luke zu schaufeln. Noch war die Luft angenehm warm, die körperliche Anstrengung tat gut, belebte ihn. Bewegung verlieh ihm das Gefühl, nicht stehenzubleiben, vorwärts zu kommen. Sonst käme er innerlich zum Stehen, um dann irgendwie rückwärts zu leben. Das mußte er verhindern. Die Vergangenheit war tot, er wollte so weit von ihr entfernt sein wie möglich. Auch das war ein Grund dafür gewesen, warum er gestern davonfahren wollte. Das Wochenende war zum Stillstand gekommen.

Geblieben war er eh nur, weil Ralf wahrscheinlich recht hatte und die anderen ihn brauchen könnten, da er, abgesehen von Martin, als einziger einen kühlen Kopf bewahrte. Peter war der Situation absolut nicht gewachsen, und selbst bei Ralf mußte er davon ausgehen, daß er irgendwann zusammenklappte. Dieser Maik war noch schwierig einzuschätzen, besonders standfest aber schien auch er nicht, und auf Josef mußte er allemal ein wachsames Auge haben. Er hatte Josef noch nie leiden können. An Martins Stelle hätte er ihm längst eine reingehauen, ihm mal richtig gezeigt, wie der Hase läuft. Nein, wenn jemand von ihnen die Sache im Griff hatte, dann er. Immerhin galt es, Ruhe zu bewahren, vor Kai und auch vor den Bullen, die alles andere als sanft mit einem Haufen Schwuler umgehen würden, sollte es zum Prozeß kommen.

Arnim belud eine Gabel nach der anderen mit vermodertem Stroh und warf es durch die Luke. Der Schweiß, seine angestrengte Muskulatur waren wie ein belebendes Elixier, eine Art Droge, die ihn vorantrieb. Seine innere Unruhe, seine Aggressivität, die ihn oftmals außer Kontrolle geraten ließen, konnte er hier auf wunderbare Weise kompensieren. In Berlin hätte er andere Möglichkeiten gefunden, ihnen

Luft zu machen, er wäre mit seinen Kameraden durch den Prenzlauer Berg gezogen, von Kneipe zu Kneipe, sie hätten Mülleimer umgestoßen, Autoscheiben eingeschlagen oder Ausländer angemacht, die ihnen blöd kamen. Mit Türken oder Arabern hatte er keine Geduld, besonders nicht, wenn sie dumme Sprüche über Schwule machten. Wie diese zwei Knoblauchfresser letzten Monat, als er vor Uwes Haus gewartet hatte, und die ihm im Vorbeigehen „Arschficker" zuriefen. Im selben Moment waren Uwe und Herbert aus der Tür gekommen. Sofort hatten sie die beiden Kanaken umzingelt, die plötzlich ganz kleinlaut wurden. Uwe hatte bereits mit der Faust ausgeholt, er war alles andere als zimperlich in solchen Situationen, aber Arnim hatte eingegriffen, gesagt, daß die das nicht wert seien. „Na los", hatte Herbert den kleineren von beiden dann angeschrien, „mein Kumpel hier hat doch wohl 'n bißchen Schutzgeld verdient, was? Fünfzig Euro gegen deine heile Fresse. Und du auch."

Mit dem Geld hatten sie sich eine geile Nacht gemacht.

Nein, zusammengeschlagen hatte er noch niemanden. Natürlich würde er gern zuschlagen, er kannte das treibende Gefühl, den inneren Drang, Herr über andere zu sein, wenn auch bloß für einige Minuten. Nur zu oft malte er sich das aus, wenn er von diesen Touren nach Hause kam, er die Augen schloß, um sich vorzustellen, wie das wäre. Auch die beiden Türken waren in seiner Phantasie nie glimpflich davongekommen. Aber er tat es nicht. Etwas hielt ihn zurück. Nicht das Mitleid oder irgendeine Moral. Eher die Angst vor sich selbst, über das, wozu er vielleicht in der Lage war.

Als Maik aus dem Haus trat, fiel sein Blick auf Arnims verschwitzten, halbnackten Körper. Kurz blieb er stehen, beobachtete, wie Arnim von der Luke das Stroh hinunterwarf, als gäbe es für ihn in diesem Moment nichts Wichtigeres. Eigentlich wollte Maik spazierengehen, ein wenig allein sein. Statt dessen ging er auf den Kuhstall zu und betrat die längliche, lichtdurchflutete Halle. Der Raum erinnerte ihn an eine Kirche, mit den hölzernen Pfeilern, der merkwürdigen Stille und dem magischen Licht, das den Innenraum erhellte. Er fühlte so etwas wie Ehrfurcht, obwohl nur Stroh und Mist ihn umgaben. Über sich hörte er Arnim arbeiten. Was für ein Anblick das eben gewesen war: Die männliche Statur mit den Hosenträgern, den verschlissenen Jeans und der Mistgabel in der Hand. So stellte Maik sich einen unabhängigen, selbstsicheren Mann vor. Arnim hatte keine Angst vor irgend etwas, er stand über den Dingen. Und Arnim verströmte Macht. Das Unbeherrschte, Abweisende, der harte Tonfall stießen Maik zwar ab, aber gleichzeitig faszinierten sie ihn auch.

Maik bemerkte die Leiter, überlegte einen Moment und kletterte dann hinauf. Er war mit dem Oberkörper bereits durch die Luke, da erinnerte er sich an Arnims schroffe Begrüßung und bereute, daß er überhaupt in den Stall gekommen war. Für einen Rückzug aber blieb keine Zeit. Arnim hatte sich ihm zugewandt, die Mistgabel am ausgestreckten Arm auf den Boden gestemmt, und wartete. Mit einem letzten Blick in die Tiefe stemmte Maik sich ganz empor. Neben einem der vielen Strohballen blieb er stehen. Stumm blickte er sich auf der Plattform um, zupfte nervös einige Halme aus dem Ballen.

Schließlich machte Arnim den Anfang. „Hör zu, was ich gestern gesagt habe, ich meine, als du ankamst, das war nicht so gemeint.“

„Ist schon in Ordnung.“ Maik sah ihn nicht an, ihm war die Entschuldigung unangenehm. Aber sie tat gut, das konnte er nicht leugnen.

„Ich habe gedacht, du wärst so ein Spinner, der nur gukken wollte, was passiert ist.“

„Das hast du ja nicht wissen können.“

„Nein.“

Maik machte ein paar Schritte auf ihn zu, da wo die Ballen einen kleinen Pfad frei ließen.

„Paß auf, wo du hintrittst", rief Arnim ihm zu, „der Boden ist morsch. Geh da, wo kein Stroh liegt!"

Mit der einen Hand gegen die Ballen gelehnt, trat Maik einen weiteren Schritt in Arnims Richtung. Die Planken ächzten. Krachend gaben sie nach. Maiks linker Fuß glitt ins Leere. Er schrie auf, stolperte vornüber und sackte mit dem Oberkörper zur Seite, der weiter durch das Holz brach. Seine Arme griffen verzweifelt nach Halt. Im letzten Moment umklammerte er den stützenden, dicken Querbalken. Dann hing er schaukelnd im Nichts. Arnim stürzte auf ihn zu und bekam ihn rechtzeitig unter den Schultern zu fassen.

„Verdammt", rief Arnim, „was habe ich gerade gesagt?"

Wie wild zappelte Maik mit den Beinen. „Scheiße, was soll ich tun?"

„Halt still, verdammt noch mal. Zieh dich hoch!"

„Das schaffe ich nicht."

„Natürlich schaffst du das, streng dich an. Ich helfe dir."

Maik versuchte, sich nach oben zu ziehen. Doch seine Muskeln zitterten, seine Kraft reichte nicht aus. Die Arme rutschten bereits an dem Holz ab. Splitter kratzten sich in die Handflächen. Nur Arnims starker Griff verhinderte, daß er fiel.

„Hör auf zu zappeln! Konzentriere dich. Los, noch mal."

Wieder verlagerte Maik seine ganze Kraft in die Oberarme und Schultern. Arnim zog gleichzeitig. Langsam hob sich sein Körper aus dem Loch, gelangte schließlich ganz in Sicherheit. Maik zitterte. Auf allen vieren hockte er vor Arnim, wagte weder hoch noch zurück in die Tiefe zu schauen. Er hörte Arnim fragen, ob er okay sei. Vorsichtig, da er seinem Gleichgewicht nicht traute, blickte er auf. Arnims Gesicht hatte die Anspannung von eben verloren, seine Züge waren weicher. Maik blieb am Boden hocken. Dann versuchte er, sich aufzurichten, verlor aber sofort die Balance, so daß er erschrocken nach Arnims Stiefel griff. Arnim rührte sich nicht. Auch Maik stoppte in der Bewegung, blickte auf das durch den Staub matt gewordene, schwarze Leder der hohen Stiefel, die weißen Schnürsenkel, die parallel geschnürt am oberen Ende um den Schaft gewickelt waren und auf die hochgeschlagene, weißblau gefärbte Jeans.

Die drei Kerle auf der Klappe hatten auch solche Stiefel getragen. Jeden Moment hatte er erwartet, daß sie ausholen, daß die stahlverstärkten Kappen auf ihn eintreten würden, aber nach dem ersten Tritt gegen die Brust waren keine weiteren gefolgt. Statt dessen war Andreas aufgetaucht, hatte ihn lächelnd angesehen. Auch Arnim lächelte. Er legte die Hand auf Maiks Hinterkopf und drückte ihn gegen sich. Ein seltsames Gefühl durchzog ihn, eine merkwürdige Beklemmung, die intensiver war als die Angst durch den Sturz eben. Es war nichts wirklich Beängstigendes, mehr eine Vermischung zweier Emotionen, die nicht zusammenpaßten, es aber auf erregende Weise taten. Die Bedrohung durch die Stiefel, die Beschimpfungen, die Schläge der Typen auf der Klappe, die Schläge seiner Mitschüler, selbst die seiner Mutter. Zwischen all dem das Gefühl von Geborgenheit, von Nähe und Zärtlichkeit, einfach das Festhalten, so wie er es gerade tat. Andreas' Umarmung nach ihrer ersten Begegnung, seine Küsse oder einfach nur sein Blick, wenn er tanzte und ihn anlächelte. Andreas war ein so starker Halt gewesen. Es tat gut, wieder jemanden umklammern zu können.

Aus seiner hockenden Position bemerkte Maik, daß Arnim den Reißverschluß der Jeans öffnete und seinen steifen Schwanz herausholte. Im hohen Winkel zuckte er erwartungsvoll über Maiks Gesicht. Er nahm ihn langsam auf, fuhr mit den Lippen an ihm entlang, ließ ihn tief in sich hineingleiten. Arnim drückte gegen seinen Hinterkopf, griff mit den Fingern in sein Haar und stieß seinen Kopf vor und zurück. Zunächst sanft, wurden seine Bewegungen immer fordernder, so daß Maik Mühe hatte, Luft zu kriegen. In seine Würgelaute mischte sich ein Schluchzen, und Tränen rannen plötzlich über seine Wangen.

Durch die Heftigkeit ihrer Bewegungen wurde Maiks Halt erneut unsicher, so daß er erschrocken von Arnims Schwanz abließ. Arnim zog ihn an seinem T-Shirt nach oben, und Maik sah an ihm vorbei. Überall nur Stroh und Staub, der im einfallenden Licht golden tanzte. Weiter hinten, an einem der Holzbalken, hing ein weißer, länglicher Schädel mit spitzen Hörnern und leeren Augenhöhlen.

Arnim schloß seine Jeans und klopfte Maik auf die Schulter. Dann stiegen sie wortlos die Leiter hinunter. Maiks Gesicht war noch von den Tränen verschmiert, und kleine Rinnsale, die sich von den Augen zum Kinn gegraben hatten, zerfurchten seine staubbedeckte Haut.

Als sie unten ankamen, lächelte Arnim ihn an. „Ich war wohl zu heftig“, sagte er.

„Nein, das ist es nicht“, antwortete Maik, obwohl es teilweise stimmte. „Es ist nur, weil ... ich mußte an Andreas denken. Ich weiß nicht, wie es ohne ihn weitergehen soll.“

Arnim stellte die Mistgabel an einem der Pfeiler ab. „Hör auf, dir was vorzumachen“, sagte er ihm abgewandt. Die weißen Hosenträger kreuzten sich auf seinem breiten Rükken, zogen den Bund der Jeans ein wenig nach oben.

„Wie kannst du so etwas sagen?“ rief Maik entsetzt. „Andreas war mein bester Freund, er hat mir geholfen, ohne ihn ...“

„Was? Ohne ihn hättest du nicht gewußt, woher du deinen Stoff kriegen sollst. Meinst du das?“

„Das ist nicht wahr!“

„Du kannst aufhören damit.“ Mit der Faust schlug Arnim in die Luft. Er trat jetzt dicht an Maik heran. „Jeder weiß, daß Andreas gedealt hat. Sein Café war doch nichts weiter als ein riesiger Junkietreff. Er hat dir alles besorgen können. Wie, glaubst du, hat er sich sonst all die Dinge leisten können, mit denen er dauernd angegeben hat? Die Klamotten, die Rolex, das Cabrio – mit Trinkgeld?"

Maik konnte nicht antworten. Er hatte nicht geahnt, daß Arnim davon wußte. Andreas hatte ihm gebracht, was er wollte, sie hatten gemeinsam neuen Stoff ausprobiert, hatten auf seinem Bett gelegen, Arm in Arm, und gewartet, bis die Welt um sie herum zugeschnappt war und eine neue sich aufgetan hatte. Eine neue Welt nur mit Andreas, nur für sie zwei.

„Hör also auf, Andreas so in den Himmel zu loben", fuhr Arnim fort. Sein Tonfall wurde gelassener, beinahe beschwichtigend. „Er hat genug Leute auf dem Gewissen, die er überredet hat, seine Drogen auszuprobieren. So hat er sich seine neue Kundschaft herangezüchtet. Ich habe einige erlebt, die sind immer wieder zu ihm gekommen. Du bist doch einer von denen."

Wieder begann Maik zu zittern. Der Boden unter seinen Füßen wurde erneut brüchig. Wie damals, als er die Welt nicht mehr ertragen konnte, er in Andreas' Arme geflüchtet war. Torsten hatte ihn verlassen, ihn einfach sitzenlassen für einen anderen. „Hier, deine Sachen", hatte er nur gesagt und ihm die Plastiktüte mit seinen beiden Hemden und der Zahnbürste in die Hand gedrückt. ‚Ach ja, und die Schlüssel.' Im Hintergrund lehnte der Neue bereits in der Schlafzimmertür. Ein muskulöser Typ, mit Lederhose, dunklem Schnauzbart – und weiß.

Andreas hatte ihn getröstet, ihn geküßt und beruhigt und ihm eine Gratislinie Koks angeboten, das würde ihn auf andere Gedanken bringen. Zunächst hatte Maik gezögert, er hatte noch nie gekokst, nur ab und an mal Gras geraucht. Aber Andreas war bei ihm, und er hatte ihm vertraut. Und Andreas hatte nicht zuviel versprochen. Alles war von ihm abgefallen, die Angst, die Hilflosigkeit, er hatte sich gestärkt gefühlt, nicht nur währenddessen, auch im nachhinein. Es gab plötzlich einen Weg aus der Enge, aus all dem Scheiß, der ihn erdrückt hatte. Und Andreas war immer an seiner Seite, verschaffte ihm den Stoff, der ihn leben ließ. Als Gegenleistung bewahrte er die Tütchen bei sich auf. Andreas hatte bereits Ärger mit der Drogenfahndung gehabt, und Maik machte das nichts aus, schließlich war Andreas großzügig mit der Bezahlung. Nur einmal hätten die Bullen ihn beinah erwischt. Doch Andreas hatte ihn rechtzeitig gewarnt.

„Das ist nicht wahr", flüsterte Maik, dann lauter: „Du lügst!"

„Ist mir egal, was du denkst. Aber Andreas war ein mieser kleiner Dealer." Arnim zuckte die Schulter, wandte sich von ihm ab.

„Andreas war ein toller Mann, ein richtiger Freund", rief Maik ihm nach. „Wie kannst du einen Tag nach seinem Tod so über ihn reden."

„Als ob das etwas ändern würde, wenn wir uns irgendeinen Unsinn über Andreas einreden. Ihm ist das jetzt wohl scheißegal."

Maik hatte noch den salzigen Geschmack von Arnims beschnittenem Schwanz im Mund und spürte noch seine drängende Erregung, das Würgen. Er wollte ausspucken, aber sein Mund war zu trocken und staubig. Und wenn schon, hatten sie eben Drogen genommen, und ja, Andreas hatte ihm sein erstes Koks gegeben, doch er hatte es gern und aus freien Stücken getan. Die Nächte mit ihm im Drogenrausch waren so viel besser gewesen als alles, was er je erlebt hatte. Von Arnim würde er sich das nicht nehmen lassen. Ohne ihn anzusehen, ging er an ihm vorbei zum Ausgang.

„Davonlaufen nützt dir auch nichts", sagte Arnim und folgte ihm auf den Hof.

„Ich möchte nicht darüber reden."

„Wie du willst. Aber besser, du kapierst gleich, was für ein Mensch Andreas wirklich war. Sonst kommst du nie über seinen Tod hinweg."

Abrupt blieb Maik stehen und drehte sich zu ihm um. „Vielleicht will ich gar nicht über seinen Tod wegkommen. Vielleicht hat mir Andreas wirklich etwas bedeutet. Dir mag er ja egal gewesen sein, mir war er das nicht."

„Jetzt hör mir mal gut zu. Ich habe Andreas länger gekannt als irgendeiner sonst hier. Aber ich hebe ihn deshalb nicht in den Himmel. Da ist er wahrscheinlich sowieso nicht. Ich mache aus ihm nur keinen Heiligen, das ist alles. Daß dieser durchgeknallte Schwulenhasser ihn umgelegt hat, war völlig sinnlos. Aber ein besserer Mensch ist er deshalb jedenfalls nicht geworden."

Arnim hatte den Kopf seitlich geneigt, seine Augen weit geöffnet, als wartete er auf eine Zustimmung. Maik wollte etwas sagen, um Andreas zu verteidigen, doch er wußte nicht, was. Vielleicht stimmte es ja, was Arnim sagte. Aber darüber wollte er jetzt nicht nachdenken. Er ließ Arnim einfach stehen und ging schnell zur Rückfront des Wohngebäudes. Arnim ließ sich nicht abschütteln, blieb dicht hinter ihm.

„Akzeptiere es endlich", sagte er ihm beinahe ins Ohr.

„Laß mich in Ruhe."

„Kapier das doch! Du hast dir ein falsches Bild von Andreas gemacht, ihn nicht richtig beurteilt. Das kann jedem passieren, das ist nichts Schlimmes."

„Ich hab gesagt, daß ich nicht darüber reden will!"

Maik bog um die Ecke des Hauses und sah Martin über den Komposthaufen im Garten gebeugt. Als Martin aufblickte, verlangsamte er seine Schritte. Arnim tat neben ihm dasselbe.

„Hallo, ihr beiden!" rief er und kam ihnen auf den Steinplatten entgegen.

Maik verzog das Gesicht. Er wollte nicht auch noch mit Martin darüber diskutieren müssen, ob Andreas ihn womöglich ausgenutzt hatte und wie blöd er in ihren Augen gewesen war, das nicht gesehen zu haben. Seine Gefühle für

Andreas gingen niemanden etwas an. Er verschränkte seine Arme zur Abwehrhaltung über der Brust.

„Was ist los mit euch?" fragte Martin mit zusammengezogenen Augenbrauen und sah sie abwechselnd an. „Ist was passiert?"

Nicht gewillt zu antworten, sah Maik an Martin vorbei auf den Garten. An einem der Bäume hingen tiefrote Kirschen. Ein Star pickte dort kopfüber im Fruchtfleisch.

„Maik ist durch den Boden im Kuhstall gestürzt", sagte Arnim schließlich.

Überrascht und erleichtert horchte Maik auf. Es war rücksichtsvoll von Arnim, ihren kleinen Disput nicht anzusprechen.

„O Gott, hast du dir was getan?" fragte Martin.

„Nein", antwortete Maik abweisend, den Blick weiter auf den Vogel gerichtet. „Ich bin in Ordnung." Er sah Martin kurz an, wandte sich aber sofort wieder ab.

„Hm, keine guten Neuigkeiten", sagte Martin. Seine Stimme klang skeptisch. „Besser ihr geht nicht mehr da rauf. Es ist gefährlich dort oben. Das Stroh kann auch noch eine Weile liegen bleiben. Wir wissen sowieso nicht genau, was wir mit dem Stall machen sollen. – Ach ja", fügte er dann hinzu und hielt ihnen einen schwarzen Lederhandschuh entgegen. „Den habe ich gerade gefunden."

Maik sah auf den Handschuh in Martins Hand. Er war zerknittert, und das Leder hatte vom Dreck seinen Glanz verloren.

„Wem gehört der?" fragte Arnim und nahm ihn entgegen. Mit den Fingern fuhr er über das Leder, strich es glatt.

„Keine Ahnung. Der lag unter dem Küchenabfall. Ich wollte gerade den Kompost umschichten, da habe ich ihn gesehen. Mir gehört er jedenfalls nicht."

„Es ist auch viel zu heiß für Handschuhe", bemerkte Arnim. „Wer weiß, wie lange er schon dort liegt."

„Jedenfalls nicht sehr lange. Er lag gleich unter der ersten Schicht. Deiner ist es nicht?"

Arnim wendete den Handschuh hin und her, als müßte er sich erst davon überzeugen. „Nein, was soll ich im Hochsommer damit?"

„Meiner auch nicht", sagte Maik, als Martin ihn fragend ansah. Dann ließ er die beiden einfach stehen und eilte durch die Hintertür ins Haus.

„Was ist denn in den gefahren?" fragte Josef, als Martin mit Arnim in die Küche trat. „Sah ja aus wie ein afrikanischer Wirbelwind. Einfach durchgerauscht ist er."

„Da mußt du wohl Arnim fragen", sagte Martin und wandte sich zu Arnim. Vielleicht war er jetzt bereit, mehr zu sagen. Es war deutlich genug gewesen, daß mehr als ein Sturz im Kuhstall vorgefallen sein mußte.

Josef zog die Augenbrauen hoch und blickte ebenfalls zu ihm. Aber Arnim achtete nicht auf sie, setzte sich neben Ralf an den Tisch.

„Oho", rief Josef, „du wirst ihm doch nicht deine vergammelte braune Ideologie aufgetischt haben, oder?"

„Halt's Maul!" kam die ruppige Antwort.

„Es ist genau dieser Tonfall, der dich so sympathisch macht."

Bevor Arnim etwas erwidern konnte, fiel Martin dazwischen. „Das reicht, ihr beide", sagte er und legte den Handschuh auf den Küchentisch. „Gehört der einem von euch?"

„Nein. Woher hast du ihn?" fragte Ralf. Er goß Orangensaft aus einer Karaffe in vier aneinandergereihte Gläser und verteilte sie.

„Aus dem Komposthaufen. Einem von euch muß er aber gehören."

„Sieh mich nicht so an", sagte Josef und hob die Hände, „meiner ist es auch nicht. Sieht eher nach etwas aus, daß Arnim tragen würde."

„Vielleicht", überlegte Ralf, „hat er Kai gehört. Hat er, ich meine, hat er Handschuhe angehabt, als er …?"

Martin schüttelte den Kopf. „Nein, daran hätte ich mich erinnert."

„Also doch Peters", sagte Arnim, „wo ist er überhaupt?"

„Peter ist hinunter an den See. Er wollte ein paar Runden schwimmen. Aber ich bin sicher, daß er keine schwarzen Handschuhe hat. Das wüßte ich."

„Dann schmeiß ihn weg", sagte Josef gelangweilt und trank. Als er fertig war, fügte er hinzu: „Mit einem Handschuh kann man eh nichts anfangen."

Martin nahm den Handschuh vom Tisch und rieb mit den Fingern das Leder. Vielleicht sollte er nach Maik sehen, sich davon überzeugen, daß mit ihm alles in Ordnung war. Als er seine Augen auf Arnim gleiten ließ, traf ihn nur ein verschlossener Blick. Arnim saß zurückgelehnt, mit zusammengepreßten Lippen und hatte die Daumen unter den Hosenträgern eingehakt.

Manchmal war ihm schleierhaft, was in Arnim vorging. Lange Zeit hatte er nicht begriffen, weshalb Arnim sich der Skinheadszene angeschlossen hatte, was ihn daran so faszinierte. Ob es lediglich das Erscheinungsbild war, eine gewisse sexuelle Anziehung oder ob womöglich mehr dahinter steckte. Das konnte Martin noch immer schwer einschätzen, zumal Arnim seine verschiedenen Freundeskreise strikt voneinander trennte. Sein Wandel jedenfalls hatte ihrer Freundschaft keinen Abbruch getan. Arnim war derselbe geblieben, wenn man von der neuen Aufmachung absah. Die richtige Kopfform für eine Glatze hatte er immerhin, sie stand ihm sogar, und er brauchte sich keine Gedanken mehr um seine Geheimratsecken zu machen, über die er früher so geklagt hatte.

Und ein besonders diplomatischer Mensch war Arnim noch nie gewesen – weder als Skin noch vorher. Er konnte verletzend sein, gerade wenn er das sagte, was er dachte.

Martin hatte gelernt, damit zurechtzukommen, er schätzte inzwischen diese Direktheit. Aber Maik hatte Arnim womöglich mißverstanden. Maik war zu sehr auf der Hut, fürchtete überall die Abweisung. Schon immer hatte Martin sich deshalb verantwortlich für ihn gefühlt, jetzt mehr denn je.

Martin stand auf und verließ die Küche, den Handschuh noch in der Hand. Unentschlossen darüber, was er damit tun sollte, legte er ihn im Flur auf die Kommode. Dann ging er nach oben. Vor Maiks Tür blieb er stehen und lauschte kurz, bevor er anklopfte. Als keine Antwort kam, trat er einfach ein.

Wie in allen Gästezimmern gab es auch hier lediglich eine Matratze auf dem Boden und einen Klappstuhl. Erst nach und nach würden sie sich an die Arbeit machen, die vielen Zimmer auf Vordermann zu bringen und zu möblieren. Es hatte Mühe und Geld genug gekostet, die Außenwand und das Dach wiederherzustellen. Der Rest mußte warten.

Maik saß am Fenster auf dem Klappstuhl, blickte stumm hinaus. Er drehte sich nicht einmal um.

„Arnim nimmt nicht gern ein Blatt vor den Mund, das ist nun mal seine Art“, sagte Martin und stellte sich neben ihn. Das Fenster zeigte auf den Hof, auf die Hecke und den Akker dahinter. „Nimm es nicht persönlich.“

„Er hat kein Recht, so zu reden“, widersprach Maik, ohne aufzusehen.

„Hat – hat er dich beleidigt?“ Martin war vorsichtig, wollte abschätzen, in welche Richtung ihr Disput gelaufen war.

„Nein.“ Maik schüttelte den Kopf. Dann sah er zu Martin auf, zögerte sichtlich, bevor er fortfuhr. „Es ging um Andreas. Arnim hat über ihn hergezogen.“

„Hör zu“, sagte Martin, hockte sich vor ihn und legte beide Hände als Stütze auf Maiks Knie. Er war erleichtert, daß es nicht um Arnims Ansichten ging. „Ich habe keine Ahnung, was du und Arnim besprochen habt, aber was immer er gesagt haben mag, es hat nichts mit dem zu tun, was Andreas dir bedeutet hat. Natürlich hat Andreas Fehler gehabt, so wie wir alle."

Maik nickte nur.

„Arnim hat vielleicht ein anderes Bild von Andreas, das ist sein gutes Recht. Das macht Andreas aber weder schlechter noch besser. Wichtig ist nur, was er für dich gewesen ist. Egal, was andere von ihm denken."

„Kann sein", antwortete Maik und beugte sich vor, als hätte er irgendwas auf dem Hof gesehen. Sein Tonfall klang beiläufig, so daß Martin nicht genau einschätzen konnte, ob er ihn überhaupt verstanden hatte.

„He", versuchte Martin ihn aufzumuntern, „ich weiß, wie schwierig es im Moment für dich ist. Das geht uns allen so. Einen guten Freund zu verlieren ist nicht leicht."

Martin erhob sich aus der Hocke, strich ihm sanft über die Schulter, und er spürte, wie Maik sich durch die Berührung entspannte.

„Wir sind für dich da, deshalb sind wir schließlich alle hiergeblieben. Was wären wir denn für Freunde, wenn wir uns gegenseitig im Stich ließen?"

„Danke", sagte Maik und lächelte. Martin entging nicht, wie schwer ihm das zu fallen schien. Dann stand Maik auf, begann im Zimmer umherzulaufen. „Im Moment ist es nur, als wäre alles so sinnlos."

Darauf hatte Martin keine Antwort. Nichts, das er sagen könnte, würde helfen. Keiner von ihnen hatte wirklich verstanden, was geschehen war und warum. Auf Antworten mußten sie noch warten.

„Warum gehst du nicht zu Peter an den See?" schlug Martin vor. „Vielleicht lenkt dich das ein wenig ab."

Maik schwieg, ließ den Blick durch das leere Zimmer schweifen. Sein Rucksack lag in einer Ecke, daneben zwei T-Shirts, ein Hemd und eine Jeans ordentlich zusammengelegt.

„Also gut", entschied er schließlich, „wie komme ich dahin?"

Zwischen den Büschen hindurch gelangte Maik zu dem Feldweg, den Martin ihm vom Fenster aus gezeigt hatte, und bog nach rechts. In der Ferne erkannte er Baumkronen, die aus einer Senke blickten, in der der See versteckt liegen sollte. Zu beiden Seiten wechselten brachliegende Felder und Kartoffeläcker einander ab, zur rechten lag auch jenes, auf dem Andreas zu Tode gekommen war. Die von der Polizei markierte Stelle war von hier aus nicht zu erkennen. Maik sah lediglich die Pappeln und etwas abseits davon wieder die Kirchturmspitze. Die Sonne brannte heiß. Noch waren am Himmel keine Wolken auszumachen, nichts deutete auf das Gewitter hin, das der Wetterbericht für heute nachmittag angekündigt hatte.

Nach einem längeren Spaziergang gelangte Maik an das kleine Wäldchen. Er verließ den Feldweg, um über die angrenzende Wiese hinunter zum See zu gelangen. Die Bäume spendeten Schatten, bildeten vor ihm eine natürliche Gasse zum Wasser. An ihrem Ende führte ein Steg durch das mit dichtem Schilf bewachsene Ufer auf den See hinaus. Bereits von hier aus konnte Maik eine männliche Gestalt erkennen, die auf der Mitte des Stegs saß und die Beine ins Wasser baumeln ließ.

Maik war vierzehn gewesen, als er den Jungen am Wannsee beobachtet hatte. Die Arme nach hinten auf die Planken gestützt, hatte er ebenso die Beine ins Wasser gehalten. Seine flache Brust war von der Sonne gerötet gewesen, und die blonden, schulterlangen Haare hatten ihm naß ins Gesicht gehangen. Maik wußte nicht, wie lange er ihn angestarrt hatte, aber irgendwann gab die Mutter ihm einen Stups in die Rippen. Sie fragte ihn, ob er nicht mal einen Spaziergang machen wolle, immerhin lägen hier doch so viele hübsche Mädchen, einem Jungen in seinem Alter müßte das doch gefallen. Ihr Blick hatte eine merkwürdige Trübung angenommen, es lag nicht Ärger oder Abscheu darin, eher eine Spur von Melancholie oder auch Enttäuschung. Er war von dem riesigen blaurot karierten Badehandtuch aufgestanden und hatte ein Eis gekauft. Dann war er hinaus auf den Steg gegangen. Der Junge blickte nicht auf, als Maik an ihm vorüberging. Auch als er stehenblieb, ihn aus den Augenwinkeln heraus ansah, reagierte er nicht, sondern bespritzte mit seinen Füßen vorbeischwimmende Mädchen mit Wasser. Schließlich drehte der Junge sich ihm zu und fragte, was er denn so glotzen würde. „Hau ab, du Schwuchtel!" sagte er, sprang ins Wasser und schwamm davon.

Von weitem hatte Maik seine Mutter erkannt, als er verwirrt den Blick von dem leicht aus dem Wasser ragenden Rücken des Jungen nahm. Sie saß kerzengerade auf dem Badehandtuch, die Hand schützend über die Augen gelegt und blickte angestrengt in seine Richtung. Beschämt über Gedanken, die er nicht einordnen konnte, die ihm trotzdem ein Gefühl der Schuld vermittelten, war er vom Steg gehastet, vorbei an seiner Mutter, die nach ihm rief, und war dann, nur mit Badehose bekleidet und ohne einmal anzuhalten, nach Hause gerannt.

Maik betrat den Steg, ging auf Peter zu. Dieser bemerkte ihn erst jetzt durch die Schwingungen des Holzes und sah auf. In den Händen hielt er ein Foto.

„Ich hoffe, ich störe nicht", sagte Maik.

„Nein, nein, setz dich."

„Was hast du da?" Maik ließ sich neben Peter auf dem Holz nieder.

Stumm reichte Peter ihm das Foto, auf dem Andreas auf eben diesem Steg stand, die Arme erhoben, lachend, die Haare naß, als käme er gerade aus dem Wasser.

„Wann war das?" fragte Maik, ohne das Foto an sich zu nehmen. Es war besser, Andreas' Gesicht nicht zu deutlich vor sich zu sehen.

„Das war vor ein paar Wochen. Er war übers Wochenende rausgekommen, und wir sind oft hierher zum Schwimmen. Er war ein guter Schwimmer."

„Wie lange habt ihr euch denn gekannt?"

Peter blickte zurück auf das Bild, und es dauerte etwas, ehe er antwortete. „Ziemlich genau ein Jahr, glaube ich. Genaugenommen war er Martins Freund, sie kannten sich aus dem Café. Martin war dort Stammgast, und irgendwann hat er Andreas und Ralf zum Essen bei uns eingeladen. Seitdem haben wir uns regelmäßig getroffen. Ralf war am Anfang wohl nicht sonderlich erpicht auf Landbesuche, jedenfalls ist Andreas meistens allein rausgekommen. Mir war das recht. Ralf ist seltsam. Er ist so zurückhaltend in allem. Selbst jetzt scheint ihn das alles nichts anzugehen."

„Ich kann das schon verstehen", sagte Maik leise. „Er begreift noch nicht, was passiert ist. Er verdrängt alles." Nur zu gut wußte Maik, was Ralf empfinden mochte. Ihm ging es nicht anders.

„Ja, vielleicht."

Sie schwiegen. Gemeinsam blickten sie über den ruhigen See, dessen gegenüberliegendes Ufer sich im Wasser spiegelte, als gäbe es dort eine verkehrte Welt. Es schien, als brauchte man nur hineinzutauchen, die dünne Oberfläche zu durchstoßen, und man gelangte ins Gegenteilige, ins herrlich Gespiegelte, in dem nichts mehr so war wie hier oben, wo alles, was geschehen war, ungeschehen wäre.

Peter stand auf und trat an das äußerste Ende des Stegs. Aus seiner sitzenden Position heraus konnte Maik nicht erkennen, was Peter dort tat. Er hatte den Kopf gesenkt und schien seine Hände aneinander zu reiben. Erst als Maik ein reißendes Geräusch hörte, sprang er auf.

„Was machst du da?"

Peter achtete nicht auf Maik, nahm den Blick nicht von den beiden Hälften des Fotos, sondern schob die Teile übereinander, zerriß sie noch einmal. Auch die Viertel legte er erneut zusammen und versuchte es wieder. Das gelang ihm nicht. Statt dessen ließ er die Teile ins Wasser fallen. Ein leichter Wind, der über den See kam, wehte drei der Stükke zurück auf den Steg, so daß sie zu Maiks Füßen auf die Planken segelten. Er bückte sich und hob sie auf. Andreas' zerteiltes Gesicht lächelte ihn an.

„Irgendwann willst du es vielleicht wieder ansehen", sagte Maik und reichte ihm das zerstörte Bild.

„Ganz bestimmt nicht!"

Erschrocken über die Vehemenz seines Ausrufs, hielt Maik die drei Teile unsicher in der ausgestreckten Hand. Aber Peter nahm sie ihm nicht ab. Schließlich steckte Maik sie in die Gesäßtasche seiner Jeans.

„Ich hätte M-Martin seinetw-wegen verlassen", sagte Peter plötzlich leise, als spräche er zu sich selbst. Sein Gesicht hatte er abgewandt, obwohl Maik die Tränen in seinen Augen längst bemerkt hatte.

„Was soll das heißen?" fragte Maik, aber er sah nicht auf Peter. Auf der anderen Seite des Sees befand sich ein weiterer Steg, an dem zwei Boote befestigt waren. Auch dort drüben waren Menschen zu sehen, klein und verschwommen durch die Entfernung. Merkwürdig, ausgerechnet jetzt andere Leute zu sehen. Er kniff die Augen zusammen, damit er sie besser erkennen konnte. Ein Mann und eine Frau waren es. Ihr Lachen hallte leise zu ihm herüber.

„W-Wir haben uns geliebt", fuhr Peter fort und wischte sich mit dem Handrücken einmal über die Nase. „Na ja, j-jedenfalls habe ich das geglaubt. Andreas ist – war so großartig. Mit ihm war immer etwas los, es gab keinen Stillstand. Ich habe immer gedacht, daß ich das nicht brauche, daß ich lieber abgeschieden leben wollte, wie jetzt, hier auf dem Hof. Aber seit ich und Martin hier wohnen, ist alles irgendwie anders. Martin ist anders. Es ist, als hätten wir alles erreicht, als wären unsere Träume wirklich in Erfüllung gegangen. Martin scheint damit zufrieden. Er genießt die Ruhe. Ich kann das nicht mehr ertragen. Jeder Tag ist genau wie der vorherige. Es gibt nicht wirklich was zu tun, etwas Gartenarbeit, Reparaturen und so, mehr nicht. Und Martin ist so langsam und gleichmütig geworden, wie alles hier draußen. Selbst seine Liebe zu mir ist nur noch Selbstverständlichkeit, als gehöre ich ihm, wie der Hof und die Felder. Er sagt mir, was ich tun soll, und ich tue es. Abends sitzen wir allein, sehen fern oder lesen, bis es Zeit ist, ins Bett zu gehen. Dann gibt er mir einen Kuß und schläft ein. Ich weiß nicht, was ich gedacht habe, als ich von Berlin weg bin, was ich geglaubt habe, wie wir hier draußen leben würden. Mit diesem Nichts jedenfalls h-habe ich nicht gerechnet."

Maik starrte weiter über den See. Auf dem Wasser spiegelte sich das leicht schaukelnde Ufer. Der Mann auf dem anderen Steg hatte eine Angel ausgeworfen. Sicherlich gab es hier viele Fische. Bei den wenigen Malen, die Maik geangelt hatte, war ihm nie ein Fang gelungen. „Du mußt ganz still sein", hatte sein Vater gesagt, „sonst verscheuchst du sie". Aber er hatte nicht still sein wollen. Und zumindest damals hatte es wohl gar nichts zu fischen gegeben.

„Mit Andreas", hörte er Peter neben sich sagen, „gab es immer etwas zu lachen. Wir sind ausgegangen, wenn ich in Berlin war, oder wir waren hier am See schwimmen oder einfach nur spazieren. Er hatte Pläne, wollte fort aus Berlin, aus Deutschland, er wollte das Café aufgeben, einfach aussteigen. Es war klar, daß ich mitgehen sollte, und ich hatte beschlossen, daß ich es zu tun würde."

Peters Stimme war immer leiser geworden, und die letzten Worte waren nur noch ein Flüstern. Maik wollte ihn trösten, obwohl es nichts mehr zu sagen gab.

„Das habe ich nicht gewußt", sagte er. „Es – es tut mir leid, Peter. Wirklich."

Leicht fiel es ihm nicht, Peter in dieser Situation Trost zuzusprechen, aber auf keinen Fall durfte Peter ahnen, wie sehr ihn das, was er gerade gehört hatte, schockierte.

Aber irgend etwas Falsches mußte er dennoch gesagt haben. Peter drehte sich ruckartig um, sah ihn wütend an. Seine Tränen waren verschwunden.

„D-Du begreifst n-nicht! Ich bin froh, daß Andreas tot ist!" schrie Peter ihn an. „Er hat nichts anderes verdient."

„Wie kannst du so etwas auch nur denken!"

„Er hat mich sitzenlassen."

Peters Stimme sackte in sich zusammen, klang wieder hohl, weinerlich. „An dem Abend, als Andreas hier ankam, hat er mir gesagt, daß Schluß ist. Einfach so. Ohne Einleitung, ohne irgendeine Begründung. Ich dachte, wir besprechen die Einzelheiten, wann und wie wir uns aus dem Staub machen. Statt dessen sagt er einfach, daß es vorbei ist. Ich habe ihn gefragt, warum, da hat er einfach nur die Achseln gezuckt. Das sei eben so. Er hätte es sich anders überlegt. Ich habe ihn gehaßt. In diesem Moment habe ich mir gewünscht, daß er stirbt. Er hat sich einfach umgedreht und mich stehenlassen. Für ihn war das wohl keine große Sache. Er hat eben seine Meinung geändert. Nachts habe ich kein Auge zugetan, bin in der Küche auf und ab gelaufen. Auf dem Sofa im Wohnzimmer bin ich schließlich eingeschlafen. Gegen drei Uhr morgens dann habe ich Andreas aus dem Haus gehen hören und überlegt, ob ich ihn zur Rede stellen sollte. Aber ich bin liegengeblieben. Wer weiß, was ich getan hätte, wenn ich Kais Pistole gehabt hätte. Ich war so außer mir. Aber ich hatte keine Waffe. Ich bin einfach zurück in mein Zimmer gegangen, zu Martin."

Die letzten Worte klangen hart, es lag eine Bestimmtheit darin, die Maik bisher nie von Peter gehört hatte.

„Du warst eben enttäuscht", sagte Maik vorsichtig, „klar, daß du sauer auf ihn warst. Aber du kannst nichts für seinen Tod."

Der Blick, den Peter ihm zuwarf, war kalt. Seine Augen glänzten glasklar, beinahe durchsichtig wie das Wasser, wenn die Reflexion verschwand und man auf den Grund sehen konnte.

„Ich wünschte", sagte er, „ich könnte etwas dafür. In der Nacht hätte ich einiges dafür gegeben, wenn ich statt Kai ihn abgeknallt hätte. Er hat es verdient!"

Noch bevor Maik etwas antworten konnte, wandte Peter sich ab und rannte vom Steg, über die Wiese zwischen den Bäumen hindurch.

Maik sah ihm nach, dann setzte er sich auf die Planken, zog Schuhe und Strümpfe aus und ließ die Füße ins Wasser hängen. Wut stieg unaufhaltsam in ihm auf, eine Wut, die er die ganze Zeit unterdrückt hatte, um Peter nicht das Wort abzuschneiden und ihm ins Gesicht zu schlagen. Es hatte einige Kraft gekostet, es nicht zu tun, aber jetzt, allein, zitterte er. Mit den Füßen stampfte er wie wild im Wasser, wippte mit dem Oberkörper vor und zurück. Minutenlang ließ er sich so gehen, bis er sich langsam beruhigte.

Nichts von dem, was Peter ihm gerade anvertraut hatte, war ihm bewußt gewesen. Nicht die leiseste Ahnung hatte er gehabt. Peter hatte versucht, sich zwischen sie zu drängen, er hatte ihm Andreas ausspannen wollen, obwohl er bereits alles besaß, was man sich wünschen konnte. Aber das war Peter nicht genug gewesen. Er wollte auch noch Andreas. Ein dumpfes Gefühl machte sich plötzlich in seinem Magen breit, eine Art Hunger, als hätte er stundenlang nichts gegessen. Richtig flau war ihm bei der Vorstellung, wie wenig es gebraucht hätte, Andreas zu verlieren.

Aus der Jeans zog Maik das zerrissene Foto, legte zwei der drei Teile aneinander und starrte in Andreas' Gesicht. In das offene Lachen zwängte sich plötzlich ein heimlicher Ausdruck der Schadenfreude. Andreas hatte ein doppeltes Spiel gespielt. Nicht nur Peter hatte er glauben lassen, daß seine Gefühle nur ihm galten. Andreas hatte es ihm schließlich oft genug ins Ohr geflüstert, wenn sie gemeinsam auf dem Bett lagen, wenn Maik ihm nach dem Sex sagte: „Ich liebe dich", und Andreas diese Worte wiederholte. „Ich liebe dich."

Verächtlich warf Maik die Teile des Fotos ins Wasser. Diesmal segelten sie auf die glatte Oberfläche des Sees. Doch bereits als das Papier in der Luft hing, bereute Maik seinen Entschluß, das Foto wegzuwerfen. Was redete er sich da ein?

Andreas hatte sich von Peter abgewandt, er hatte ihn aufgegeben, weil er gemerkt hatte, daß Peter nicht der Richtige war. Ihn dagegen hätte Andreas nicht sitzenlassen, im Gegenteil, wenn die grausame Tat nicht geschehen wäre, hätte Andreas sich ihm ganz zugewandt. Da war er sich sicher. „Egal, was andere über mich reden", hatte Andreas schließlich immer gesagt, „hör nicht drauf. Die sind nur neidisch."

Maik beobachtete die schaukelnden Papierschnipsel auf dem Wasser, die immer weiter auseinandertrieben.

So schnell er konnte, war Peter gerannt. Solange er in Bewegung blieb, brauchte er nicht zu denken. Schließlich war er erschöpft und völlig außer Atem. Auf halben Wege zum Hof blieb er keuchend stehen. Es war unerträglich heiß, selbst die Vögel hatten sich stumm ins Geäst der Bäume verzogen. Hinter dem Haus zogen die ersten Wolken herauf.

Durch das Gespräch mit Maik war alles nach oben gekommen. Warum hatte er nicht den Mund halten können, wieso mußte er Maik alles erzählen? Doch das ließ sich nicht mehr ändern. Wichtiger war, wie es nun weiter gehen sollte. Die letzten Wochen hatte er eh nur ertragen, weil ein Ende absehbar schien. Er hatte sogar schon überlegt, was er mitnehmen würde. Nur einen kleinen Koffer, mehr nicht, nur das Notwendigste. Dieses eine Wochenende noch, hatte er geglaubt, dann wäre er fort. Alles hatten sie schließlich lang und breit besprochen, sie hatten Pläne geschmiedet, nach dem Schwimmen rücklings auf dem Steg liegend und in den blauen Himmel starrend. Andreas hatte seine Brust gestreichelt, und er war glücklich gewesen. So glücklich wie lange nicht mehr, so glücklich wie damals, als Martin beschloß, mit ihm aufs Land zu ziehen. Aber hier draußen war sein Glück nicht eingelöst worden. Andreas, da war er sich sicher, hätte ihn glücklich gemacht. Denn anders als Martin hatte Andreas noch Träume gehabt. Träume, die ihm gefielen, an denen er teilhaben wollte.

Von Ralf hatte Andreas nie gesprochen. Ihn sparte er aus, als gäbe es keinen Ralf, so wie es in diesen Momenten für Peter keinen Martin gab. Beide hatten sie ihren Gedanken freien Lauf gelassen. Was sie vorhatten, klang verrückt, aber nicht unmöglich. Andreas hatte Geld beiseite gelegt, viel Geld, genug jedenfalls, um damit durchzubrennen. Woher diese Summen stammten, das hatte er nicht gesagt, und Peter hatte auch nicht gefragt. Natürlich war da eine Ahnung, daß dieses Geld nicht ganz auf legale Weise beschafft worden war, aber das kümmerte Peter nicht. Er war ja auch nicht arm, und wenn sie zusammenlegten, dann war das genug für eine sorgenfreie Zukunft. Sollte Martin den Hof behalten, er würde ihn ihm schenken, das war er Martin schuldig.

Große Pläne waren es, die Andreas sich zurechtgelegt hatte. „Was hältst du von Amerika?" hatte er gefragt und mit dem ausgestreckten Arm einen weiten Bogen über den Himmel gezogen, „oder Hawaii? Wir könnten ein kleines Haus kaufen, am Meer, oder eine Penthauswohnung mitten in New York." Andreas hatte ihm zugezwinkert. „Oder beides, wenn du willst." „Beides", hatte Peter sofort ausgerufen, und sie hatten gelacht. Den Frühling in New York und den Winter in Hawaii. Von allem das Beste.

Das waren Andreas' Zauberworte gewesen, und Peter hatte sie aufgesogen. Lange weiße Strände, riesige Städte, ein Neuanfang. Weit weg von dem Hof, von Berlin, wo nichts ihn mehr einengen konnte, wo jeder Tag etwas Neues versprach. Immer schillernder hatte Andreas ihm vorgeschwärmt, und Peter hatte nicht genug hören können. Er brauchte diese Beschwörungen, diese sich wiederholenden Visionen. Mit Andreas im Arm, in den blauen Himmel starrend, hatte all das sich dort oben abgezeichnet, war es Realität geworden. Weit entfernt, aber nicht unerreichbar.

Statt dessen steckte er nun fest. Er mußte weiterhin hier auf dem Hof bleiben, bis er den Mut aufbrachte, Martin zu gestehen, daß er es nicht mehr aushielt. Solange er sich nicht im Klaren darüber war, was er wollte, hieß es ausharren und warten. Hauptsache, Maik hielt den Mund. Denn wenn Martin jetzt davon erfuhr, hatte er gar nichts mehr.

Das Wohnhaus mit seiner neu verputzten Fassade leuchtete im Sonnenlicht. Die roten Dachziegel glühten. Es hatte eine Menge Arbeit gekostet, das Haus wiederherzurichten. Martin und Andreas hatten auf dem Dach gesessen und die Ziegel verlegt, während er die Fassade gestrichen hatte. Und nun wollte er nicht mehr darin wohnen.

„Was macht du denn da unten?" hörte er Josef fragen.

„Ich suche was", antwortete Arnim aus der Hocke, den Kopf in den Unterstellschrank der Spüle gesteckt.

„Offensichtlich."

„Das reinste Chaos, keinerlei Ordnung – Au!" Arnim zog den Kopf ins Freie, rubbelte sich über die Glatze. Verdammte Rohre. Mit dem Fuß kickte er nach der blauen Domestos-Flasche. Der Küchenboden war mit Töpfen, Pfannen, Eimern und Reinigungsmitteln zugestellt, die er alle aus dem Schrank geräumt hatte. Töpfe, die keiner mehr benutzte, und halbleere Flaschen mit uralten Chemikalien. Zeit, daß jemand den ganzen Kram entsorgte.

Josef bahnte sich einen Weg durch die Unordnung und setzte sich an den Tisch. Dort schlug er die Beine übereinander, zündete sich eine Zigarette an. „Kann ich dir mal eine Frage stellen?"

Arnim blieb knien, sah zu ihm hoch. „Nur zu."

„Warum bist du gestern nicht gefahren?" fragte Josef. „Ich meine, was hat dich abgehalten?"

„Tut mir leid, wenn ich dich enttäuscht habe."

Theatralisch zog Josef an der Zigarette, blies den Rauch mit geschlossenen Augen zur Decke. „Das hast du tatsächlich. Aber das war doch nicht der Grund. Oder bedeute ich dir wirklich so viel?"

Worauf er hinauswollte, wußte Arnim nicht. Wahrscheinlich hatte Josef gar keinen Grund, wollte er nur rumzicken. Anders als bei Kai fühlte er keinen Haß auf Josef, eher Abscheu. Er war angewidert von seinem Gehabe und seiner Art, andere zu verletzen, sei es aus Absicht oder aus reiner Dummheit.

„Hör zu", antwortete er gereizt, „ich weiß, du kannst mich nicht sonderlich leiden. Mir geht es mit dir nicht anders. Das ist kein Geheimnis. Aber in dieser Situation sollten wir zusammenhalten. Keiner von uns steckt das so einfach weg, wir haben alle einen Freund verloren. Nur gemeinsam sind wir stark."

„Das glaubst du doch selbst nicht. Willst du mir etwa erzählen, daß du aus lauter Nächstenliebe hiergeblieben bist?"

Arnim zuckte mit den Schultern. Er hatte keine Lust, mit Josef weiter zu debattieren. Zumal es stimmte. Er war tatsächlich umgekehrt, weil er die anderen nicht im Stich lassen wollte. Besonders Martin und Peter nicht, die hier draußen allein zurückgeblieben wären. Aber auch er selbst wollte nicht allein sein. Zuhause hätte er sich nur Vorwürfe gemacht, sich dadurch angreifbar gefühlt. Hier zumindest konnte er sicher sein, Unterstützung und Halt zu bekommen, sollten er oder die anderen sie brauchen. Sie saßen alle im selben Boot.

„Kai hat einen von uns umgebracht", sagte er, „und wir dürfen nicht zulassen, daß uns das auseinanderreißt."

„Einen von uns", wiederholte Josef langsam, „ich habe nicht gewußt, daß Andreas einer wie ich war. Außer das wir beide mit Männern ficken."

„Eben." Arnim drehte sich um und nahm die Suche im Schrank wieder auf. „Das genügt doch wohl, oder?" sagte er mit dem Kopf unter der Spüle. „Weder Kai noch die Bullen nehmen uns doch für voll. Wir können damit rechnen, lediglich als Schwule abgestempelt und im Prozeß womöglich vorgeführt zu werden. Kais Verteidiger lassen sicher keinen Unsinn über unser Sexleben aus, um ein milderes Urteil für ihn rauszuschlagen."

Arnim konnte Josef nicht sehen, aber sein langes Schweigen verriet, daß seine Worte nicht ganz auf taube Ohren gestoßen waren.

„Ach was, das ist doch Unsinn", hörte er Josef schließlich antworten.

„Hey, in was für einer Welt lebst du eigentlich? Glaubst du etwa an das Märchen von der Gleichheit und Brüderlichkeit? Klar, niemand wird es uns direkt ins Gesicht sagen, aber sie haben alle ihre Vorurteile, da kannst du Gift drauf nehmen. Egal, was sie über Toleranz und Gleichberechtigung schwafeln, für die Heten sind wir nur ein Haufen Perverser, die hier draußen Orgien feiern und sich gegenseitig die Schwänze in den Arsch schieben. Du wirst sehen. Und in Null Komma nichts ist Kai der arme Hetero und hat aus Notwehr gehandelt."

„Na, es gibt ja immerhin noch ein paar Gesetze. Wir leben in einem Rechtsstaat, falls du das vergessen hast."

„Wart's ab. Wirst schon sehen. Und solange tun wir gut daran, uns nicht gegenseitig an die Kehle zu gehen. – Ah, hier sind ja welche." Triumphierend kroch Arnim aus dem Spülschrank und hielt drei Mausefallen in die Höhe.

„Was willst du denn damit? Einen Mörder fangen?" fragte Josef grinsend.

„Ratten. Hier sind Ratten in der Küche."

„Verstehe. Denen kannst du das Fell über die Ohren ziehen. Sind ja sozusagen Asylanten."

„Arschloch." Arnim stand auf. Er würde sich von Josef nicht aus der Reserve locken lassen. Das war er nicht wert.

„Was ist denn hier los?" fragte Martin, der in der offenen Küchentür stehenblieb und das Chaos am Boden erblickte.

„Ihr habt Ratten hier", erklärte Arnim und hielt ihm die Fallen entgegen.

„Ja, ich weiß. Ich hab den Kammerjäger schon angerufen, er kommt nächste Woche. Solange werden wir wohl noch mit den Viechern leben müssen." Martin bückte sich nach der Domestos-Flasche und hob sie auf.

„Ich dachte", sagte Arnim, „ich lege zumindest bei den Nahrungsmitteln welche aus."

„Sind diese Dinger nicht für Mäuse?" fragte Josef und drückte die Kippe auf einer Untertasse aus. „Heißt ja immerhin Mausefalle, nicht Rattenfalle."

„Wo ist der Unterschied?" entgegnete Arnim und baute die Fallen auf.

Die Hintertür wurde laut aufgestoßen, so daß Arnim sich umdrehte. Peter kam in die Küche gerannt, völlig außer Atem. Er hatte offenbar nicht damit gerechnet, sie alle in der Küche vorzufinden. Für einen Moment schien es, als wollte er gleich wieder davonlaufen.

„Na, mal sehen, was der andere Hausherr dazu sagt", begrüßte Josef ihn.

Peters Blick war auf Martin haftengeblieben. Ein eigenartiger Blick, den Arnim nicht einschätzen konnte.

„Unser Mann fürs Grobe hier will eure Ratten kaltstellen", sagte Josef.

Noch immer starrte Peter auf Martin, und Arnim sah sie abwechselnd an. Irgendwas mußte vorgefallen sein. Martin zog die Brauen zusammen, fragte aber nicht nach.

Schließlich ging Peter zum Kühlschrank, um sich eine Cola zu holen. „Ich dachte", sagte er abgewandt, „das hätten wir bereits besprochen, Martin. Ich will nicht, daß wir sie umbringen."

„Du weißt genau, daß es sein muß", erwiderte Martin, und sein Tonfall klang plötzlich genervt. Arnim blickte auf Josef, der seine Lippen stumm zu einem verwunderten O formte. „Ich will darüber nicht mehr diskutieren. Die Viecher verlieren bereits jeglichen Respekt vor uns. Neulich erst mußte ich eine mit einem Stein vom Komposthaufen verjagen."

„Tierquäler", rief Peter, stellte mit einem Knall das Glas auf der Arbeitsplatte ab und eilte aus der Küche zurück in den Garten.

„Holla, welche Laus ist dem denn über die Leber gelaufen?"

„Halt dich doch einfach da raus", erwiderte Arnim schnell, da Martin blaß geworden war. Josef schien es nicht zu bemerken, oder er ging einfach darüber hinweg.

„Auf wessen Seite du stehst, ist wohl klar. Sonst würdest du dich ja um deinen Job als Henker bringen. Warum legst du dich nicht einfach mit 'nem Baseballschläger auf die Lauer?"

„Halt deine blöde Fresse", sagte Arnim. „Was weißt du schon?"

Martin ging an ihnen vorbei und trank die Cola aus, die Peter stehenlassen hatte.

„Ach ja, ich vergaß. Allein ist das natürlich zu gefährlich. Ihr müßt euch ja zusammenrotten, sonst macht ihr euch vor Schiß in die Hosen."

„Das reicht jetzt!" schrie Martin. Josef zuckte sichtlich zusammen. „Warum könnt ihr nicht einmal friedlich miteinander umgehen? Wir haben genug Ärger auch ohne euer ständiges Gezeter."

Arnim schwieg. Martins und Peters Beziehung ging ihn nichts an. Eine solche Anspannung allerdings hatte er bei Martin bisher nie gesehen, und er hatte keine Ahnung, was der tatsächliche Auslöser gewesen war. Die Ratten jedenfalls nicht. Aber was wußte er schon von ihren Problemen? Seit sie hier draußen wohnten, sah er sie nur noch selten. Er konnte sich gut vorstellen, daß die Einsamkeit einen veränderte.

Ohne ihn oder Josef anzusehen, verließ Martin die Küche.

„Warum hat er mich denn dabei so angefahren?" fragte Josef mit Unschuldsmiene, die Finger abgespreizt auf die Brust gelegt.

„Dreimal darfst du raten."

„Sehr witzig, du Kinderschreck."

Schwerfällig stützte sich Josef auf die Ellenbogen. Schon durch diese kleine Bewegung geriet seine Umgebung ins Rotieren. Alles um ihn herum verlor seinen Bezugspunkt, und erst nach einigen tiefen Atemzügen hielt die Welt erneut an. Diese schwüle Hitze machte ihn fertig. Sein T-Shirt war auf dem Rücken völlig naßgeschwitzt, selbst das Laken war feucht. Dabei lag er doch erst eine halbe Stunde. Vielleicht hätte er nicht soviel trinken sollen. Jetzt brauchte er etwas anderes, um sich aufzumuntern, Speed wäre nicht verkehrt oder Koks. Leider hatte er seine Tütchen zu Hause liegenlassen. Er war davon ausgegangen, daß Andreas genügend bei sich hätte. Aber mit seinen von der Polizei beschlagnahmten Sachen war auch der Stoff verschwunden. Und bei Martin und Peter brauchte er gar nicht erst nachschauen. Eher würde er Drogen bei seiner Großmutter finden.

Unkontrolliert mußte Josef kichern. Martin, dieser Saubermann, auf Koks. Eine verrückte Vorstellung. Nicht einmal am ersten Abend hatte er über seinen Schatten springen können, obwohl sie alle breit waren, Peter inklusive. Dabei hätte es ihm weiß Gott mal gutgetan.

Interessant wäre es schon, Martin mal völlig ausgelassen zu erleben, seine steife Fassade bröckeln zu sehen. Doch

Drogen waren da wohl gar nicht nötig. Offenbar genügte schon ein kleiner Familienkrach. Was er eben mitgekriegt hatte, klang nach mehr als nur ein paar Rissen in dieser perfekten Beziehung. Ihm machten sie doch nichts vor. Er mußte nur ein wenig nachforschen.

Ihre kleine heile Welt war also nicht so heil, wie sie immer taten. Dabei hatte es tatsächlich so ausgesehen, als könnte nichts ihre Beziehung trüben. Aber Peters Tonfall nach zu urteilen, steckte die Karre bereits im Dreck. Verdammt gute Schauspieler die beiden.

Dieses ganze Trara vom Glück zu zweit konnte er eh nicht mehr ertragen, dieses Ach-was-sind-wir-glücklich-Getue, als wollten sie ihm irgend etwas beweisen. Damals hatte Martin mit ihm Schluß gemacht, bereits nach knapp acht Wochen. Angeblich weil er so unreif und sprunghaft war. Und das rieben sie ihm jetzt ständig unter die Nase. Nur deshalb wurde er doch eingeladen, um ihrem Dauergeschmuse zusehen zu müssen, und damit Martin ihm zeigen konnte, wie eine perfekte Beziehung aussah. Auf seine Gefühle achtete dabei niemand, sie trampelten darauf herum, als sei er aus Eis. Nicht, daß er Martin wiederhaben wollte, Gott bewahre. Aber verlassen zu werden, noch dazu für Peter, war mehr als demütigend gewesen. Zugegeben, er hatte so getan und sich benommen, als könne nichts passieren, als hätte er Martin fest im Griff. Aber er brauchte eben Spaß, die Partys, die durchgemachten Nächte, und wenn Martin da nicht mitziehen wollte, war das nicht seine Schuld. Immer nur Vorwürfe, Moralpredigten, das hielt doch keine Sau aus. Und dennoch hatte Josef es ausgehalten, hätte er es sogar noch länger ausgehalten, wenn Peter nicht aufgetaucht wäre.

„Das ist nicht dein Ernst", hatte er Martin damals ins Gesicht gelacht, noch auf E. Martin war aufgeblieben, hatte auf ihn gewartet, nur um ihm seine Entscheidung kalt und sachlich entgegenzuschleudern. Draußen war es bereits hell geworden. „Du läßt mich sitzen wegen diesem Milchgesicht? Mach dich doch nicht lächerlich." „Es ist nicht wegen Peter", hatte Martin gesagt, „es ist deinetwegen." Das hatte gesessen.

Aber mit Peter wurde Martin wenigstens fertig. Der war Wachs in seinen Händen, und das war garantiert der einzige Grund, warum Martin ihn fallenlassen hatte. So viel Selbständigkeit vertrug Martin nicht. Ihm war ein sabberndes Hündchen lieber.

Gut, daß er längst drüber hinweg war. Hatte ja auch lange genug gedauert. Den lieben Freund zu mimen, noch dazu vor Peter, war anfangs eine schauspielerische Meisterleistung gewesen. Denn ganz auf Martin verzichten wollte er schließlich auch nicht. Nur manchmal versetzte ihm die Sache noch einen kleinen Stich.

Aber er ließ sich nichts anmerken. Lieber machte er gute Miene zum bösen Spiel. Dabei hatte er es gar nicht nötig, hier zu sein, er konnte sich auch wunderbar allein vergnügen, klar, gar kein Problem. Auf eine Naked-Sex-Party gehen oder in einen Fetish-Club, irgendwas würde ihm schon einfallen. Alles schien im Moment besser, zumal nach diesem Desaster mit Andreas.

Vorsichtig stand Josef auf. Ihm war schwindelig. Er brauchte dringend was in die Nase. Auf Strümpfen ging er in den Flur, lehnte sich über das Treppengeländer. Alles war ruhig, niemand würde ihn stören. Dann eilte er ins gegenüberliegende Zimmer. Arnims Reisetasche stand neben der Matratze. Hektisch durchsuchte er die Klamotten. Nichts. Getragene Socken, ein Polo-Shirt, Kulturtasche und Unterhosen. Ein völliges Durcheinander. Aber etwas anderes hatte er von Arnim auch nicht erwartet. Seine selbstherrliche Art ging ihm auf die Nerven. Dieses Macho-Getue und die blöde Glatze waren einfach nur lächerlich. Wem wollte er damit denn imponieren? Und ständig dieses Gerede von Zusammenhalt, Gemeinschaft und Stärke zeigen. Nazi-Gequatsche!

Josef warf die Kleidung achtlos zur Seite. Dabei klappte die Brieftasche auf, die in einem Hemd eingewickelt gewesen war. Im linken Sichtfenster steckte der Personalausweis. Josef nahm ihn an sich und mußte über das erschrocken dreinblickende, eingeschweißte Gesicht von Arnim lachen. Dann fiel sein Blick auf den Namen. Irritiert runzelte er die Stirn.

Schau einer an, so ein kleiner Heimlichtuer. Josef sah einmal kurz über die Schulter. Es war noch immer alles still. Schnell zog er den Ausweis aus der Plastikhülle und steckte ihn in die Jeans.

Drogen aber waren in Arnims Tasche keine. Josef sah sich im Zimmer um. Außer der Matratze war es leer. Irgendwo mußten sie versteckt sein, unvorstellbar, daß Andreas, Arnim und Kai zusammentrafen, ohne zu dealen. Auf allen vieren kroch Josef über das alte Parkett, prüfte jede einzelne der Dielen. Arnim hatte den Stoff sicherlich gut verstaut. Vielleicht doch in Andreas' Zimmer? Aber das hätte Ralf sicher mitbekommen. Nein, sie mußten hier sein.

Unter der Matratze entdeckte er schließlich eine Diele, die sich herausheben ließ. In einer Plastiktüte befand sich weißes Pulver, in einer zweiten Pillen mit kleinen Bildchen darauf. Aus der Hosentasche zog Josef eine kleine Metalldose, die er mit dem Pulver füllte. Einige der Pillen steckte er in die Hemdtasche. Sorgfältig legte er dann beide Tüten wieder in das Versteck, schob die Matratze auf ihren ursprünglichen Platz, warf die Kleidung und die Brieftasche zurück in die Tasche und taumelte in sein Zimmer.

Genaugenommen gehörte das Zeug sowieso ihm. Es war nur fair, wenn er sich jetzt bediente. „Keine Drogen mehr", hatte Andreas gesagt. Er mache Schluß mit dealen, er solle sich an Arnim oder Kai halten. Großer Gott, wie lächerlich! Arnim hatte von all dem doch keine Ahnung. Aber es war Andreas ernst damit gewesen. Kein Wunder, daß Kai da nicht mitzog.

Auf dem Fenstersims schüttete Josef etwas Koks aus der Tüte, zerkleinerte es fein säuberlich mit der Visakarte und schob alles zu einer Linie zusammen. Mit einem gerollten Zehneuroschein schniefte er das feine Pulver in die Nase. Von dem Kribbeln schüttelte er den Kopf. Gleich würde es besser werden. Dann konnte er die anderen wieder ertragen. Josef ließ sich auf die Matratze fallen, blickte starr an die Decke und wartete, bis sie aufriß, sich das gesamte Zimmer erweiterte. Er konnte sehen, wie die Wände auseinanderstoben, wie sie ihm mehr Raum gaben und die Enge und die Schwere mit sich nahmen. Alles wurde hell um ihn und die Farben so wunderbar farbig.

Nach ein paar Minuten zog er den Personalausweis aus der Hosentasche und betrachtete ihn. Arnim hatte Haare, kicherte er vor sich hin, richtige Haare, süße blonde, gewellte Haare, und er sah damit aus, als könnte er kein Wässerchen trüben. Wie erschrocken er aus der Wäsche guckte, so, als wäre das Blitzlicht eine Bedrohung gewesen. Peng, hatte es wohl gemacht, peng, peng, peng. Amüsiert hielt Josef das Dokument mal näher, mal weiter entfernt von seinem Gesicht, drehte und wendete es hin und her, als handelte es sich um ein Vexierbild. Schließlich steckte er den Ausweis zurück in die Tasche. Den würde er bestimmt noch brauchen.

Das Koks knallte jetzt richtig rein. Verdammt guter Stoff, das mußte man Andreas lassen. Seine Müdigkeit war weg, es ging ihm prächtig. Es wurde Zeit, daß er sich ein bißchen amüsierte. Er richtete sich auf, und im selben Moment hörte er Peter unter sich im Wohnzimmer schreien.

Es konnte losgehen.

Zum Glück war niemand im Wohnzimmer. Peter hätte es nicht ertragen, jetzt jemandem zu begegnen. Die Küchentür war geschlossen, und dahinter hörte er Klappern und Scheppern. Arnim war wohl noch immer mit den Fallen beschäftigt. Es war blöd gewesen, sich vor den anderen so aufzuführen.

Aber nach all dem, was in der letzten Stunde in ihm hochgekommen war, hätte er Martins Gesicht nicht ertragen.

Er ließ sich in den Sessel fallen. Neben ihm auf dem runden Beistelltisch lag Martins Heimwerkerkatalog. Er nahm ihn an sich, blätterte lustlos darin herum. Was er da sah, interessierte ihn nicht. Das war Martins Bereich. Kreissägen, Hobelbänke, Werkzeugkisten, alles Dinge, mit denen er nichts zu tun haben wollte. Die Abbildung einer Heimsauna war mit Kugelschreiber mehrfach eingekreist. Wollte Martin jetzt auch noch eine Sauna? Ihm gegenüber hatte er nichts davon erwähnt, aber das wunderte ihn nicht. Martin stellte ihn immer vor vollendete Tatsachen. Die Farbe für die Fassade, die Dachziegel, die Möbel, die sie bestellten – was immer es war, Martin hatte die Entscheidung längst getroffen, bevor er überhaupt davon erfuhr. Sicher, Peter hatte Martin immer wieder gesagt, daß er alles so machen sollte, wie er dachte. Er vertraute auf seinen Geschmack. Aber jetzt war es ihm plötzlich zuviel, fühlte er sich durch das Bild einer Sauna beklemmend ausgeliefert, in die Ecke getrieben. Eine innere Panik überkam ihn, von der er keine Ahnung hatte, wie er sie eindämmen sollte, und Tränen rannen ihm übers Gesicht.

Dann spürte er unerwartet eine Hand auf seiner Schulter.

„Arnim hat die Mausefallen jetzt aufgestellt", sagte Martin in seinem typischen, mitleidsvollen Tonfall. Martin wußte immer sofort, wenn ihn etwas bedrückte. „Glaub mir, es ist besser, wenn sie verschwinden."

„Schon gut", antwortete Peter und legte den Katalog zur Seite.

„Was willst du jetzt tun?"

Überrascht sah Peter ihn an. Die Stimme seines Freundes hatte eine seltsame Färbung bekommen, eine neue Tiefe und Schwere, die er nicht an ihm kannte. Es ging nicht mehr um die Ratten.

„Ich meine", fuhr Martin fort, „jetzt, wo Andreas tot ist."

„Ich verstehe nicht …"

„Ach komm, hör auf, mir etwas vorzuspielen."

„Ich weiß nicht, was du meinst." Peter entzog sich Martins Berührung, der Hand, die weiterhin auf seiner Schulter geruht hatte.

„Für wie blind hältst du mich?"

Mit einem gewissen Unbehagen stand Peter auf, so daß der Sessel zwischen ihnen blieb. Martin klang nicht verärgert, er stand auch nicht aufrecht, wie sonst. Seine Schultern sackten ein wenig nach vorn, und er spielte mit den Händen.

„Es tut mir leid, wenn mich Andreas' Tod so mitnimmt", antwortete Peter vorsichtig und musterte seinen Freund. Aber er hatte offenbar das Falsche gesagt, denn Martin richtete sich abrupt auf. Der sanfte Ausdruck in seinen Augen verschwand, und die Schwere aus seiner Stimme auch.

„Laß diese Spielchen! Ich weiß nicht, wie naiv ich in deinen Augen bin, aber du hast dir nicht allzuviel Mühe gegeben, deine Verknalltheit zu verbergen."

„Das war keine Verknalltheit", rief Peter aus, und sein Vorhaben, ruhig zu bleiben, fiel in sich zusammen. Zu lange hatte er geschwiegen, zu lange sich zurückgehalten in der vagen Hoffnung, Andreas würde alles ändern. Nun, da sich nichts mehr ändern konnte, blieb ihm nur die Offensive.

„Ich habe ihn geliebt, h-hörst du, g-geliebt!"

Martin holte tief Luft. „Na also", antwortete er gefaßt, beinahe kalt, „war doch gar nicht so schwer, es auszusprechen."

Wieder hatte er mehr verraten, als nötig gewesen wäre, hatten seine Gefühle die Oberhand gewonnen. „Ist das alles, was du dazu zu sagen hast?" erwiderte er trotzig.

„Was gibt es da noch zu sagen?"

„Warum hast du nie etwas getan, wenn du es gewußt hast?"

„Was hätte ich denn tun sollen? Hätte ich mich zwischen Andreas und deine törichten Blicke stellen, dich zur Rede stellen sollen? Ich hätte dir ja schlecht verbieten können, dich mit ihm zu treffen. Irgendwann wäre es eh zu Ende gewesen mit euch."

Peter hielt inne, diesmal überrascht davon, daß Martin ihm und Andreas eine Chance nicht zugetraut, diese Affäre nie als eine ernsthafte Bedrohung ihrer Beziehung angesehen hatte.

„Vielleicht", sagte er und begann aufgeregt umherzulaufen. Er hielt es nicht länger aus, ruhig stehenzubleiben wie Martin. „Vielleicht auch nicht. Aber egal, was geschehen wäre, du hättest eh die ganze Zeit nur dagesessen und zugeschaut. Dein Leben ist so v-verdammt einfach!"

„Was verlangst du eigentlich von mir?" fragte Martin.

Peter lief zum Sofa, von dort zum Tisch und schließlich zur Anrichte. „Ich will einfach, daß das Leben weitergeht, verstehst du? Wir sitzen hier draußen fernab von allem, und damit gibst du dich zufrieden. Du bist so schrecklich bieder geworden. Nicht einmal Andreas konnte dich noch aus der Reserve locken. Ich habe das satt!"

„Das überlegst du dir ja reichlich früh."

„Dann t-tu etwas", schrie Peter ihn an und schlug dabei mit der Faust auf das Bord der Anrichte, daß die Flaschen gegeneinander klirrten. „Seit das Haus fertig ist, sitzen wir Tag für Tag hier herum, du gehst nicht mehr aus, wir treffen kaum noch Leute. Es ist, als hättest du einfach einen Schlußstrich unter alles gesetzt."

„Was hast du denn erwartet?" fragte Martin und trat einen Schritt auf ihn zu. Sein Gesicht war rot angelaufen. Trotz der Härte seiner Stimme hörte Peter ein leichtes Zittern heraus, eine Unsicherheit. Vielleicht sogar Angst. „Glaubst du, nur weil dich etwas zu langweilen beginnt, kannst du ohne weiteres auf einen anderen Zug aufspringen, der dir im Moment schneller erscheint? Du hattest die Großstadt satt, sie hat dich angeödet, und nun öde ich dich an und das Leben hier draußen. Wie lange, glaubst du, hätte es gedauert, bis Andreas dich gelangweilt hätte? Was hättest du dann getan? Zurück nach Berlin und das ganze Spiel von vorn begonnen?"

„Ich habe einfach nur etwas mehr Zuneigung gewollt", rief Peter aus. Vielleicht war das wirklich der einzige Grund gewesen.

„Die hat dir Andreas ja scheinbar mehr geben können als ich."

„Allerdings", sagte Peter. Er wußte nicht mehr weiter und griff nach einer der Flaschen. Er brauchte jetzt was zu trinken, egal was. „Ja, das hat er. Zumindest hat Andreas mich nicht für selbstverständlich hingenommen, er hat sich um mich gekümmert, sich für mich i-interessiert."

„Hat er dir irgendwelche Märchen aufgetischt? Daß er dich liebt, daß er mit dir weggehen will? Nach Australien oder Hawaii?"

Peter ließ die Flasche Gin zurück auf die Anrichte sinken. Der Schraubverschluß fiel ihm aus der Hand, hüpfte auf dem Parkett davon. Er starrte gegen das reflektierende Glas der Vitrine, in seine eigenen Augen.

„Ich kenne Andreas viel länger als du", fuhr Martin fort, „und an deiner Stelle hätte ich nicht alles geglaubt, was er sagt. Hast du eine Ahnung, wie vielen er das versprochen hat? O mein Gott, wenn ich gewußt hätte, wie weit du auf seine Sprüche reingefallen bist."

„Was dann? Meinst du, wenigstens dann hättest du reagiert?" Peter sprach gegen das Glas, gegen Martins schwache Reflexion darin. „Ich glaube nicht, daß du irgendwas getan hättest. Und ich wäre mit ihm fort, das kannst du mir glauben. Wenn er nicht tot wäre, dann ..."

„Das ist er aber", unterbrach ihn Martin nüchtern. „Andreas geht nirgends mehr hin."

Statt einer Antwort griff Peter nach der Ginflasche, drehte sich blitzschnell um und schleuderte sie gegen Martin. Dieser wich aus, und mit einem Knall prallte die Flasche gegen die Tür zum Flur und zerplatzte. Scherben prasselten zu Boden.

„D-Du Scheißkerl!" schrie Peter. Er starrte an Martin vorbei auf die Scherben, auf den Gin, der die Tür herunterlief. „Das hast du dir wohl gewünscht. Vielleicht warst du ja deshalb nicht in deinem Bett, als ich früh morgens zurück ins Zimmer gekommen bin!"

Martin packte ihn an der Schulter, zog ihn zu sich heran. Sein Griff tat ihm weh.

„Ich war im Bad, falls dich das interessiert, hörst du? Im Bad. Aber du hast recht. Ich habe mir gewünscht, Andreas würde endlich aus unserem Leben verschwinden!"

„Wenn du glaubst, daß ich dann zu dir zurückgekommen wäre, hast du dich getäuscht!" Peter riß sich von Martin los.

Vorsichtig öffnete sich die Tür, und Josef steckte den Kopf ins Zimmer. „Ist hier alles in Ordnung?" fragte er.

„Raus!" fuhr Peter ihn an.

Unbeirrt von Josefs kurzem Auftritt trat Martin wieder auf Peter zu, streckte auch die Arme aus, als wollte er ihn umarmen. Aber Peter wich zurück.

„Komm endlich zur Vernunft", sagte Martin leise, „und mach dir klar, was du eigentlich willst. Ich bin immer für dich da gewesen. Du kannst nicht vor allem davonrennen, nur weil es dir nicht mehr in den Kram paßt. Irgendwann muß die ewige Jagd nach Neuem aufhören. Du machst dich nur lächerlich damit."

Ohne zu zögern, schlug Peter ihm mit der flachen Hand ins Gesicht.

„Ich hasse dich!"

Martin blieb wie versteinert stehen und starrte ihn an. Diese Distanziertheit seines Freundes erschreckte Peter. Zumindest jetzt mußte Martin doch einmal versuchen, ihn zu begreifen, etwas gutmachen wollen. Aber Martin zeigte keine Regung, blieb unbeteiligt wie immer.

„Ich hätte dich verlassen“, wiederholte Peter leise. Seine Wut war plötzlich verschwunden, machte einer Leere Platz, die ihm Angst einjagte.

„Ich weiß“, hörte er Martin sagen. „Aber Andreas ist tot. Wo willst du jetzt noch hin?“

Peter rannte an ihm vorbei durch die Tür.

Martins Wange brannte von Peters Schlag. Es hatte keinen Sinn, ihm zu folgen. In ein paar Stunden würde Peter sich beruhigt haben, wie immer. Allerdings war ihr Streit diesmal heftiger gewesen als sonst, und Martin hoffte, daß er recht behielt.

Vor der angelehnten Tür begann Martin, die größeren Scherben aufzulesen. Den Rest würde er später mit einem Handfeger zusammenkehren. Josef schob langsam seinen Kopf hinter der Tür hervor, nur bis zur Nase, die Augen weit aufgerissen. Sicherlich hatte er die ganze Zeit dort gestanden, um kein Wort zu verpassen.

„Hör auf, den Scheinheiligen zu spielen“, sagte Martin und stand auf. „Nur ein kleiner Ehekrach, nichts Bedeutendes.“

„Das klang aber nach allem anderen als nach einem harmlosen Streit. Mehr nach Burton und Taylor.“

„Ich glaube kaum, daß du das kapierst.“ Er legte die Scherben auf dem Couchtisch ab.

„Was soll das denn heißen?“ fragte Josef. Mit einem großen Schritt trat er ins Zimmer, die Hände in die Hüften gestemmt.

„Ach nichts.“ Martin winkte ab. „Aber wenn man auf so engem Raum zusammenlebt wie Peter und ich, ist das ganz normal.“

„Worum ging es denn? Nicht, daß mich das etwas angeht, aber …“

„Es geht dich nichts an.“

Josef zuckte mit den Schultern, sah auf die Tür mit dem nassen Fleck. „Der schöne Gin! Was für eine Verschwendung." Er lehnte sich vor, begann das Holz zu lecken.

„Sag mal, spinnst du jetzt?" fragte Martin und schüttelte entgeistert den Kopf.

Josef ließ von der Tür ab, fuhr sich mit der Zunge über die Lippen. „Bäh, zuviel Lack. – Klar, ich habe zwar keine Erfahrung mit langen Beziehungen, aber wenn ich irgend etwas tun kann …"

„Wir hatten einen kleinen Streit", würgte Martin ihn ab, nicht gewillt, darüber zu reden. Schon gar nicht mit Josef. „Mehr nicht. Peter ist schnell mal aufgeregt, ihn nimmt das alles fürchterlich mit. In ein, zwei Stunden hat er sich beruhigt."

„Komm mit in die Küche. Ich glaube, wir brauchen beide was richtiges zu trinken", schlug Josef vor. Martin nahm die Scherben mit und warf sie in den Mülleimer neben dem Herd. Arnim saß noch immer am Tisch und starrte auf die Mausefallen.

„Gin Tonic?" fragte Josef, und zu Arnim sagte er: „Möchte der Meuchelmörder auch einen? Vielleicht stumpft das ja die Schuldgefühle ab, falls du so etwas überhaupt hast."

Arnim achtete nicht auf Josef, wandte sich statt dessen zu Martin. „Sag Bescheid, wenn du über irgend etwas reden willst. Ansonsten mische ich mich nicht ein."

Mit einem gekünstelten Lächeln nickte Martin ihm zu. Außenstehende machten aus allem gleich ein Drama, als sei dies bereits der Anfang vom Ende ihrer Beziehung. Dabei hatte der Streit eben nichts mehr zu bedeuten. Viel schlimmer war die Ungewißheit davor gewesen, Peters Blicke, Andreas' Lachen und sein eigener innerer Zwang, darüber zu schweigen. Das hatte ihn aufgerieben. Was jetzt noch in ihnen hochkochte, verschlimmerte nichts mehr. Im Gegenteil. Es reinigte die Luft.

„Es war nichts Dramatisches. Ich kenne das, wirklich, kein Grund zur Besorgnis. Ihr wißt doch, was sich liebt ..."

Josef stellte die gefüllten Gläser ab, setzte sich zu Arnim und trommelte mit den Fingerkuppen auf die Tischplatte. Er schielte auf die Mausefallen, die in den Ecken und in den Bodenschränken, mit etwas Käse oder rohem Fleisch belegt, auf Beute lauerten.

„Ich glaube nicht, daß die Ratten darauf reinfallen", sagte er. „Das sind intelligente Tiere."

„Was würdest du denn als Köder nehmen?"

„He", rief Josef aus und hob abweisend die Hände, „du bist hier der Brutalo, nicht ich."

„Dann halt endlich mal deine Klappe."

„Wie Sie befehlen, mein Führer", antwortete Josef und leerte sein Glas. Er schenkte sich nach. Dann fuhr er fort: „Jemand muß ins Dorf fahren und einkaufen. Der Gin wird knapp."

„Ich fahre morgen früh", sagte Martin, der sein Glas nicht angerührt hatte. „Für heute abend wird es noch reichen."

In diesem Moment betrat Maik durch die Hintertür die Küche. Das Handtuch unter seinem Arm war ordentlich zusammengerollt.

„Das Wasser war mir zu kalt", sagte er. Keiner von ihnen antwortete.

Martin schob Josef seinen Gin Tonic entgegen. Maik schien die drückende Stimmung zu spüren, aber Martin hatte keine Lust, ihm eine Erklärung zu geben. Schließlich erhob sich Arnim langsam von seinem Stuhl.

„Ich glaube, ich werde mal Kirschen ernten", sagte er, „die müssen runter."

„Großartig", sagte Josef und klatschte in die Hände, „dann können wir morgen Kuchen backen. Vergiß nicht, Eier zu kaufen, Martin, wenn du morgen fährst. – Au ja, Kuchen, Kuchen, Kuchen."

„Alles in Ordnung bei dir, Josef?“ fragte Martin, und legte eine Hand auf seinen Arm, um ihn ruhig zu halten.

„Tja, ich geh dann mal.“ Arnim war neben dem Tisch stehen geblieben, wischte sich mit den Handflächen über die Hosenbeine.

„Draußen an der Wand stehen Körbe, falls du welche brauchst“, schlug Martin vor.

„Ja, gut. – Ich bin dann bei den Kirschbäumen, falls mich jemand sucht.“ Noch immer rührte sich Arnim nicht von der Stelle, sondern fuhr sich über den rasierten Kopf, den Blick auf seine Stiefel gerichtet.

Josef schielte auf Martin, der seinen verwunderten Blick erwiderte.

„Okaaay“, antwortete Josef dann mit gezogener Stimme und grinste Martin zu, „wir sagen Bescheid.“

Wieder war es merkwürdig still, bevor Arnim zu Maik blickte, der sich Mineralwasser einschenkte. „Willst – willst du mit?“

Maik sah auf.

„Allein ist es etwas mühselig. Du brauchst aber nicht, wenn du nicht willst.“

„Klar“, antwortete Maik, „ich komme mit. Jetzt sofort?“

Arnim nickte. Dann wandte er sich um und ging im Eiltempo aus der Tür. Maik stellte sein Glas ab und folgte ihm. Als beide außer Hörweite waren, brach Josef in lautes Gelächter aus.

„Hast du das gesehen?“ rief er. „Nachtigall, ich hör dir trapsen.“

Martin nahm ihm die Ginflasche aus der Hand.

„Was ist los?“

Durch die angelehnte Tür hatte Ralf im Vorbeigehen bemerkt, daß Peter in seinem Zimmer unruhig auf und ab schritt, dabei irgend etwas vor sich hin murmelnd. Als Peter ihn im Türrahmen stehen sah, hielt er inne, blickte verlegen zu Boden. Ralf trat ein. Über dem breiten Bett hingen zwei Filmplakate aus *Fight Club* und *Jenseits von Afrika*. Daneben ein hohes Regal mit Büchern und Zeitschriften. Am Fenster stand ein Schreibtisch, an der einen Seite mit Papieren vollgestellt, auf der Mitte ein Laptop. Über dem Stuhl hingen getragene Jeans.

„Ist was passiert?" fragte Ralf noch einmal.

„Nein, nein. Alles in Ordnung." Peter räusperte sich, sprach lauter. „Nur ein kleiner Streit mit Martin, nichts weiter."

„Willst du darüber reden?" Und als keine Antwort kam, fügte er hinzu: „Schlimmer als das, was bisher geschehen ist, kann es ja nicht sein." Er setzte sich auf die Bettkante.

„Ich weiß nicht, wie du das aushältst", sagte Peter nach kurzem Zögern. „Andreas war dein Freund, aber ich bin hundertmal fertiger deswegen als du."

Wieder einer, der ihm sagen wollte, wie er sich zu verhalten, was er zu fühlen habe. Zuhause hätte er sich diese Vorhaltungen nicht anhören müssen, aber allein wäre ihm die Decke auf den Kopf gefallen. Drei große Zimmer, durch die er gehetzt wäre, jede Socke, jede Unterhose einsammelnd, die Andreas liegenlassen hatte, jede Kleinigkeit, die verschwinden mußte, um nicht an ihn erinnert zu werden. Und auch das hätte nicht geholfen. Seine Wohnung war Andreas' Wohnung gewesen. Diese Tatsache ließe sich nicht auslöschen.

„Irgendwie hat Andreas uns allen etwas bedeutet", sagte Ralf mit einem Achselzucken, „so oder so. Und jeder geht halt anders damit um. Sag mir also bitte nicht, wie ich trauern soll."

„Entschuldige. Es ist nur, weil ich selber nicht weiterweiß."

„Wie meinst du das – nicht weiterwissen?" Ralf horchte irritiert auf, starrte ihn an.

Einen Moment lang erwiderte Peter seinen Blick, wohl erschrocken über seinen eigenen Satz. Dann wandte er sich ab und trat ans Fenster, sah hinaus.

„Habt ihr deshalb gestritten, Martin und du? Wegen Andreas?“

„Nein – ja. Er hatte damit zu tun.“ Und zu schnell fügte Peter hinzu: „Aber nicht wie du denkst.“

Ralf wußte genau, daß es andere Männer in Andreas' Leben gegeben hatte. Was Peter da andeutete, schockierte ihn deshalb nicht sonderlich. Eigentlich hatte Andreas immer jemanden neben ihm gehabt. Sie hatten nie darüber geredet, er hatte es akzeptiert. Er hätte Andreas verloren, wenn er ihm Vorschriften gemacht hätte, die er nicht einhalten konnte oder wollte. Er brauchte das, hatte Andreas ihm vermittelt, und Ralf hatte versucht, diese Liebeleien zu ignorieren, mit mehr oder weniger Erfolg.

Maik war wohl eine von diesen Affären gewesen, obwohl Maik gar nicht in Andreas' Schema paßte. Ralf hätte nie gedacht, daß Andreas auf Farbige stand, nicht nach all den blöden Witzen, die er immer lautstark von sich gegeben hatte und über die Ralf nie wirklich lachen konnte. Vielleicht hatte Andreas es einfach mal ausprobieren wollen, um zu sehen, was an den Klischees dran war. Das zumindest wäre ihm zuzutrauen gewesen.

Peter dagegen wäre eher vorstellbar. Aber es machte einen Unterschied, ob man mit einem Fremden ins Bett ging oder es mit einem guten Freund trieb. Es war nicht der Umstand an sich, der Ralf ärgerte, sondern die Wahl, die Andreas getroffen hatte. Und vor allem die Tatsache, daß Peter darauf eingegangen war. In letzter Zeit war Andreas oft übers Wochenende hier rausgefahren, um bei den Renovierungen zu helfen oder um einfach mal auszuspannen, wie er das nannte. Ralf hatte sich nichts dabei gedacht, es war ihm sogar recht gewesen. Andreas konnte anstrengend sein, besonders im Café. Seit er Antonio fallenlassen hatte, war die

Arbeitsatmosphäre aufgeheizt, Antonio zickig und Andreas voller Spott ihm gegenüber gewesen. Mit Andreas auf dem Hof hatte er zumindest seine Ruhe gehabt.

Schweigend wartete Ralf darauf, ob Peter mehr sagen würde. Aber Peter stand weiterhin mit dem Gesicht zum Fenster.

„Ich hätte gedacht", sagte Ralf schließlich, „daß zumindest du dich zurückhalten kannst. Bei Andreas kann mich nichts mehr überraschen, aber bei dir ist das was anderes. Dachte ich jedenfalls."

„Du verstehst das falsch", sagte Peter. „Da war nichts zwischen uns. – Jedenfalls nichts Ernstes. W-Wirklich. Es war nur, weil – weil wir uns irgendwie allein fühlten. Ich bin mit dem Leben hier draußen nicht zurechtgekommen, und Andreas hatte Streß mit dem Café. Nur deshalb ist es p-passiert."

Seine Worte kamen stockend, unsicher. Peter hatte sich zu ihm umgedreht, sah ihn aber nicht direkt an. Daß Peter sich allein gefühlt hatte, konnte Ralf verstehen. Der Hof und die Einsamkeit hatten sein Leben auf den Kopf gestellt. Alles, das ihm geblieben war, war Martin, und der war offenbar nicht genug für Peter. Aber Andreas war nicht allein gewesen, niemals. Die ewigen Partys, die Internetbekanntschaften, seine Affären, all das hatte ihm keine Zeit zum Alleinsein gelassen.

Einmal hatte Ralf Andreas zur Rede gestellt, nachdem Antonio ihm hinter dem Tresen zugeflüstert hatte, Andreas bliebe eh nur wegen des gemeinsamen Geschäftes bei ihm. Er hätte darüber hinweggesehen, wenn da nicht Antonios herausforderndes Grinsen gewesen wäre, dieser Triumph in seinen dunklen Augen, der ihm zu verstehen geben sollte, wer von beiden den kürzeren ziehen würde. „Du wirst schon sehen", hatte Antonio gezischt und Sahne aus dem Siphon auf den Kuchen gesprüht. „Und bei mir braucht er sich nicht nach anderen umsehen."

Aber Andreas hatte nur gelacht, die Sache mit einer abfälligen Handbewegung abtun wollen. Es hatte Streit gegeben, den ersten wirklichen Krach, und Andreas hatte klein beigegeben. Von da an war Antonio lediglich jemand, der für Andreas nur gut für einen Fick für eine Nacht gewesen war.

Mit den One-night-Stands hatte Ralf sich arrangiert, bei allem, was darüber hinausging, war er eingeschritten. Viel zu viel hatte er durchgehen lassen all die Jahre über. Nicht nur die Männer, auch die anderen Heimlichkeiten, die Ralf nicht durchschaute. Dinge, die nicht legal waren und in die er nicht hineingezogen werden wollte. All das hatte er ignoriert. Aber bei jemandem, der sich in ihre Beziehung zu drängen versuchte, hatte Ralf den Schlußstrich gezogen. Andreas hatte genau gewußt, wo bei ihm die Grenze war.

Anscheinend mißverstand Peter sein Schweigen. Er setzte sich zu ihm aufs Bett, und seine Stimme klang weinerlich. „Es – es tut mir leid. Wir hätten es nicht tun dürfen. Du wirst mich jetzt hassen, das verstehe ich."

„Ach, hör auf." Mehr als das Geständnis ärgerte Ralf, wie Peter sich aus der Affäre ziehen wollte. Wenigstens könnte er dazu stehen, ohne den Märtyrer zu spielen. Jetzt war es sowieso egal. „Andreas hat mit fast jedem gevögelt, das ist nichts Neues."

Peter fuhr zurück, seinen Mund halb offen. Für Andreas war es nur ein Spiel gewesen, eine weitere Kerbe in seiner Lanze der Eroberungen, aber Peter hatte alles geglaubt und für bare Münze genommen. Das war nicht zu übersehen. Ralf wußte nicht, ob er darüber lachen oder Mitleid haben sollte.

„Ich will ja nur", sagte Peter und strich die Bettdecke glatt, „daß du nicht sauer bist deswegen."

„Es gibt zu viele andere Dinge, die mir durch den Kopf gehen. Da kann ich nicht auch noch sauer sein. Vergessen wir's." Ralf lächelte ihm zu und schlug dabei freundschaftlich auf Peters Knie.

Es war ihm tatsächlich egal. Vier Jahre lang hatte nichts und niemand Andreas und ihn auseinandertreiben können, egal wie viele Antonios oder Maiks es gegeben hatte. Auch ein Peter hätte es nicht geschafft. Da war er sich sicher.

Nur mit Mord – damit hatte er nicht gerechnet.

Schnell vor dem Essen noch ein Näschen, dann würde er den Abend irgendwie überstehen. Wieder zog er sich eine Linie, etwas mehr als vorhin. Gut hochziehen, den Kopf nach hinten – fertig. Da ging es einem doch gleich viel besser. Schnell sprang er auf, verstaute das restliche Koks unter der Matratze. Mit den Händen fuhr er seine Brust und den Bauch entlang. So schlimm waren die Röllchen an den Hüften gar nicht. Ein paarmal ins Sportstudio, und weg waren sie. Er sah immer noch gut aus, besser jedenfalls als alle da unten zusammen.

Vor sich hin trällernd hüpfte Josef die Treppe hinunter. Als er den Wohnraum betrat, saßen die anderen bereits um den Tisch, und das Essen dampfte aus den Schüsseln, als tanzten die grauen Schleier in Form kleiner Kobolde.

„Wir wollten dich gerade holen", sagte Martin.

„Ich habe mich etwas hingelegt. Die Luft ist so drückend", antwortete er lächelnd und setzte sich zu Martin. Niemand sprach. Arnim und Maik saßen nebeneinander, ihm gegenüber. Wer weiß, was beim Kirschenpflücken alles passiert war? Nur zu gerne hätte er Mäuschen gespielt. Peter stocherte mißmutig in seinem Essen. Der Streit mit Martin hatte ihm wohl den Appetit geraubt.

„Willst du nichts essen?" fragte Peter.

Jetzt erst bemerkte Josef den leeren Teller vor sich. Er war gar nicht hungrig. Drei Kartoffeln, etwas Soße, das genügte. Die Würste sahen eh unappetitlich aus.

„Ihr habt euch wirklich einen schönen Flecken ausgesucht", sagte Josef zwischen den Bissen und zog die Nase hoch. „Diese Grabesstille und Einöde ist herrlich. Wundervoll morbid alles. Ein richtiges kleines Paradies. Wirklich."

Martin sah vom Teller auf. Er zögerte mit der Antwort. „Ganz so würde ich es nicht ausdrücken, aber ja, es ist schön. Wir haben lange nach so einem Ort gesucht. Ich weiß nicht, wie viele Bauernhöfe wir uns ansehen mußten."

„Etwas Besseres hättet ihr nicht finden können, ehrlich."

„Danke."

„Was wollt ihr mit den Ställen anfangen?" fragte Ralf und langte nach der Schüssel mit den Kartoffeln.

„Darüber haben wir uns noch keine Gedanken gemacht. Erst einmal müssen sie ausgemistet werden. Das ist noch eine Heidenarbeit."

„Ich habe euch immer beneidet", fuhr Josef fort. Wieder zog er die Nase hoch. „Ich meine, weg aus der Großstadt, nur zu zweit zusammenleben. Sich nur auf einander zu konzentrieren. Ganz rührend ist das."

Martin antwortete nicht. Peter schob eine halbe Wurst an den Rand des Tellers.

„Vermißt du das Leben in Berlin nicht, Peter?"

Peter blickte von seinem Essen auf. „Was? Nein – nein, ich glaube nicht."

„Aber manchmal muß es doch furchtbar sein. Geht man sich da nicht auf den Wecker? Ich könnte das nicht."

Sekundenlang herrschte drückendes Schweigen am Tisch. Diese Stille fand Josef unfreiwillig komisch, und er mußte plötzlich kichern. Das Klappern der Messer und Gabeln war wie ein Rhythmus, der ihn antrieb.

„Besonders im Winter muß es doch schrecklich einsam sein."

„Wir können uns schon beschäftigen, Josef", sagte Martin.

„Oh, bestimmt. Besonders wenn man sich liebt, so wie ihr."

Peter ließ sein Besteck auf den Teller fallen, sprang vom Stuhl auf und rannte hinaus.

„Was hat er denn?" fragte Josef.

Martin atmete tief durch. Er stand ebenfalls auf. „Wenn du dich nicht zusammenreißen kannst, dann ist es wohl besser, du fährst ab."

„Was habe ich denn getan?"

„Hör auf, den Idioten zu spielen. Egal, wieviel Alkohol oder Hasch oder sonstwas du im Blut hast, mir reicht es mit dir." Energisch warf Martin die Serviette auf den Tisch und folgte Peter aus der Tür.

Josef zuckte nur die Achseln, sah die anderen abwechselnd an. „Ich weiß wirklich nicht, was ich Falsches gesagt habe."

„Irgendwann", entfuhr es Arnim und richtete dabei sein Messer gegen ihn, „brauchst du dich nicht wundern, wenn man dir deine blöde Fresse einschlägt."

Amüsiert zog Josef die Augenbrauen hoch und hob die Hände. „Ooooh, und ich bin sicher, du wirst der erste sein, der zuschlägt."

„Darauf kannst du Gift nehmen."

„Übung wirst du darin schon haben." Das Koks knallte jetzt voll rein. Er fühlte sich unglaublich gut. „Ich möchte nicht wissen, wieviele Ausländer dir schon unter die Stiefel gekommen sind."

„Halt den Mund, was weißt du denn schon", sagte Arnim. „Ich habe nichts gegen Türken oder Neger."

Aus den Augenwinkeln bemerkte Josef, wie Maik die Hand von Arnims Knie zog.

„... oder Juden", beendete Josef den Satz.

Langsam ließ Arnim das Messer sinken, mit dem er noch immer zur Bekräftigung seiner Äußerungen gestikuliert hatte. Seine Brauen zogen sich zusammen. Diesen irritierten Blick kostete Josef aus. Er warf seinen Kopf zur Seite und grinste.

„Ja, oder Juden", wiederholte Arnim leise.

„Ich bin sicher, deine Kumpanen sind der gleichen Meinung. Rasierte Schädel und weiße Schnürsenkel zeugen ja von einer ausgesprochen toleranten Einstellung. Sicherlich heißt ihr alle Ephraim, Izak oder Shimon."

„Auf was willst du eigentlich hinaus mit deinem Unsinn?" fragte Ralf, so daß Josef ihn überrascht ansah. Ihn hatte er bisher gar nicht wahrgenommen.

„Wahrscheinlich ist den Behörden nur ein Druckfehler unterlaufen", erwiderte Josef, noch immer verwundert darüber, woher Ralf so plötzlich erschienen war, „und der Name Arnim Shimon Goldmann ist lediglich ein Versehen."

Ralf sah Arnim erstaunt an. „Stimmt das?"

„Woher weißt du das?" rief Arnim und wollte aufspringen. Maik hielt ihn an der Schulter zurück.

„Laß dein Zeug halt nicht überall herumliegen", antwortete Josef und zog den Ausweis aus der Hosentasche. Wie eine Trumpfkarte hielt er ihn hoch, warf ihn dann auf den Tisch.

„Du Schwein hast in meiner Tasche gewühlt!"

„Reg dich ab, Arnim. Der lag auf dem Boden oben im Flur. Ist dir sicher irgendwann rausgefallen."

„Du lügst", schrie Arnim ihn an.

„Ich muß mir das nicht gefallen lassen. So kannst du irgendwelche Ausländer anbrüllen, aber nicht mich."

„Warum hast du nie was gesagt?" Ralfs Stimme klang beinahe enttäuscht.

„Ich habe mir lange genug dumme Sprüche deswegen anhören müssen." Energisch verschränkte Arnim die Arme über der Brust.

„Deine Religion ist doch völlig unwichtig. Und Josef hier ist nun wirklich kein Maßstab", sagte Ralf. „Du kennst ihn doch."

„Schöne Entschuldigung. Ich habe es satt, mir seine Beleidigungen das ganze Wochenende über anhören zu müssen."

„Ich bin sicher", sagte Josef, „du kannst uns deine verkorkste Weltanschauung erklären. Wie deutsch willst du denn noch werden, damit niemand dir den Juden ansieht?"

Arnim sprang auf, griff über den Tisch hinweg und bekam Josefs T-Shirt am Kragen zu packen. Josef schrie auf. Kurz drehte sich alles um ihn, verschwamm. Arnim nahm er gar nicht wahr, nur seine Hand dicht am Hals. Sie war riesig. Und das Fenster hinter Arnim kam näher.

„Hört auf", hörte er Maik rufen.

„Ich schlag ihm die Fresse ein!" Die Hand riß ihn weiter nach vorn.

Josef zappelte und wand sich in dem festen Griff. Seine Umgebung war mit einem Mal wieder gestochen scharf. Aber Arnim zog ihn noch näher zu sich heran und hob den rechten Arm, die Hand zur Faust geballt. Er holte aus. Bevor er jedoch zuschlagen konnte, stürzte Ralf dazwischen und versuchte, Arnims Hand von Josefs Hemd zu lösen.

„Laß mich los, Ralf!"

„Los, schlag zu", sagte Josef lächelnd. Er hing über dem Tisch, seinen Bauch in die Kartoffeln und die Soße gedrückt. „Zeig uns, wie das geht."

In diesem Moment kam Martin zurück ins Zimmer. Arnim war einen Augenblick lang abgelenkt, so daß Josef sich losreißen konnte und zurück auf seinen Stuhl fiel. Alles war wie in Watte gepackt. Weich und trotzdem rasant, glasklar.

„Seid ihr jetzt alle übergeschnappt?" fragte Martin. „Ralf, Vera ist draußen am Telefon. Sie will dich sprechen."

Ralf richtete sich auf, sah noch einmal auf Josef, dann ging er kopfschüttelnd hinaus in den Flur.

Martin setzte sich wieder an den Tisch. „Ich kapier nicht, was in euch gefahren ist", sagte er fassungslos, „aber versucht doch wenigstens, vernünftig miteinander umzugehen."

„Sag das diesem Idioten dort", erwiderte Arnim ohne aufzusehen.

Josef wischte sich die Soße vom T-Shirt. Sein Rausch war wie weggeblasen, nichts war zu spüren. Diese hellen Momente waren irritierend, als fiele er in ein Loch, zurück in die Realität. Am liebsten würde er jetzt nach oben rennen und nachlegen. Die anderen sagten auch nichts, die konnten nur dasitzen und Löcher in die Luft starren. Daß es nichts bringen würde, auf dem Hof zu bleiben und sich gegenseitig zu trösten, hätte er ihnen gleich sagen können.

„Was will denn Vera?“ fragte Arnim nach einer Weile.

„Sie hat ziemlich aufgeregt geklungen“, erwiderte Martin, „aber sie wollte nicht mit mir darüber reden.“

Josef wurde schlecht. Arnim aß den Rest seiner Wurst, und Maik starrte verlegen aus dem Fenster. In der einbrechenden Dunkelheit spiegelte sich darin lediglich die Szenerie, deren Bestandteil sie waren. Josef konnte in der Scheibe die Anrichte ausmachen und sogar die Flaschen darauf erkennen. Aber wenn er jetzt aufstand, müßte er kotzen. Er schob den Teller angewidert von sich weg.

Schließlich kam Ralf aus dem Flur zurück.

„Vera geht es soweit ganz gut“, begann er. „Sie hat wegen der polizeilichen Ermittlungen angerufen. Es – es gibt Unklarheiten wegen der Pistole.“

Ralf ließ sich auf einen Stuhl fallen.

„Sie haben die Fingerabdrücke untersucht“, fuhr er fort. „Abdrücke einer rechten Hand sind drauf. Aber es sind nicht nur Kais Abdrücke auf der Waffe.“

„Natürlich nicht“, fiel Arnim ein, „ich habe sie schließlich auch angefaßt.“

Ralf nickte. „Gut möglich. Jedenfalls sind welche drauf, die noch nicht identifiziert sind. Und die von Andreas. Es war seine Pistole.“

Josefs Schädel brummte entsetzlich, aber er hatte wohl richtig gehört. So etwas hätte er Andreas gar nicht zugetraut. Irgendwie unheimlich und gleichzeitig erregend.

„Andreas hatte eine geladene Pistole bei sich?“ fragte Martin. „Warum sollte er das tun?“

„Es sieht aus, als hatte er mehr auf dem Kerbholz, als ich …“ Ralf stockte, atmete tief durch. Josef sah ihn interessiert an. Ganz spurlos ging der Mord also nicht an ihrer Schneekönigin vorbei. Auch wenn er sich alle Mühe gab, den Coolen zu spielen. „… na ja, als wir dachten. Für die Polizei jedenfalls ist er kein unbeschriebenes Blatt. Seine Fingerabdrücke hatten die bereits."

„Scheiße", sagte Arnim, „die Drogen."

„Ja", fuhr Ralf fort. „Andreas hat tiefer in der Scheiße gesteckt, als gut für ihn war. Und er war schon einmal wegen illegalen Waffenbesitzes dran. Das ist Jahre her. Hatte ich ganz vergessen."

„Und wir hatten keine Ahnung", murmelte Martin.

Josef warf erneut einen Blick auf Ralf. Dieser aber sprach wieder so ruhig und neutral, als redete er über einen völlig Fremden. Aus seinen Worten, seinem Tonfall ließ sich nicht mehr erkennen, daß er von seinem Lover sprach. Es schien ihm völlig egal. Eine tolle Beziehung, die sie da geführt hatten.

„Aber das ändert doch nichts an dem Mord", sagte Arnim.

„Nicht ganz", erwiderte Ralf. „Kais Fingerabdrücke sind am Griff und am Abzug. Aber nicht oberhalb des Griffs. Da ist wohl noch eine Art Abzug oder so was."

„Am Hahn, meinst du."

Josef sah Arnim an. „Du bist wohl ein richtiger Experte in Sachen Waffen", sagte er.

Arnim ignorierte ihn, sprach zu Ralf. „Wenn man den spannt, genügt ein winziger Druck auf den Abzug, und die Knarre geht los."

„Jedenfalls sind dort keine Fingerabdrücke von Kai", sagte Ralf, „dort befinden sich nur die anderen."

„Ja, meine."

„Du hast sie scharf gemacht?" Maik starrte Arnim entsetzt an.

„Mein Gott, ja", rief Arnim, „natürlich habe ich das! Kai hat auf mich geschossen, falls ihr euch erinnert. Ich hatte keine Lust, nochmal zur Zielscheibe zu werden."

„Und was bedeutet das jetzt?“ fragte Josef. Er blickte von einem zum anderen, hörte angestrengt zu, aber das Pochen in seinem Kopf lenkte ihn ab. Vielleicht war ihm was entgangen.

„Wenn ich Vera richtig verstanden habe, will die Polizei nur den genauen Hergang rekonstruieren. Man kann auch schießen, ohne diesen – diesen Hahn zu betätigen. Allerdings ist es dann schwierig, mit einer Hand den Abzug zu betätigen, besonders bei dieser Waffe. Es bedarf dazu einiger Kraft im Zeigefinger. Etwas ist damit nicht ganz in Ordnung. Es wäre einleuchtender, erst den Hahn zu bedienen. Wie Arnim schon sagte, das Abdrücken fällt dann leichter.“

„Heißt das“, schlußfolgerte Arnim, „die Bullen glauben, daß Kai gar nicht abgedrückt hat? – Das ist doch Blödsinn!“

„Keine Ahnung, was die Bullen denken“, sagte Ralf achselzuckend. „Kai verweigert jegliche Aussage. Sie spielen wahrscheinlich nur jede Möglichkeit durch, das ist alles. Aber sie wollen uns noch mal verhören.“

Maik rutschte auf dem Stuhl hin und her. „Aber das würde bedeuten, daß die Polizei glaubt, einer von uns hätte Andreas erschossen.“

„Unsinn“, meinte Martin, „das ist doch völlig absurd.“

„Ich seh schon die Schlagzeile“, sagte Josef und zog mit dem Finger eine Linie in die Luft. „‚Blutiges Homo-Drama in ländlicher Idylle. War es Eifersucht?‘“

Niemand ging auf seinen schrägen Scherz ein, nur Ralf warf ihm einen genervten Blick zu. Josef ließ sich zurück in den Stuhl fallen. Der Abend hatte eine ernste Wendung genommen, auf die er keine Lust hatte. Es war Zeit, ins Bett zu gehen.

„Ich sage ja nur, was Vera mir berichtet hat“, sagte Ralf. „Die Polizei findet es ungewöhnlich, weiter nichts. Das muß nichts heißen.“

„Nein“, sagte Martin. „Kai hatte gewiß genug Kraft, auch so abzudrücken.“

„Natürlich hatte er das", bestätigte Arnim.

„Wer von uns hätte Andreas auch umbringen wollen", tat Josef diese absurde Vorstellung mit einer wischenden Handbewegung ab. Sein Mund war furchtbar trocken, und er griff eilig nach der Wasserflasche.

Maik sah über die Konturen des Stalls und des Wohngebäudes hinweg, hinaus in die Dunkelheit. Immer aufs neue wurde ihm die Form seines Lebens zerstört, so daß er es wieder und wieder errichten mußte, damit es einen Sinn ergab. Was war verkehrt an den Entwürfen, die er sich zurechtgelegt hatte, die zunächst eine Einheit bildeten, bis man sie zerschlug und er aus diesen Trümmern von vorne beginnen mußte? Mit jedem Abriß blieb ihm schließlich weniger Substanz übrig, zerfiel ein Teil unwiderruflich zu Staub, so daß sich die Möglichkeiten aufbrauchten mit jedem Rückschlag, den sein Leben traf. Aber nicht nur die Bausteine wurden weniger, auch die Kraft, die es brauchte, diese neu zu gestalten, schwand mit jeder Erschütterung. Seine Hautfarbe hatte er akzeptiert, bevor seine Sexualität ihm die nächste Identität zu rauben drohte, und beide Male war es nicht einfach gewesen.

Von der Bank auf dem kleinen Hügel hinter dem Kuhstall aus hoben sich die Gebäude vor ihm nur schemenhaft von der schwarzen Umgebung ab. Lediglich aus den Fenstern des Wohnhauses drang Licht. Wie finstere Teppiche lagen die Äcker über der Landschaft, fahl und matt vom Mond beleuchtet, der durch Lücken in der Wolkendecke hindurchschien. Die Wolken hatten keinen Regen gebracht, sondern die Luft nur noch stickiger werden lassen.

Andreas schien der Retter gewesen zu sein, als seine Selbstachtung am geringsten war, er hatte ihn aufgehoben, ihm die Hand gereicht. Er hatte ihm Wege aus der Isolation, aus seinen Depressionen gezeigt. Mit Andreas war Maik nicht hilflos gewesen oder allein.

Jetzt wurde auch dieser Turm zum Einsturz gebracht. Die Anschuldigungen gegen Andreas hatten sich gehäuft, sie machten aus dem Opfer schon fast einen Täter. Andreas hatte sich in Beziehungen gedrängt, Peter schließlich sitzenlassen, er hatte gedealt, illegal Waffen besessen und anscheinend mit Kai krumme Geschäfte gedreht. Aber Maik wollte nicht länger auf andere hören, sondern dem folgen, an das er selber glaubte. Andreas war für ihn sein bester Freund, sein Liebhaber gewesen, und deshalb war es egal, was andere über ihn sagten. Solange sein Glaube an Andreas standhielt, solange konnte ihm nichts geschehen.

Hinter dem Kuhstall sah Maik Arnims Silhouette hervortreten und den Hügel zu ihm hinaufsteigen. Als er vor ihm stand, glühte das Ende seiner Zigarette in der Nacht, tauchte den glatt rasierten Kopf mit jedem Zug, den er inhalierte, in ein gelbes, fahles Licht. Durch die hervorstehenden Knochen bildeten seine Augenhöhlen zwei runde Schatten.

„Hier bist du", sagte er und setzte sich neben Maik auf die Bank. „Mann, verdammt dicke Luft, was? Peter hat sich nicht mehr blicken lassen, Martin läuft nervös hin und her, und Ralf schweigt wie immer, als ginge ihn das alles nichts an. Und wenn Josef auch nur noch einmal sein Maul aufmacht, raste ich aus."

„Weshalb verhält er sich so?" fragte Maik, ohne Arnim anzusehen. Er blickte weiter in die tiefe Nacht. Weit entfernt fuhr ein Auto auf der Landstraße. Die Scheinwerfer leuchteten matt, und das Motorengeräusch war nur ein leises Brummen.

„Wahrscheinlich ist er frustriert, neidisch oder was weiß ich, einfach nur ein Arschloch. Mich interessiert der Kerl nicht. Josef braucht sich nicht wundern, wenn *er* irgendwann mit einem Loch in der Brust aufwacht."

Arnim sprach oft davon, daß jemand einen gewaltsamen Tod verdienen würde. Das war sicher nur dahin gesagt, aber es verunsicherte Maik. Diese Aggressivität, die Arnim dadurch ausstrahlte, verdeutlichte ihm seine eigene Schwäche, und die Geborgenheit, die er in Arnims Gegenwart bisher gespürt hatte, wich einer seltsamen Angst.

„Warum schickt ihn Martin nicht einfach fort?" fragte Maik. „Ich hätte ihn schon längst rausgeschmissen."

„Tja, gute Frage. Ich glaube, er fühlt sich für Josef irgendwie verantwortlich, seit er ihn verlassen hat, um mit Peter zusammen zu sein. So eine Art Schuldkomplex. Josef hat ja sonst niemanden, aber wen wundert's?"

„War Josef immer schon so – so daneben?"

„Da fragst du den Falschen. Ich habe zum Glück nicht oft mit ihm zu tun. Aber die paar Male, die wir uns bei Martin und Peter begegnet sind – ja. Immer dieselbe zickige, negative Art. Wir können uns einfach nicht riechen."

„Wir sollten uns vertragen. Immerhin trauern wir doch alle gemeinsam."

„Dieser Mord", sagte Arnim, „setzt uns wohl mehr zu, als wir gedacht haben. Es kommen Dinge hoch ..." Er stockte und schnipste die Kippe im hohen Bogen von sich. „Wir trösten uns nicht, wir gehen uns an die Kehle."

„Heißt das, du willst doch abreisen?" fragte Maik.

Arnims Gesicht verriet nichts. Er zuckte die Achseln. „Keine Ahnung, aber eigentlich hält mich hier nichts mehr. Es hat keinen Sinn. Ich glaube kaum, daß wir uns morgen plötzlich besser verstehen. Nach Andreas ist Martin mein bester Freund. Aber wenn das so weitergeht, kann ich nicht mal mehr ihn ertragen."

„Vielleicht hast du recht."

Wenn Arnim ging, würde Maik mit ihm fahren. Arnims Gegenwart tat ihm gut, er wollte nicht allein gelassen werden. Mit Arnim fühlte er sich weniger hilflos. Ohne ihn würde er nicht hierbleiben wollen.

„Glaubst du", fragte Maik, „daß die Polizei an Kais Schuld zweifelt?"

„Fang du nicht auch davon an!"

„Ich habe nur Angst, daß die Polizei jetzt Nachforschungen anstellt. Was ist, wenn sie uns nochmals verhören wird?"

„Und wenn schon. Du hast doch nichts zu befürchten, du warst nicht einmal hier. Hör auf, dir was einzureden." Arnim klopfte ihm einmal kurz auf die Schulter. „Niemand von uns muß sich Sorgen machen", fügte er hinzu. „Wir haben alle gesehen, wie Kai sich aufgeführt hat. Und Kai ist genau der Typ, dem so etwas zuzutrauen ist."

„Aber die Fingerabdrücke ..."

„Die besagen gar nichts", unterbrach ihn Arnim schroff. „Wer sollte es sonst getan haben? Ich? Glaubst du das etwa?"

„Nein, nein, natürlich nicht." Maik schüttelte heftig den Kopf.

„Oder Josef? Der ist viel zu feige, genau wie Peter. Und warum sollten sie das tun? Das ist alles totaler Quatsch!" Aus der Jeans fischte Arnim seine *Marlboro*, steckte sich eine davon in den Mund.

„So ein Quatsch ist das gar nicht", sagte Maik. „Peter zumindest war stinksauer auf Andreas." Die Wut, die er heute nachmittag am See empfunden hatte, kehrte plötzlich zurück. So wie Peter nicht gezögert hätte, ihn auszustechen, so wenig brauchte Peter jetzt darauf zu hoffen, daß er den Mund hielt. Ihn hatte bisher auch niemand geschont.

„Wie kommst du denn da drauf?" fragte Arnim, die Zigarette im Mundwinkel. Das Feuerzeug ließ er sinken.

„Peter war völlig verknallt in Andreas. Und er hat mir erzählt, daß Andreas mit ihm Schluß gemacht hat, am Abend vor dem Mord. Du hättest ihn sehen sollen, wieviel Haß in seinem Gesicht war, als er das sagte."

An Arnims' erstauntem Ausdruck war deutlich zu erkennen, daß er davon nichts gewußt hatte. Maik berichtete ihm deshalb ausführlich, was Peter ihm anvertraut hatte. Dabei fühlte er, wie seine Anspannung sich löste, wie seine Muskeln sich entkrampften, als würde die eigene Ohnmacht auf Peter übertragen, als ginge sie ihn nichts mehr an.

„Okay, das wäre ein Motiv“, sagte Arnim. „Und? Was willst du damit andeuten? Daß Peter es getan hat? Das ist Blödsinn. Kai hat Andreas erschossen. Niemand sonst, hörst du?“

Arnim machte eine Pause, zündete sich jetzt die Zigarette an. Dann fuhr er fort: „Genau das ist es, was uns auseinander treibt. Plötzlich glauben wir, daß wir Andreas nicht richtig gemocht haben. Und als ob uns das irgendwie mitschuldig werden läßt. Ich habe ihn auch nicht sonderlich leiden können, na und? Ich habe ihn oft genug zum Teufel gewünscht, aber daran ist noch niemand gestorben.“

„Was hat er dir denn getan?“ fragte Maik. Er konnte nicht begreifen, warum andere Andreas nicht gemocht hatten.

Arnim schüttelte den Kopf. „Ist doch egal. Manche Menschen mag man und manche eben nicht.“

Der Mond schob sich zwischen den Wolken hindurch ins Freie. Die Dunkelheit verwandelte sich in ein seltsam silbriges Licht. Die Welt um sie herum wurde grau, und eine Zeitlang sagten beide kein Wort.

„Warum hast du mich vorhin einen Neger genannt?“ fragte Maik.

Arnim richtete sich auf. „Ich meinte nicht dich.“

„Ich kann dieses Wort nicht ausstehen.“

„Das sagt man so.“

„Es ist abwertend. Ich möchte nicht so genannt werden.“

„Sei nicht so empfindlich, dieses politisch-korrekte Getue geht mir auf den Sack!“

„Darum geht es mir nicht“, erwiderte Maik, „aber ich verdiene diese Bezeichnung nicht.“

„Schon gut, hör auf dich aufzuregen.“

„Du willst ja auch nicht, daß jeder weiß, daß du Jude bist.“

Ruckartig sprang Arnim auf, stellte sich breitbeinig vor ihm hin. Maik zuckte zusammen. Aber Arnims breite Schultern, seine starken Oberarme unter dem Perry-Shirt demonstrierten gleichzeitig wieder diese Stärke und Selbstsicherheit, die er so an ihm bewunderte.

„Fängst du jetzt auch an wie Josef", sagte Arnim. Seine Stimme war lauter geworden.

„Ich verstehe nicht, wieso du das verheimlicht hast."

„Ich habe es nicht verheimlicht, ich habe es nur nicht erwähnt. Das ist ein Unterschied. Niemand sonst fragt nach deiner Religion, weshalb sollte ich meine zur Schau stellen?"

„Mir ist es egal, wirklich. Es ist nur, weil, weil …" Maik brach ab.

„Weil ich meinen Kopf rasiere und weiße Schnürsenkel trage? Das meinst du doch, nicht wahr?"

Maik nickte. Aber mehr noch als Arnims Äußeres interessierte ihn sein Denken, die innere Einstellung, die hinter der einschüchternden Fassade steckte – stecken könnte. Weder Martin noch Ralf hatten ihm darüber etwas sagen können, sie hatten Arnim nie danach gefragt, als wäre es nicht wirklich wichtig. Oder sie fürchteten eine Antwort, die sie nicht hören wollten, um keine Stellung beziehen zu müssen. Vielleicht auch wollten sie nur nicht von Arnims Outfit automatisch auf eine mögliche Gesinnung schließen. Tausend Gründe, weswegen auch er sich nicht traute, Arnim direkt nach seiner politischen Überzeugung zu fragen. Ein typisches Verhalten, daß er selbst am eigenen Leibe mehr als genug erfahren mußte. Die Leute fragten ihn nie, wie es war, in Deutschland schwarz zu sein, lieber belegten sie ihn mit unzähligen, blödsinnigen Vorurteilen.

Unterdessen setzte sich Arnim zurück auf die Bank, seine Wut schien aufgebraucht. Er lehnte sich vor, die Ellenbogen auf die Oberschenkel gestützt. Lange sah Maik ihn an und versuchte vergeblich, in Arnims Gesicht zu lesen. Aber dessen Strenge und Verschlossenheit verrieten nichts. Vielleicht gab es mehrere Wege, mit der eigenen Angst vor der Andersartigkeit fertig zu werden. Seiner war nur einer von vielen. Arnim hatte offenbar ein anderes Rezept.

„Ich will nicht darüber reden, okay", sagte Arnim in die Dunkelheit.

Maik streckte den linken Arm aus, zog ihn aber auf halbem Wege zu Arnims Schulter zurück. Er hätte Arnim gern angefaßt, ihn umarmt. Ihm irgendwie zu verstehen gegeben, wie sehr er ihn mochte. Verwundert verfolgte Arnim mit Blicken die Bewegung.

„Vielleicht wäre es besser gewesen", sagte er und stand erneut auf, „wir hätten uns zu einem anderen Zeitpunkt getroffen."

„Was meinst du damit?" Maik erhob sich ebenfalls. Sie standen sich dicht gegenüber.

„Keine Ahnung, es ist eben eine beschissene Situation." Die Zigarette ließ er fallen, drückte sie mit dem Stiefel ins Gras.

„Ja", antwortete Maik leise, „das ist es."

Beinahe verlegen wich Arnims Blick dem seinen aus. Er hatte die Hände in den Hosentaschen vergraben. „Hm, also dann …"

Maik wagte nicht, ihn zu berühren. Arnim war seltsam distanziert. Aber er entfernte sich nicht, blieb weiterhin dicht bei ihm.

„Ich gehe ins Bett", sagte Arnim schließlich.

Die Stille hatte sie auseinandergedrängt. Ein Käuzchen schrie. Der Augenblick war verstrichen. Heute nachmittag in den Kirschbäumen war es anders gewesen, dort hatte Arnim ungezwungen geredet, hin und wieder gelacht, sie hatten sich angesehen, als gäbe es etwas zwischen ihnen, das Maik nicht mehr wiederfinden konnte. Für eine Stunde war Arnim gelöst gewesen, hatte der Schutzschild, der ihn umgab, keine Wirkung gezeigt. Jetzt war er erneut auf der Hut. Was immer es war, vor dem Arnim sich fürchtete, das er nicht an sich heranließ, er hatte es wieder hinter den Mauern seines einschüchternden Äußeren eingesperrt, und Maik hatte keine Ahnung, wie er sie durchbrechen sollte.

Mitten in der Nacht schreckte Maik aus dem Schlaf. Er hatte von dem Jungen auf dem Steg geträumt. Plötzlich stand er vor ihm, in Badehosen und mit einer Pistole in der Hand. Sie befanden sich in einem Schwimmbad oder einer Toilette, überall waren Fliesen, es war dunkel, und der schwarze Lauf der Waffe richtete sich auf sein Gesicht. Der Junge schrie ihn an, er solle die Sachen herausrücken, sonst würde er schießen. Maik wußte nicht, um was es ging, er hatte nichts bei sich. Schließlich verlor der Junge die Geduld. Er drückte ab, und der Schuß zerriß den Traum, aus dem Maik schweißgebadet erwachte.

Vor der Tür hörte Maik jemanden die Treppe hinuntersteigen. Vielleicht hatte ihn das Knarren der Stufen geweckt. Benommen stand Maik auf, da er eh nicht mehr einschlafen würde, und ging nach unten. Im Wohnzimmer sah er Martin vor der Stereoanlage in der Ecke neben dem Sofa hokken. Martin fuhr erschrocken auf und drückte die Stoptaste des Kassettenrecorders.

„Kannst du auch nicht schlafen?" fragte Maik.

„Nein. Kai hat uns anscheinend auch noch um den Schlaf gebracht."

„Ich hatte Alpträume."

Martin nickte. „Mir geht auch zuviel durch den Kopf." Er stand auf. „Ich hör mir gerade einige Kassetten an."

Maik wartete darauf, daß er den Recorder erneut bediente, aber Martin zögerte, blickte auf die leere Hülle in seinen Händen.

„Ich habe sie aus Josefs Zimmer", erklärte er schließlich. „Andreas hat angeblich Telefonate mitgeschnitten, und ich wollte hören, was drauf ist. Die meisten Stimmen kenne ich nicht, aber einiges davon klingt ziemlich merkwürdig. Warte, ich spiele dir mal was vor."

Martin spulte die Kassette zurück, stoppte mehrfach, bis er die gesuchte Stelle gefunden hatte, um dann den Finger auf dem Startknopf verharren zu lassen. Unentschlossen blickte er Maik an, als wartete er auf eine Erlaubnis. Maik nickte ihm zu. Dann endlich betätigte Martin die Taste. Schweigend starrte Maik auf den Recorder und lauschte auf das Gespräch, das mitten im Satz einsetzte. Die Qualität war nicht besonders gut, es rauschte laut im Hintergrund, und es gab knackende Geräusche. Auch die Lautstärke der Stimmen variierte stark, aber was gesagt wurde, war deutlich genug zu verstehen.

„*... nicht wagen*", sagte eine Stimme plötzlich, gefolgt von der Andreas'. „*Leg es nicht darauf an. Gib mir endlich das Geld, und ich sage nichts.*

„*Ich brauche noch mehr Zeit. Zwei Wochen, dann hast du es.*"

„*Nein, danke. Das sagst du seit Monaten.*"

„*Diesmal wirklich.*"

„*Ich habe keine Lust zu diskutieren. Wenn ich übermorgen das Geld nicht habe, werden einige Leute erfahren, wie du dein Geld verdienst.*"

„*Das kannst du nicht tun, laß meine Eltern aus dem Spiel. Die streichen mir den Unterhalt, sie werden ...*"

„*Nicht meine Schuld, wenn du anschaffen gehen mußt, um deinen Stoff zu bezahlen. Sage ihnen selbst, daß du mehr Kohle brauchst.*"

„*Sei nicht albern.*"

„*Bin ich nicht! Das ist deine letzte Chance. Ich muß schließlich auch abrechnen.*"

„*Ich verpfeife dich bei den Bullen, wenn du das tust.*"

„*Nur zu. Ich habe eine reine Weste. Bei mir findet keiner was.*"

„*Dein kleiner Neger wird mit hochgehen.*"

„*Den hab ich im Griff. Der hat doch keine Ahnung. Darüber mach dir mal keine Sorgen. Meinen Arsch habe ich bisher immer ins Trockene gekriegt.*"

„*Scheißkerl, das traust du dich eh nicht.*"

„Bezahl nicht, und du wirst es sehen."

„Wenn du das tust, dann ..."

Das Gespräch brach ab. Es folgte ein Rauschen, dann ein Besetztzeichen. Martin drückte auf die Stoptaste. Maik spürte, wie ihm das Blut aus dem Gesicht gewichen war.

„Der andere war Josef, oder?" fragte Martin.

Abwesend nickte Maik. Auf die Stimme des anderen hatte er kaum geachtet. Andreas hatte ihn benutzt, das war es, das haftenblieb. Die Abende zusammen, der Sex, die gemeinsamen Spaziergänge, alles nur, um sich selbst aus der Schlinge zu ziehen, sich in sein Vertrauen einzuschleichen, damit das Zeug nicht direkt über ihn lief. Ja, er hatte den Stoff aufbewahrt, aber er wollte Andreas lediglich einen Gefallen tun. Vielleicht hätte es ihm merkwürdig vorkommen müssen, schließlich war es zur Gewohnheit, zur Routine geworden. Warum hatte er nie etwas bemerkt?

„Deshalb wollte Josef die Kassetten verschwinden lassen", erklärte Martin. „Kein Wunder, mir würde es auch nicht gefallen, wenn das die Polizei hört."

„Was? Entschuldige, ich habe nicht zugehört."

„Josef hat die Bänder vernichten wollen. Er ..." Jetzt erst sah Martin ihn an. Maik schwitzte und spürte, wie sich Schweißperlen auf seiner Schläfe bildeten.

„Hast du wirklich nie etwas geahnt?"

Maik schüttelte den Kopf. Die plötzliche Erkenntnis ließ ihn schwach werden. Tränen schossen ihm in die Augen. Er mußte sich setzen.

„Tut mir leid", sagte Martin leise und ließ sich neben ihm auf der Lehne des Sessels nieder. „Aber du hast Andreas immer ein bißchen zu sehr in den Himmel gehoben, weißt du?"

„Er war der Einzige, der für mich da gewesen ist. Jedenfalls habe ich das geglaubt. Seit dem Tag, als er mich da unten vor diesen Skinheads gerettet hat, da ..."

„Das hat er nicht", fiel Martin dazwischen, „das verwechselst du. Ich war unten bei dir auf der Klappe. Andreas hat oben auf mich gewartet. Als ich mit dir die Treppen hochkam, hat er dich getröstet, das ist wahr. Aber er hat dich nicht gerettet, Maik. Das bildest du dir ein."

Ungläubig starrte Maik ihn an. Martins Erinnerung mußte ihn trügen. Er hatte doch genau Andreas' Gesicht vor Augen, wie er sich über ihn gebeugt, gelächelt und ihm die Hand entgegengestreckt hatte, um ihm aufzuhelfen. Dieses Bild war so tief in sein Gedächtnis eingegraben. Es konnte nicht falsch sein. Andreas hatte ihn gerettet. Niemand sonst.

Plötzlich ertönte aus der Küche ein scheppperndes Geräusch. Es klang, als fielen Flaschen um, die dann über den Boden rollten. Aber da war noch etwas anderes. Ein Scharren und Kratzen. Martin sprang auf, lief zur Tür. Maik erhob sich langsam und wischte sich die Tränen mit dem Handrücken ab. Was Martin gerade gesagt hatte, war Unsinn. Sonst käme er sich vor wie ein Idiot.

„Was war das?" fragte er leise.

„Wahrscheinlich eine Ratte, die in eine der Mausefallen geraten ist", antwortete Martin. Er knipste das Licht an. Unter der Spüle, hinter dem kleinen Vorhang drang ein verzweifeltes Quieken hervor. „Eines dieser Biester weniger. Wurde auch Zeit, daß endlich etwas gegen diese Plage geschieht."

Sie hockten sich nieder, und Martin zog den Vorhang zur Seite. Maik sah ihm über die Schulter. Zwischen umgefallenen Flaschen und Eimern zappelte ein Igel unter dem zurückgeschnappten, metallenen Bügel der Falle. Mit gewaltiger Kraft hatte er das kleine Genick des Tieres zerschmettert. Zur Seite gefallen, das Mordinstrument nach oben gekippt, zuckten die kleinen Beine im Todeskampf. Ein hohes, schrilles Piepsen drang aus dem spitzen Maul.

„O Scheiße", entfuhr es Martin.

Maik beugte sich vor, streichelte mit der Hand über das stachelige Fell. Er konnte das kleine Herz schlagen hören, dann hörte es auf. „Armes Ding. Was machen wir jetzt mit ihm?“

„Ich lege ihn auf den Komposthaufen“, sagte Martin und nahm den Igel samt Falle in die hohle Hand.

Maik starrte ihn an. Das klang herzlos, abgebrüht.

„Na ja“, sagte Martin, der seinen Blick bemerkt hatte, und sah auf den Igel in seiner Hand. „Wir können ihn auch morgen beerdigen, wenn dir das lieber ist.“

Aber Maik schüttelte nur den Kopf.

Kapitel 4

Wie ein Dieb schlich sich Martin aus dem eigenen Haus. Der Morgen war drückend wie der Abend zuvor. Wolken hingen grau und schwer am Himmel, zwischen denen die Sonne nur zögerlich hindurchdrang. Martin hatte einen Korb unter dem Arm und eilte zum Wagen, um ins Dorf zu fahren. Es tat gut, allein zu sein. Er würde sich Zeit lassen mit den Einkäufen. Vielleicht hatte sich bei seiner Rückkehr die aggressive Stimmung gewandelt, die sie gestern auseinandergetrieben hatte wie eine Herde Schafe vor dem Wolf. Irgendwie hatte der Mord sie nicht zusammengeschweißt, wie er gehofft hatte, sondern die schreckliche Tat hatte einen Riß verursacht, der mitten durch sie hindurch gegangen war. Aber vielleicht mußte das so sein, konnte man bei einem solchen Ereignis nicht derselbe bleiben. Die Wut und der Ärger waren nur der hilflose Ausdruck ihrer Trauer und Hilflosigkeit. Sobald der Schock überwunden war, würden sie sich wieder vertragen.

Martin hatte bereits den Schlüssel ins Zündschloß gesteckt, als er Ralf auf das Auto zurennen sah.

„Nimmst du mich mit?“ fragte er außer Atem und öffnete, ohne auf eine Antwort zu warten, die Beifahrertür.

„Ich fahre nur schnell, um im Dorf ein paar Lebensmittel zu kaufen.“

„Ich weiß“, sagte Ralf und ließ sich neben Martin auf den Sitz fallen.

Ralf lächelte Martin mit einer Entschlossenheit entgegen, die ihm keine Wahl ließ. Resigniert startete er den Motor und fuhr langsam den Sandweg entlang. Aus den Augenwinkeln warf er einen Blick auf das Haus. Niemand war zu sehen.

Ralf hatte seinen Blick bemerkt und sagte: „Die werden heute lange im Bett bleiben. Ich glaube nicht, daß einer heute nacht ein Auge zugetan hat. Und niemand wird sonderlich erpicht darauf sein, den anderen gegenüberzutreten. Nicht nach dieser Szene gestern."

„Es tut mir leid", sagte Martin, „wir sind wirklich keine große Hilfe. Im Gegenteil."

„Hör auf, dich ständig dafür zu entschuldigen. Du kannst ja nichts dafür."

„Ich weiß", erwiderte Martin, „aber ich fühle mich verantwortlich. Immerhin haben wir euch alle eingeladen. – Wie geht es dir eigentlich? Ich bin überrascht, wie gelassen du mit Andreas' Tod umgehst."

An der Eiche bogen sie links auf die Landstraße ein. Zu dieser frühen Stunde war kein anderes Fahrzeug in Sicht. Die Schatten der Wolken zogen im schnellen Galopp über die hügeligen Felder links und rechts der Straße hinweg, als hätten sie es eilig, fortzukommen.

„Wenn ich nicht so reagiere, wie ihr es erwartet, dann liegt es daran, daß ..."

„Das soll keine Kritik sein", fiel Martin dazwischen.

„Laß mich ausreden, bitte. Wenn ich nicht so reagiere, dann liegt es daran, daß mich Andreas' Tod nicht besonders verwundert. Das sollte ich nicht sagen, aber so ist es. Eigentlich fühle ich gar nichts."

Martin schwieg. Er war nicht sicher, was Ralf damit andeuten wollte.

„Ich weiß gar nicht, ob ich dir das überhaupt sagen soll", fuhr Ralf fort. Er hatte das Gesicht von ihm abgewandt, sah aus dem Seitenfenster auf die vorbeiziehenden Felder. „Aber du bist, glaube ich, der einzige, der es versteht. Andreas und ich hatten lange schon Probleme miteinander, das hast du sicherlich bemerkt. Und er hat ja bereits bis zum Hals in der Scheiße gesteckt."

„Ich dachte immer, du hättest das alles akzeptiert", sagte Martin.

„Jahrelang habe ich das auch. Aber es ist immer schlimmer geworden, und damit meine ich gar nicht die unzähligen Affären. Daran hatte ich mich irgendwann gewöhnt. Das waren Peanuts im Vergleich zu dem, was er sonst so getrieben hat. Ich weiß natürlich, was für Geschäfte in unserem Café abgingen und daß Andreas eine Waffe hatte. Es tauchten immer merkwürdigere Gestalten auf. Kai war da nicht der einzige. Wir hatten dauernd Streit deswegen, und erst neulich habe ich einen Drohanruf bekommen von einem dieser Typen, bei denen Andreas seinen Stoff bezogen hat. Keine Ahnung, wer das war. Alles, was ich weiß ist, daß Kai da irgendwie der Drahtzieher war. Ich habe immer Angst vor ihm gehabt."

Vor ihnen tauchte die Kirchturmspitze hinter dem Horizont auf. Wie ein spitzer, kegelförmiger Pfahl bohrte sie sich durch das sanfte Grün der Hügel. Martin wußte nicht, was er antworten sollte, ob überhaupt eine Reaktion von ihm erwartet wurde. Vielleicht wollte sich Ralf seine Gefühle lediglich von der Seele reden, ohne unterbrochen zu werden, ohne Mitgefühl oder Kritik.

„Schließlich hat Andreas mir sogar gedroht", sagte Ralf, den Blick noch immer abgewandt. „Er hat gedroht, einfach abzuhauen, mich mit dem Café und der Hypothek allein zu lassen, wenn ich nicht aufhören würde, seine kleinen Geschäftchen zu boykottieren, wie er das nannte. Ich habe hinter seinem Rücken versucht, die Dealerei zu beenden, den Typen gesagt, Andreas würde aussteigen. Sogar unser Geschäftskonto habe ich für ihn sperren lassen. Andreas ist ausgerastet, als er das erfahren hat. Die letzte Zeit war die Hölle los. Ich habe ihn immer in Schutz genommen, es auf die Drogen geschoben. Er hat dauernd gekokst. Eigentlich war er nicht so, habe ich mir eingeredet, aber ich wußte, daß es nicht mehr besser werden konnte zwischen uns, nur immer noch schlimmer. Aber ich wußte einfach nicht, wie ich da wieder rauskommen sollte. Keine Ahnung, was Andreas getan hätte, wenn ich gegangen wäre."

Sie passierten das Eingangsschild des Dorfes, fuhren vorbei an den verfallenen Villen und der Kirche. Der Asphalt wechselte zu Kopfsteinpflaster.

„Ich habe ihm mehr als einmal den Tod gewünscht. Als ich ihn dann vorgestern tot auf dem Acker liegen sah, habe ich nichts gefühlt. Höchstens Erleichterung vielleicht. Aber keine Trauer oder Entsetzen. Nur Erleichterung."

An der Kreuzung bog Martin links ab und parkte auf dem Bürgersteig der Hauptstraße. Er stellte den Motor ab.

„Ist das sehr falsch von mir?" fragte Ralf. Sie waren sitzen geblieben, und jetzt sah Ralf ihn an. Martins Hände lagen auf dem Lenkrad, hielten es fest umgriffen.

„Nein, natürlich nicht", antwortete er und zuckte hilflos mit den Achseln, „ich habe nicht gewußt, was zwischen euch passiert ist. Wenn er dich so behandelt hat, dann kann ich das verstehen."

Ralf nickte stumm. Das war wohl der Grund dafür gewesen, daß er sich Martin anvertraut hatte. Er hatte wissen wollen, ob er sich seiner negativen Gefühle Andreas gegenüber schämen mußte. Und natürlich sollte Martin ihn beschwichtigen. Immerhin ging es ihm nicht anders. Auf eine Art hatte er genauso Andreas' Tod herbeigesehnt. Wochenlang hatte er schließlich mit ansehen müssen, wie Andreas versuchte, ihm Peter auszuspannen. Innerlich gekocht hatte er vor Wut, aber die Blöße einer Aussprache hatte Martin sich nicht geben wollen. Er hätte sich nur lächerlich gemacht.

„Ich komme mir so furchtbar mies vor", sagte Ralf.

Martin bemerkte, wie verschwitzt seine Hände waren. Er ließ das Lenkrad los, wischte sich an der Hose trocken.

„Es ist, als hätten meine Gedanken die Tat begangen, als sei ich irgendwie mitschuldig."

„Nun laß dich von deinem christlichen Gewissen mal nicht einschüchtern", erwiderte Martin bemüht scherzhaft. „Nur weil man uns auf dem Beichtstuhl eingetrichtert hat, daß bereits der Gedanke Sünde sein kann, heißt das nicht, daß du verantwortlich bist. Ich bin sicher, Andreas hatte genug Feinde, die ihm dasselbe gewünscht haben. Etliche Leute hätten ihn bestimmt liebend gern umgebracht."

Ralf versuchte zu lächeln, und Martin klopfte ihm auf die Schulter, dann stieg er aus. Was er gerade gesagt hatte, galt nicht so sehr Ralf, als vielmehr ihm selbst. Gedanken allein bewirkten nichts. Daran mußten sie gemeinsam festhalten, auch und vor allem, um Außenstehende zu überzeugen. Die Andeutungen der Polizei durften sie nicht zweifeln lassen.

„Arnim hat es da besser", fügte Martin noch hinzu, nachdem Ralf auf dem Bürgersteig neben ihm stand. „Ich hab mal irgendwo gelesen, daß für die Juden die Sünde erst mit der Tat beginnt. Der Gedanke allein ist noch harmlos für sie, was irgendwie an den zehn Geboten liegt. Bei den Christen ist das anders. Da reicht schon der Wunsch, um sie zum Täter zu machen. – Na, ein Glück für uns, daß wir nicht gläubig sind."

Gemeinsam überquerten sie die Straße und liefen die graue Häuserzeile entlang. Die meisten Fensterläden waren verriegelt. Nur ein buntes Reklameschild ragte aus der Fassade, als einziger Hinweis auf ein Geschäft.

„Hast du das gewußt?" fragte Ralf. Sie betraten den kleinen Laden, dessen Tür ihre Ankunft mit leisem Gebimmel verkündete. Sie waren die einzigen Kunden. Hinter dem Ladentisch stand ein alter Mann mit eingefallenen Wangen und rot unterlaufenen Augen, der sie mit einem mürrischen Gruß empfing. Martin nickte ihm zu und nahm sich einen der Einkaufskörbe.

„Was? Daß er Jude ist?“ meinte Martin. „Nein, ich hatte keine Ahnung. Ich habe mir nie Gedanken über seinen Nachnamen gemacht, wozu auch? Allerdings hätte ich mich auch dafür geschämt, wenn ich ständig kahlrasiert und mit Springerstiefeln herumlaufen würde wie ein Neonazi.“

„Ich begreife ihn nicht. Hat er dir gegenüber jemals was erwähnt, ich meine, über seine politische Einstellung?“

„Darüber haben wir nie geredet. Ich habe es auch nie angesprochen. Hat er zu dir mal was gesagt?“

Ralf schüttelte den Kopf. „Nein, über alles haben wir gequatscht, aber darüber nie.“

„Genaugenommen geht uns das ebensowenig an wie sein Jüdisch-Sein. Wir können ihn doch gut leiden, und das zählt schließlich, oder? Arnim ist ein lieber Kerl“, sagte Martin. „Die harte Schale ist nur Fassade. Er kann keiner Fliege was zuleide tun. – So, was brauchen wir alles?“

Sie füllten den Korb mit dem Notwendigsten. Viel hatte der Laden nicht zu bieten, es gab frisches Obst und Gemüse aus der Umgebung, die wichtigsten Nahrungsmittel, einige Toilettenartikel. Nachdem Martin seinen Zettel abgearbeitet hatte, legten sie die Lebensmittel an der Kasse auf die Theke.

„Wie geht es Ihnen, Herr Zürne?“ fragte Martin den alten Mann, der sie die ganze Zeit über mißtrauisch beäugte.

„Wie immer. Tag aus, Tag ein immer gleich. Aber bei Ihnen auf dem Hof ist wohl einiges los.“ Herr Zürne sah Ralf über die Hornbrille hinweg an.

„Ja, mehr Aufregung als uns lieb ist, ehrlich gesagt. Und jetzt brauchen wir Nachschub.“

Herr Zürne tippte die Waren in die Kasse ein. „Großstadtleute“, grunzte er und schüttelte den Kopf. „Die brauchen wir hier nicht. Machen nichts als Ärger. Polizei, wo man hinsieht.“

„Tut uns leid, wenn Sie deswegen Unannehmlichkeiten hatten. Uns hat das auch nicht gefallen, glauben Sie mir.“

„Diese Rabauken sollen bleiben, wo der Pfeffer wächst. Und sich nicht hier im Dorf herumtreiben."

Fragend sahen sich Martin und Ralf an.

„Von uns war niemand im Dorf", widersprach Martin. „Dieses ruhige Fleckchen Erde zieht anscheinend noch mehr Leute aus der Stadt an."

„Nein, nein, der gehörte zu Ihnen", antwortete der Alte. Seine großen Nasenlöcher bebten. „Das macht zweiundvierzig sechzig."

„Wie sah er denn aus?" fragte Ralf, während Martin auf das Wechselgeld wartete.

„Fragen Sie drüben im Gasthof, da hat er übernachtet."

Sie verließen den Laden, trugen die Lebensmittel zum Auto und verstauten sie auf dem Rücksitz.

„Wen meint der Alte denn mit diesen Anspielungen?" fragte Ralf über das Autodach hinweg.

„Wahrscheinlich irrt er sich", sagte Martin. „Weshalb sollte einer von euch hier übernachtet haben?"

„Vielleicht war Josef zu besoffen und hat die letzten Kilometer zum Hof nicht mehr geschafft", schlug Ralf eine Erklärung vor. „Wollen wir fragen gehen?"

„Ach was, ist doch egal", winkte Martin ab und wollte den Wagen aufschließen.

„Na los, ich frage. Immerhin klingt es ziemlich eigenartig."

Sie überquerten die Straße und gingen auf ein renovierungsbedürftiges Gebäude zu, das schräg gegenüber dem Laden stand. In den Fenstern hingen ordentlich zur Seite gebundene Gardinen, und über der hölzernen Tür befand sich ein handbemaltes Schild mit der Aufschrift *Gasthof Babel*. Innen war es düster, die holzgetäfelten Wände verschluckten das wenige Licht, das sich durch die Fenster verirrte. Hinter der Theke stand eine Frau mit hochgesteckten Haaren, die aufschaute und sich die Hände an einem Geschirrtuch abwischte, als sie eintraten. Es roch ein wenig muffig.

„Entschuldigen Sie", sagte Ralf und trat an den Tresen, „wir haben eine Frage."

Die Frau zog die Augenbrauen zusammen, blickte abwechselnd auf Ralf und Martin. Dann sah sie über die Schulter zu der kleinen Durchreiche, als wollte sie sich vergewissern, daß sie nicht allein war.

„Ein Freund von uns hat wahrscheinlich etwas bei Ihnen vergessen, als er hier vor ein paar Tagen übernachtet hat."

„Nein", antwortete die Frau sofort, „hier hat niemand was liegenlassen."

„Sind Sie sicher?" fragte Ralf weiter. „Er vermißt seine Brieftasche mit dem Ausweis und den Kreditkarten. Könnten Sie nicht mal nachfragen? Es ist wichtig."

„Das wüßte ich", erwiderte sie unfreundlich und trocknete weiter die Gläser ab. „Wir haben nicht viele Gäste. Wie hieß er denn?"

„Nun", zögerte er und warf einen fragenden Blick auf Martin.

„Es ist so ein großer, schlanker", sagte Martin. Die Beschreibung war so nichtssagend, daß sie auf jeden von ihnen gepaßt hätte.

„Ach ja, der Neger."

Martin schaute Ralf überrascht an und wollte nachfragen, aber die Frau wartete nicht auf eine Reaktion. „Sein Zimmer habe ich gemacht", fügte sie hinzu, „gleich als er weg war. Da war nichts."

„Dann entschuldigen Sie die Störung", bedankte sich Ralf, „vielleicht hat er sie woanders verloren."

„Das kommt davon, wenn man sich hier nachts herumtreibt", sagte sie.

„Was meinen Sie damit?" fragte Martin.

„Nicht daß mich das was angeht, aber schließlich hat er die Türen zugeschlagen, als er ein- und ausging. Die Wände sind nicht sehr dick. Was weiß ich, was dieses Pack hier im Dunkeln treibt. Noch dazu in aller Herrgotts Frühe. Ein Glück war es nur für eine Nacht."

„Ja, das wird es sein", sagte Ralf, „er wird sie wohl draußen verloren haben. Vielen Dank."

An der Tür wandte sich Martin noch einmal um. Die Frau beobachtete sie vom Tresen aus, wohl um sicherzugehen, daß sie auch wirklich verschwanden. Nach dem düsteren Innern der Gaststube blendete sie die Sonne, die sich mehr und mehr durch die Wolken zwang. Langsam gingen sie zurück zum Wagen.

„Warum hat er uns nichts davon gesagt?" fragte Ralf, während Martin aufschloß.

„Er wird seine Gründe gehabt haben", erwiderte Martin nachdenklich.

„Welche sollten das sein?"

Martin zuckte die Achseln und stieg ins Auto. Seine Vermutung wollte er nicht laut äußern. Selbst mitten in der Nacht hätte Maik die paar Kilometer zum Hof noch zurücklegen können, es machte keinen Sinn, so kurz vor dem Ziel im Dorf zu übernachten. Selbst wenn er den Weg nicht gefunden hatte – ein Anruf hätte genügt, und einer von ihnen hätte Maik abgeholt.

Während der Fahrt sah Martin Ralf aus den Augenwinkeln heraus an. Ralf starrte durch die Windschutzscheibe und biß sich auf die Unterlippe. Seine schrägstehenden Augen waren zusammengekniffen. So wie er wagte Ralf über die Neuigkeit nicht zu reden. Zu abwegig erschien wohl auch ihm der mögliche Grund für Maiks Übernachtung, als daß er seine Zweifel in glaubhafte Worte fassen konnte.

Vor ihm auf der Fahrbahn erblickte Martin ein überfahrenes Tier, das ihm auf der Hinfahrt gar nicht aufgefallen war. Das Fell klebte verschmutzt auf dem Asphalt in einem Kreis aus vertrocknetem Blut. Beinahe bis zur Unkenntlichkeit war das Tier bereits von Reifen überrollt worden. Erst als Martin ganz nah war, konnte er ein Kaninchen in dem

Kadaver erkennen, und das auch nur, weil die Ohren zu beiden Seiten des zerquetschten Kopfes ausgebreitet lagen. Er wich dem toten Tier nicht aus.

Arnim bestrich sein Brot mit Leberwurst. Sein rechter Hosenträger rutschte ihm beim Schmieren bereits das zweite Mal über die Schulter. Genervt ließ er das Messer fallen und zog ihn zurück.

„Soll ich ihn dir abschneiden?“ fragte Josef über den Tisch hinweg und griff gleichzeitig nach der Butter.

Das war der erste Satz, den einer von ihnen heute morgen von sich gab. Als Arnim in die Küche gekommen war, hatten Peter und Josef bereits dagesessen, nur einen kurzen Gruß gemurmelt und gleich wieder in ihre Kaffeetassen gestarrt. Auch er hatte keine Lust verspürt, Konversation zu machen.

„Laß mal“, antwortete Arnim ihm jetzt, „du schneidest dir nur in die Finger. Aus diesen Augen kannst du doch gar nichts erkennen.“

Josef grunzte etwas Unverständliches. Sein Gesicht war aufgedunsen, die Augen gequollen und gerötet. Den Kater sah man ihm deutlich an. Arnim aß sein Brot und schielte dabei zu Peter, der unruhig auf seinem Stuhl hin und her rutschte. Wenn das so weiterging, würde er noch heute seine Tasche packen und abhauen.

Mit Einkaufstüten beladen, kamen Martin und Ralf in die Küche. Sie stellten die Tüten auf der Arbeitsplatte ab. „Wo ist Maik?“ fragte Martin, anstatt ihnen einen guten Morgen zu wünschen.

„Morgen erstmal“, sagte Arnim.

„Der ist runter zum See“, antwortete Josef. „Er war schon fertig angezogen, als ich kam, und ist gleich los. Wieso? Hat er was ausgefressen?“

Martin und Ralf warfen sich Blicke zu. „Könnte man so sagen“, sagte Ralf und erzählte ihnen von der verschwiegenen Übernachtung. Arnim schob den Teller von sich, zog die Brauen zusammen.

„Und was bedeutet das jetzt?“ fragte Peter.

„Wir sollten zuerst mit Maik darüber reden, bevor wir irgendwelche Spekulationen anstellen“, sagte Arnim. Es war klar, auf was sie hinauswollten. „Er wird einen einfachen Grund dafür gehabt haben.“

„Das macht keinen Sinn“, erwiderte Ralf und blickte in die Runde, „es sind nur ein paar Kilometer bis hierher.“

„Anscheinend“, sagte Peter, „will er nicht, daß wir davon erfahren. Sonst hätte er doch was gesagt.“

„Vielleicht hat er sich heimlich mit jemandem getroffen“, sagte Martin und setzte sich an den Tisch. Arnim goß ihm Kaffee ein.

„Du meinst, mit Andreas.“ Josef warf zwei Aspirin in ein Wasserglas. Mit seinen verquollenen Augen starrte er in die sprudelnde Flüssigkeit, bis sich die Tabletten aufgelöst hatten.

„Was hat Maik nur in ihm gesehen?“ sagte Arnim mehr zu sich selbst und schüttelte den Kopf.

Martin rührte einen Löffel Zucker in den Kaffee, bevor er antwortete. „Maik hat Andreas vergöttert. In den letzten Monaten haben sie, soviel ich weiß, eine Menge Zeit miteinander verbracht.“

Heimlich sah Arnim zu Ralf. Jedem war doch klargewesen, daß zwischen Andreas und Maik was lief, selbst Ralf mußte das gewußt haben. Andreas hatte sich sogar lustig darüber gemacht, wie Ralf das alles so einfach wegsteckte. „Klar paßt es ihm nicht, wenn ich rumficke“, hatte Andreas ihm einmal lachend gesagt, „aber was will er machen? Er liebt mich.“ „Irgendwann gehst du zu weit“, hatte Arnim ihm geantwortet. Ganz offensichtlich hatte er recht behalten, war Andreas einen Schritt zu weit gegangen, und jemand hatte genau das nicht mehr ertragen.

„Ich begreife nicht“, sagte Arnim, „was alle an ihm fanden. Okay, Andreas hat zwar nicht schlecht ausgesehen, aber als Mensch war er doch ziemlich kaputt.“

Wie erwartet zeigte Ralf keinerlei Reaktion. Nichts würde ihn noch über Andreas schockieren können. Peter allerdings richtete sich im Stuhl auf und blickte gekränkt, als fühlte er sich angesprochen.

„Er hatte auch seine guten Seiten“, sagte er leise.

„Sicher.“ Martin wandte sich von Peter ab. Worum ihr Streit gestern gegangen war, wußte Arnim nicht, aber langsam hatte er eine Ahnung. Und wenn Andreas wirklich auch noch mit Peter rumgefickt hatte, dann sank er noch tiefer in seiner Achtung. Falls das überhaupt möglich war, nach allem, was er in den letzten Tagen erfahren hatte.

„Erinnert ihr euch noch“, sagte Martin dann, „wie panisch Maik reagiert hat, als er von der Polizei vernommen werden sollte? Mir gegenüber hat er das sogar ausdrücklich erwähnt, als hätte er irgend etwas zu befürchten.“

„Ja“, erwiderte Ralf, ohne einen von ihnen anzusehen. Er stand noch immer gegen die Arbeitsplatte gelehnt, blickte zu Boden. Er schien angespannt, nicht mehr gelassen und abgeklärt wie sonst. „Er hat sich ziemlich sonderbar verhalten. Die Frau im Gasthof hat gesagt, er sei nachts mit dem Auto unterwegs gewesen. Wo soll man in dieser verlassenen Gegend schon hinwollen?“

„Wer weiß, was in so einem vorgeht?“ sagte Peter kopfschüttelnd.

Josef zog die Brauen hoch, sah ihn mit verschlafenen Augen an. „Na, und sie riechen ja auch etwas streng.“

„So meinte ich das nicht, dreh mir nicht das Wort im Mund um.“

Arnim schlug mit der flachen Hand auf den Tisch. „Fangt nicht schon wieder an. Ihr benehmt euch absolut kindisch. Wo sollen diese Vermutungen denn hinführen?“

„Aber was ist", sagte Peter, und seine Stimme klang zögernd, „wenn die Polizei tatsächlich Zweifel an Kais Schuld hat?"

„Das ist deren Sache, nicht unsere. Es gibt keine Beweise, und solange sollten wir uns nicht gegenseitig beschuldigen."

„Ich jedenfalls finde es reichlich merkwürdig", beharrte Peter. Er sah nicht auf, blickte angestrengt in seine Kaffeetasse.

Sie schwiegen. Arnim nahm sich einen der Äpfel aus der Obstschale, biß hinein. Ein kleiner roter Apfel, frisch aus dem Garten und verdammt sauer. Wenn Kai es nicht gewesen war, dann mußte es einer von ihnen gewesen sein. Andreas hatte sich nicht gerade lieb Kind gemacht, soviel war klar, und nun stand ihnen das schlechte Gewissen ins Gesicht geschrieben. Peters verschreckter Tonfall, Martins plötzliche Abwehrhaltung Maik gegenüber und selbst Ralf, der endlich mal irgendeine Reaktion zeigte.

„Andreas hat Maik für seine Dealerei benutzt", begann Martin erneut. „Vielleicht hat Maik ihn zur Rede stellen wollen."

„Unsinn", meinte Arnim. Auf den Apfel hatte er keine Lust mehr und warf ihn in den Aschenbecher. „Dafür muß er sich nicht heimlich mit Andreas treffen. Das hätte er genauso gut hier tun können."

„Woher willst du das überhaupt wissen?" fragte Josef, der bei Martins Äußerung sichtlich zusammengezuckt war.

Martin hielt Josefs forderndem Blick stand. „Ich habe mir erlaubt, das Band abzuhören, das du so klammheimlich verschwinden lassen wolltest."

„Alte Petze", zischte Josef Peter an. Und wieder zu Martin gewandt: „Was fällt dir ein, meine Sachen zu durchwühlen?"

„Immerhin hast du sie ja auch aus Andreas' Tasche gestohlen. Es sind nie deine gewesen. Tu also nicht so schockiert."

„Was denn für Bänder?“ fragte Arnim.

Martin schilderte ihm, was dieser gestern nacht gehört hatte. Während er sprach, kaute Josef nervös an seinen Fingernägeln. Arnim konnte sich ein Grinsen nicht verkneifen. Daß sich Josef etwas dazu verdiente, hatte Andreas ihm gegenüber mal erwähnt, auch wenn er das damals nicht wirklich geglaubt hatte. Zuzutrauen war es Josef aber allemal.

„Machst du das also immer noch?“ sagte er zu Josef, nachdem Martin geendet hatte.

„Geht dich einen Scheißdreck an. Kümmer dich lieber um deinen Kram.“ Josef war rot angelaufen.

„Das ist doch jetzt unwichtig“, sagte Ralf. Er stand mit dem Rücken zu ihnen, begann, die Lebensmittel aus den Tüten in den Kühlschrank zu räumen.

Josef sprang auf, so daß der Stuhl nach hinten umfiel. „Ich finde das schon wichtig“, rief er und beugte sich zu Martin über den Tisch. „Was auf dem Band ist, hat nichts mit dem Mord zu tun. Das war irgendein albernes Gespräch, mit dem mich Andreas erschrecken wollte. Wenn ihr daraus irgend etwas ableiten wollt, dann bin ich hier am Tisch nicht der einzige, dem man gewisse Dinge unterstellen könnte.“

„Ich habe dir nichts unterstellt“, erwiderte Martin mit erhobenen Händen, „du hast damit angefangen. Ich habe mich lediglich auf Maik und Andreas bezogen. Außerdem hat niemand sonst hier das Band mitgehört.“

Josef biß sich auf die Unterlippe und ließ sich zurück auf den Stuhl sinken.

„Wir sind nicht hier, um uns gegenseitig zu beschuldigen“, sagte Ralf und schloß den Kühlschrank, „wir wollen nur herausfinden, was geschehen ist.“

„Ralf hat vollkommen recht“, sagte Martin zu Josef gewandt. „Was soll denn erst die Polizei von uns denken, wenn nicht einmal wir zusammenhalten und uns einig sind? Niemand will dir einen Strick daraus drehen, nur weil du

Andreas gegenüber im Streit irgendwelche Dinge an den Kopf geworfen hast. Immerhin hattest du allen Grund dazu. Wir sind alle wütend auf Andreas, na und? Dadurch läßt sich nichts beweisen."

Arnim hatte den Disput stumm verfolgt. Jetzt sahen sie ihn alle plötzlich an, wie auf ein verabredetes Zeichen, als warteten sie auf seine Zustimmung. Er zuckte mit den Achseln und verschränkte die Arme über der Brust. Keine Ahnung, warum sie sich so aufregten. Worte waren leicht dahingesagt, Worte allein konnten niemanden verletzen. Aber in einem hatten sie recht. Sie sollten sich einig sein. Die Anschuldigungen Andreas gegenüber, der Wunsch, ihn tot zu sehen, das waren eben nur Worte, keine Taten. Auch wenn in diesem Falle beides dicht zusammenfiel. Sie mußten sichergehen, daß niemand, schon gar nicht die Bullen, ihnen hier irgendwelche Mordmotive unterschoben. Darin stimmte er mit den anderen überein. Sie mußten zusammenhalten.

Mitten auf dem Acker, nah bei dem gelben Band, das den Tatort abgrenzte, sah er Josef eine Zigarette rauchen. Hinter ihm am Horizont türmten sich hohe Wolken in den Himmel. Bei dem Gespräch vorhin war Josef abrupt aufgestanden und aus der Küche gegangen. Vielleicht hätte er doch lieber den Mund halten sollen wegen der Tonbänder. Es hatte keinen Sinn, Josef zu reizen, und deshalb war er ihm nachgelaufen.

Als Martin von dem kleinen Pfad trat, machte Josefs abgewandte Gestalt auf dem riesigen Acker einen verlassenen Eindruck, hatte er nichts mehr von der defensiven, bissigen Haltung von eben, als sei all das hier draußen aus ihm gewichen. Josef brauchte das Publikum, die Aufmerksamkeit, ohne die er in diesen Tagen nicht mehr war, als jeder andere von ihnen: hilflos und verletzbar.

„Na, wieder ganz nüchtern?" fragte Martin, der sich Josef von hinten genähert hatte. Er versuchte, heiter zu klingen, die eigene Anspannung durch seinen Tonfall zu überdecken.

„Ja, bin ich“, antwortete Josef knapp, ohne sich umzudrehen. „Und wenn du willst, packe ich meine Sachen und verschwinde.“

Martin holte tief Luft. Wie immer gab Josef ihm das Gefühl, daß er es war, der etwas Falsches getan oder gesagt hatte, daß er Josef aus nichtigen Gründen loswerden wollte. Es war schwierig und meist auch sinnlos, Josef sein unmögliches Verhalten klarzumachen. Aber ebenso schwierig war es für ihn, Konsequenzen zu ziehen, Josef einfach mal seine Grenzen aufzuzeigen und ihn tatsächlich fallenzulassen.

„Du hast keinen Grund, beleidigt zu sein“, antwortete Martin.

„So, habe ich nicht? Du kommandierst mich herum, als sei ich ein Kind – oder Peter!“ Jetzt drehte sich Josef ihm zu, und Martin bemerkte, daß er geweint hatte. Wohl das erste Mal an diesem Wochenende. „Das ist nichts Neues, weiß Gott nicht, aber ich habe es satt, mir das jedesmal gefallen zu lassen.“

„Du hast doch genau gewußt, was auf den Kassetten drauf ist.“

Josef zuckte die Achseln und trocknete sich mit dem Handrücken die Tränen. „Na und? Du hättest auch nicht gewollt, daß das jemand hört. Es war alles andere als taktvoll von dir, es herauszuposaunen.“

„Rede du mir nicht von Takt, Josef! Wer benimmt sich denn das ganze Wochenende über wie ein Trampel?“

„Oh, ein Trampel bin ich also. Bitte, wenn du meinst. Aber hör endlich auf, mich zu bevormunden. Wir sind nicht mehr zusammen! Du mußt nicht immer den Übervater für jeden spielen.“

„Den was?“

„Du hast schon richtig gehört.“ Josef ließ die Zigarettenkippe fallen und drückte sie mit einem harten Tritt in den

Ackerboden. „Martin weiß immer alles besser, Martin hat die Weisheit mit Löffeln gefressen. Martin weiß, was gut für einen ist. Er weiß, daß Peter lieber auf dem Land leben möchte, und er weiß, daß Josef nicht so viele Drogen in sich hineinstopfen sollte, weil er dann so böse Dinge sagt!"

Unwillkürlich blickte Martin über die Schulter zurück zum Haus. Bisher waren Josefs Beleidigungen immer an ihm abgeprallt, hatte er immer gewußt, wie Josef zu nehmen war. Oder zumindest hatte er das geglaubt. Diesmal aber fühlte er sich getroffen, und deshalb hatte er sich abwenden müssen.

„Wir haben uns gemeinsam für den Hof entschieden", sagte er zum Haus gewandt, dessen Dachziegel in der Sonne glühten. „Ich habe Peter nie zu etwas überreden müssen."

„Klar, ich bin sicher, er hat sofort zugestimmt. Aber warum wohl? Du bist so furchtbar dominant, und Peter hat nicht gerade viel Rückgrat oder eine eigene Meinung. Ich kenne dich, Martin, du läßt doch nichts anderes zu als das, was du für richtig hältst. Die anderen sind dir letztendlich egal, wenn du nur kriegst, was du willst!"

„Das ist Unsinn. Und vielleicht weiß ich ja tatsächlich manchmal, was gut ist und was nicht. Na und?" Martin wandte sich wieder Josef zu, aber er blickte ihm nicht ins Gesicht, sondern auf sein offenes Hemd. Eine Art Hawaii-Hemd in grellen, orange-blauen Farben. Hawaii. Von hier aus eine Unendlichkeit entfernt. Er zwang sich, Josef anzusehen. „Hör auf, aus meinem Streit mit Peter mehr zu machen, als da ist. Das ist lächerlich. Außerdem reden wir gerade davon, wie du dich hier aufführst."

„Ja, von meinem kindischen, unreifen Verhalten."

„Wenn du aufhören würdest, dich wie ein Idiot zu benehmen, dann bräuchte ich dich auch nicht so zu behandeln. Was hast du dir überhaupt dabei gedacht gestern?"

„Was habe ich denn schon groß verbrochen? Ich habe lediglich die Wahrheit gesagt über diesen Nazi. Euch mal vor

Augen gehalten, wie bigott er ist! Aber gut, wenn ihr mir dafür die Schuld in die Schuhe schieben wollt – bitte."

„Hör auf, Arnim irgend etwas zu unterstellen. Niemand mischt sich in dein Leben ein, also lasse auch die anderen in Frieden. Du machst dir keine Freunde mit deinen ständigen Beleidigungen."

„Auf solche Freunde kann ich verzichten!"

Josef ging an Martin vorbei, ließ ihn einfach stehen. Wenn er Josef jetzt nicht aufhielt, würde er tatsächlich abfahren. Einen Moment lang zögerte Martin, war er versucht, ihn gehen zu lassen, sich nicht mehr darum zu kümmern, was Josef tat oder nicht.

Kopfschüttelnd blickte er Josef nach, der vornübergeneigt zurück zur Hecke ging und mit den Füßen nach Steinen trat. Natürlich meinte Josef nicht alles, was er in seiner Wut von sich gab. Das war eben seine Art, mit sich und der Welt fertig zu werden. Er kapselte sich ab, drängte sich bewußt oder unbewußt in die Isolation. Aber niemand, nicht einmal Josef, konnte das tatsächlich wollen, und deshalb durfte er Josef nicht einfach so ziehenlassen. Er mußte ihm beweisen, daß Josef trotz allem gebraucht und gemocht wurde. Zumindest von ihm. Martin hatte es nie ertragen können, ihn derart niedergeschlagen zu sehen. Wie damals, als Josef im Sessel gesessen hatte, zusammengesunken, mit verheultem Gesicht. „Gib mir noch eine Chance", hatte er gesagt und ihn angesehen wie ein geschlagener Hund. Martins Sachen waren längst gepackt gewesen. „Ich mach's wieder gut. Ehrlich." Nicht mal acht Wochen hatte ihre Beziehung gedauert, aber in dieser kurzen Zeit hatte Josef alles falsch gemacht, was man falsch machen konnte. Und trotzdem hätte Martin seinen Entschluß fast bereut. Er hatte sich vor ihn hingekniet und die Hand versöhnlich auf Josefs Bein gelegt. „Ach, komm mir jetzt nicht mit der Mitleidsschiene", hatte Josef gesagt und war aufgesprungen. „Das kenn ich. Hau ruhig ab. Ich komm schon allein zurecht." Kopfschüttelnd war Martin gegangen. Aber seitdem machte er sich Sorgen um Josef, kümmerte er sich um ihn, so gut es ging.

Martin rannte los, holte Josef ein und legte ihm die Hand auf die Schulter.

„Mach keinen Unsinn“, sagte er. Seine Stimme war weich geworden, aber gleichzeitig ärgerte es ihn, erneut einzulenken. „Fahr nicht ab, bitte. Du gehörst zu uns. Es hat keinen Sinn, wenn du mauerst. Wir sind alle etwas gereizt, das ist verständlich. Aber was würde passieren, wenn einer von uns außen vor bleibt? Niemand sonst wird in dieser Situation zu uns halten. Wir haben nur uns.“

Josef war stehengeblieben, sah ihn an. Er verzog das Gesicht zu einer Grimasse, wiegte den Kopf hin und her.

„Das bringt's doch alles nicht“, erwiderte Josef, aber der Tonfall klang zweifelnd, als bräuchte er lediglich einen letzten Zuspruch.

„Natürlich tut es das. Gerade jetzt, wo die Polizei uns ins Visier nimmt. Wir dürfen denen nicht nachgeben.“

„Also gut“, sagte Josef nach kurzem Zögern. „Ich bleibe. Aber nur, wenn ich die Kassetten vernichten darf.“

„Abgemacht“, sagte Martin. „Reden wir nicht mehr drüber.“

Josef atmete erleichtert auf. „Ja, reden wir lieber über Maik. Warum, glaubst du, lügt er?“

„Ich weiß es nicht. Aber vielleicht hat das ja wirklich nichts mit dem Mord zu tun.“

Jetzt huschte ein Grinsen über Josefs Gesicht. Sein Ärger schien verflogen. So schnell, wie Josef wütend wurde, so schnell fand er zu seiner ruhigen, immer sarkastischen Art zurück. Das kannte Martin schon an ihm.

„Hat er wirklich einen so großen Schwanz?“

„Wer sagt das?“ fragte er und sah Josef an. Die Dreistigkeit der Frage hatte ihn überrascht.

„Niemand. Aber du weißt doch, alle Schwarzen haben einen großen Schwanz.“

„Red keinen Quatsch."

„Na los, sag schon. Oder willst du mir weismachen, daß du ihn noch nie gesehen hast?"

Martin mußte lächeln. Josef war wieder ganz der Alte. Sein Vorhaben, sie zu verlassen, hatte er längst vergessen. Josef hatte nur den Zuspruch gebraucht, und jetzt, wo er mit ihm geredet hatte, verfiel er sofort zurück in sein altes Ich.

„Hat er oder hat er nicht?"

Die Frage war Martin unangenehm, zumal er die Antwort kannte. Im Schwimmbad, unter den Duschen, hatte er Maiks Schwanz irgendwann gesehen. Er fühlte die Röte ins Gesicht steigen. Statt zu antworten, hielt er die Hände in einem gewissen Abstand voneinander vor sich hin.

„Nein! Ehrlich?" rief Josef beeindruckt aus. „Kein Scherz?"

„Ehrlich. Und das im schlaffen Zustand."

„Donnerwetter. Diese kleine Ratte! So verschüchtert und dann so ein Ding in der Hose. Und da soll noch mal jemand behaupten, Klischees seien Blödsinn."

„Tu mir aber einen Gefallen, und erwähn das ja nicht vor ihm!"

Die Augenbrauen erhoben, sah Josef ihn mit breitem Lachen an. Dann gingen sie beide auf dem engen Pfad entlang zurück auf den Hof.

„Es wird wohl besser sein", erwiderte er augenzwinkernd, „ich finde das selbst heraus. Mann, dieser Heimlichtuer."

Maik lag erschöpft und naß auf den hölzernen Planken des Stegs und ließ sich von der Sonne trocknen. Die Nacht hatte er nicht schlafen können, und so war er am frühen Morgen hierher gerannt, um seine Trauer, seine Wut im Schwimmen aufzubrauchen. Er atmete heftig. Die körperliche Anstrengung tat gut.

Andreas' Stimme, die im kalten, abwertenden Ton zu ihm aus dem Recorder gesprochen hatte, hallte noch in seinem

Kopf. Diese Stimme würde er nicht mehr loswerden können. Wieder und wieder drang sie in sein Bewußtsein, um alles zu zerschlagen, an das er sich geklammert hatte. Die helfende Hand, die ihm gereicht worden war, das strahlende Lächeln in dem hübschen Gesicht – ein Trugschluß. Das wenige Gute, das ihm widerfahren war, hatte nie etwas mit Andreas zu tun gehabt. Sein Wunsch hatte sich über die Realität geschoben, sie eins werden lassen, bis er nicht mehr unterscheiden konnte, was er sich von Andreas erhoffte und für was er ihn benutzte. Sein Bild von Andreas hatte sich gespalten. Er hatte keine Ahnung, wie er nun damit umgehen sollte.

Womöglich hatte er ja sein Leben immer schon mißverstanden, hatte er sich Dinge zurechtgelegt, die nie zusammen gehörten. Was wäre gewesen, wenn er die Schuld seiner Hautfarbe nicht bei sich gesucht, wenn die Angst vor dem Schwulsein keine Berechtigung gehabt hätte? Vielleicht führte die Flucht vor diesen Dingen nicht aus, sondern immer nur weiter in die Angst. Die Ruhe in Andreas' Gegenwart, die warme Sphäre im Rausch der Drogen waren demnach nicht das Ende einer jahrelangen Suche, sondern lediglich das Auge des Sturms gewesen. Was jetzt über ihn hereinbrach, war soviel gewalttätiger als die besänftigende Lüge, die ihn eingehüllt hatte und die ihm sein Leben besser ertragen ließ.

Bemerkt hatte er nie etwas, trotz der vielen Zeit, die er mit Andreas verbracht hatte. Natürlich waren sie meistens high gewesen, immer gut drauf, es hatte keine Probleme zwischen ihnen gegeben. Vielleicht hätte er die Dinge nüchtern anders gesehen, hätte er dann ahnen können, daß Andreas nur seinen Spaß haben wollte und jemanden, der naiv genug war, seine Dealerei zu decken. Maik fiel kein einziger Moment ein, in dem sie ernsthaft miteinander geredet hatten, darüber, was sie füreinander empfanden zum Beispiel oder wohin ihre Affäre führen sollte. Er hatte einfach genossen, was der Augenblick hergab.

Maik verschränkte die Arme hinter dem Kopf, ließ den Blick über den Himmel schweifen. Hellblau und in der Hitze flimmernd, spannte er sich über ihm. Die Bäume bewegten sich nicht. Stillstand. Nur über dem Kamm des Hügels, hinter dem der Hof lag, tauchte jetzt eine Gestalt auf, schwarz im Gegenlicht.

Er setzte sich auf. Schweiß lief ihm aufgrund der Schwüle am ganzen Körper herunter. Mit dem Badehandtuch trocknete Maik sich ab, und nun erkannte er Arnim, der über die Wiese gelaufen kam. Sein kahler Kopf glänzte in der Sonne, und selbst in dieser Hitze trug er seine Stiefel, die unter der hochgeschlagenen Jeans auch aus dieser Entfernung zu erkennen waren.

Andreas hatte ihn verraten. Maik war wütend und zugleich erschrocken darüber, wie gefaßt er bei dieser Einsicht war. Er hatte geglaubt, daß er so etwas nicht mehr ertragen konnte. Aber tatsächlich war es gar nicht so schlimm. Für seinen Verrat war Andreas gestorben. Das schien nur gerecht. Ein neues Gefühl machte sich in ihm breit, noch leise und unbestimmt, doch es war nicht so bedrohlich, wie er glaubte, daß es sein müßte. Er war erstaunt darüber, wie leicht seine Zuneigung in Ablehnung umschlagen konnte, wie einfach es war, Gefühle auszutauschen, wenn man das eigene Spiegelbild vorgesetzt bekam. Und vielleicht war dies der richtige Weg, um mit seinem Leben fertig zu werden, um das Selbstmitleid endlich aufgeben und in die Offensive gehen zu können. Ja, das würde er tun. Nicht mehr Opfer sein, nicht mehr nur der dumme, kleine Schwarze. Endlich einmal stark sein.

Diese Gedanken machten Mut, er fühlte sich besser und irgendwie war es ein gutes Zeichen, daß zur gleichen Zeit Arnim aufgetaucht war. Arnim war ehrlicher in seiner offenen, direkten Art, er würde ihm nichts vormachen, sondern die Dinge benennen, wie sie waren, auch wenn sie verletzen konnten. Bei ihm würde er zumindest wissen, woran er war.

Schnellen Schrittes kam Arnim auf ihn zu. Die Planken des Stegs knarrten unter seinen Schritten, bis er direkt über ihm stehenblieb. Aus seiner sitzenden Position heraus schaute Maik lächelnd zu ihm hoch. Doch Arnims Gesicht blieb merkwürdig steinern, die Hände hatte er in die Hüften gestemmt. Statt aufzustehen, rückte Maik etwas von ihm ab.

„Wo bist du in der Mordnacht gewesen?" fragte Arnim. Keine Begrüßung, keine Einleitung.

Maik senkte den Blick zu Arnims Stiefeln, zu den weißen Schnürsenkeln, parallel gebunden und vom Staub bereits angegraut. „Ich war zu Hause", sagte er zu den Stiefeln, „im Bett. Wo soll ich denn sonst gewesen sein?"

„Das will ich ja von dir hören."

„Was soll das? Du hast mich doch ankommen sehen. Ich bin aus Berlin direkt hierhergefahren."

„Hör auf, mich anzulügen", schrie Arnim jetzt, und Maik zuckte zusammen. Arnims Gesicht stand genau vor der Sonne, so daß er dessen Züge nicht erkennen konnte. „Du hast im Dorf übernachtet. Gib es zu! Was hast du da gemacht?"

„Das – das ist nicht wahr." Seine Nacktheit war ihm plötzlich unangenehm.

„Lügner! Steh auf, und sag es mir. Na los, steh auf!"

Arnim griff ihm in die Haare und zerrte ihn in eine aufrechte Position. Maik schrie auf und versuchte, die starke Hand zu lösen. Schwankend kam er schließlich auf die Beine. Dann erst lockerte Arnim den Griff und stieß ihn mit beiden Händen zurück.

„Du Arschloch", rief Arnim, „du dreckiger Nigger, was glaubst du, wer du bist? Hast du gedacht, niemand würde es erfahren? Ich habe dir vertraut – Scheiße, ich hab dich sogar gemocht, und jetzt das!"

Maik taumelte rückwärts, stolperte nackt über die Planken und fiel an ihrem Ende ins Gras.

„Wovon sprichst du überhaupt?" stammelte er.

„Verarsch mich nicht! Du hast die Nacht vor Andreas' Tod im Dorf übernachtet. Warum hast du das verheimlicht?"

Maik holte Luft. „Ich – ich habe es nicht verheimlicht", stotterte er, „ich habe es nur nicht erwähnt. Ich dachte, das wäre nicht so wichtig."

„Nicht so wichtig? Hast du eine Ahnung, was das bedeutet?"

Als Maik auf dem Hof angekommen, den Krankenwagen und die Polizei bemerkt hatte, war ihm deutlich bewußt geworden, wie sein Aufenthalt im Gasthof die Nacht zuvor interpretiert werden könnte. Er hatte geschwiegen, obwohl es keinen Grund dafür gegeben hatte, immerhin war Kai verhaftet worden, der Hergang der Tat eindeutig. Und schließlich hatte er nicht mehr daran gedacht. Es spiele keine Rolle, hatte er geglaubt.

„Was hast du dort gemacht?" rief Arnim, weiterhin in einem aufgebrachten Ton. Die Stiefel hatte er links und rechts von Maiks Körper plaziert. „Sag mir einen vernünftigen Grund! Hat Andreas was damit zu tun gehabt?"

„Bitte, Arnim, beruhige dich. Ich kann das erklären. Es ist nicht so, wie du denkst."

„Das hoffe ich sehr."

Vorsichtig kroch Maik auf allen vieren ein paar Meter von Arnim fort und stand auf. Er hatte gehofft, daß niemand von der heimlichen Übernachtung erfahren würde. Daß sie unwichtig war. Jetzt würde jede Rechtfertigung falsch klingen. Aus seinem Schweigen wurde ihm ein Motiv abgeleitet, eine heimliche Absicht, die im Nachhinein wie das Indiz für eine mögliche Tat aussah. Er mußte auf der Hut sein.

„Also gut", begann er mit ängstlichem Blick auf Arnim. „Du hast recht. Ich habe im Dorf übernachtet. Es war Andreas' Idee. Ich mußte was für ihn erledigen, und er wollte nicht, daß die anderen das mitkriegen."

„Wovon redest du?" Arnim verschränkte die Arme und trat einen Schritt vor.

„Ich dachte, du wüßtest Bescheid. Schließlich wart ihr doch Partner."

Arnim schnellte vor und schlug ihm mit der flachen Hand ins Gesicht. Maik wich aus, aber der silberne Ring an Arnims Finger streifte seine Stirn und hinterließ eine brennende Schramme. Mehr erschrocken als im Schmerz schrie Maik auf. Kurz darauf spürte er Blut, das sich langsam zu seiner linken Augenbraue wand.

„Er war nicht mein Partner", sagte Arnim leise, mit gepreßter Stimme. Er starrte auf seine Hand. „Andreas war ein Junkie, ein mieser kleiner Dealer, der die Hälfte seiner Drogen am liebsten selbst eingepfiffen hat. Mit ihm Geschäfte zu machen, das hieß, von vorne bis hinten betrogen zu werden. Ich hätte mich nie mit ihm einlassen sollen. Das war ein Fehler, aber er war niemals – hörst du – niemals mein Partner!"

Maik nickte verängstigt, die Hand an die Stirn gepreßt. Er wagte nicht zu antworten, geschweige denn, Arnim zu widersprechen. So aufgebracht hatte er ihn bisher nicht erlebt.

„Es ging um Geld", flüsterte er. Dann lauter: „Andreas hat mich Mittwoch abend zu Hause angerufen, ich sollte sofort losfahren. Kai würde nicht länger warten, hat er gesagt. Ich sollte in seine Wohnung gehen und einen Umschlag mitbringen, der im Gefrierfach in einer Packung Tiefkühlpizza versteckt war. Er sagte, Kai dürfe nicht wissen, daß er das Geld nicht bei sich hätte. Kai konnte es nicht leiden, wenn man Dritte mit in die Geschäfte einweihte, deshalb sollte ich im Dorf übernachten, und wir wollten uns in der Nacht treffen. Andreas war furchtbar aufgeregt deswegen, also bin ich in seine Wohnung gefahren. Doch da war kein Umschlag. Ich war in Eile und hatte die Telefonnummer vom Hof nicht dabei, deshalb bin ich ohne das Geld losgefahren. Ich war sicher, daß Andreas das schon regeln würde. Ich wußte ja nicht, um wieviel es ging oder wie wichtig die Sache war.“ Maik hielt inne, wartete auf eine Reaktion. Aber Arnim blickte an ihm vorbei in die Bäume und schwieg.

„Gegen drei Uhr morgens bin ich im Dunkeln zum Hof gefahren, das heißt, bis oben zur Abzweigung, damit mich niemand hört. Andreas hat bereits gewartet. Er ist ausgerastet, als ich das Geld nicht dabei hatte. Er hat mich beschuldigt, es gestohlen zu haben, mir sogar gedroht, wenn ich es nicht herausrücken würde, aber schließlich hat er mir geglaubt. Viel Zeit hatten wir auch nicht, da es schon langsam hell wurde. Er ist zurück zum Haus gerannt. Ich bin wieder in den Gasthof gefahren und hab so getan, als käme ich geradewegs aus Berlin. Das ist alles, wirklich.“

Maik fiel auf, daß er immer hektischer gesprochen hatte, als wollte er die Ereignisse jener Nacht so schnell wie möglich loswerden und vergessen. Als wären sie dann nicht mehr seine Angelegenheit.

Arnim wandte sich ihm langsam zu, sein Atem war ruhiger geworden. An seinem Gesichtsausdruck konnte Maik erkennen, wie er die Geschichte in seinem Kopf hin- und herschob, sie prüfte, bewertete, sich ein Urteil bildete.

„Ist das alles?“ fragte Arnim schließlich.

„Mehr ist nicht passiert, das schwöre ich.“

Arnim schwieg. Seine Augen lagen tief in den Höhlen, die Brauen weit heruntergezogen. Er legte die Hand in den Nacken und dehnte den Hals weit zurück. Dann atmete er einmal kräftig durch die Nase.

„Und Andreas ist allein zum Haus zurück?“ fragte Arnim.

„Ja, ich bin beim Auto geblieben.“

„Weißt du, was das heißt?“

„Es braucht doch niemand zu erfahren“, sagte Maik, „es hat nichts zu bedeuten. Kai hat Andreas erschossen, da waren wir uns doch einig.“

„Du hättest es nicht verheimlichen dürfen. Wenn die Polizei jetzt davon erfährt, wird es aussehen, als hättest du absichtlich etwas verschwiegen.“

Maik schlang die Arme um den nackten Oberkörper, sah an sich hinab. Sein schlanker, brauner Körper glänzte in der Sonne.

„Was soll ich denn jetzt tun?“ fragte er hilflos.

„Abwarten. Ich habe keine Ahnung, ob die Sache mit der Knarre die Polizei an Kais Schuld zweifeln läßt. Wahrscheinlich hat es wirklich nichts zu bedeuten, und niemand wird nachhaken.“

Maik nickte. Vielleicht hatte Arnim recht, und alles würde gut ausgehen. Vielleicht hatte er einmal Glück. Er wandte den Blick zwischen den Bäumen die Anhöhe hinauf, hinter dem das Haus verborgen lag.

„Was sagen die anderen dazu?“ fragte er.

„Keine Sorge, wir passen schon auf dich auf. Solange dein kleiner Ausflug unter uns bleibt, hast du nichts zu befürchten.“

„Aber ich habe nichts getan“, bekräftigte Maik ein weiteres Mal. Arnims Wortwahl hatte ihn erneut verunsichert. „Glaubst du etwa, ich bin Andreas gefolgt und habe ihn auf dem Acker niedergeschossen? Ich hab ja nicht mal eine Waffe!“

Ohne zu antworten, wandte Arnim sich von ihm ab und ging hinaus auf den Steg.

„Warum fragst du nicht Peter, wo er in der Nacht gewesen ist?“ rief Maik ihm hinterher. „Oder Josef? Andreas hat ihn erpreßt, ihm gedroht. Das habe ich selbst auf der Kassette gehört! Er hätte allen Grund gehabt, Andreas zu erschießen. Du weißt doch selbst, wie gehässig er ist. Warum unterstellst du nur mir diese furchtbaren Dinge? Ich habe nichts getan. Du glaubst mir doch, oder?“

Auf dem Steg hob Arnim Maiks Kleidung auf und brachte sie ihm.

„Hier“, sagte er, „zieh dich an.“

Maik nahm die Sachen entgegen und warf sich das T-Shirt über. Arnim sah ihm schweigend zu, ließ den Blick über Maiks Körper gleiten. Seine Arme hingen schlaff herunter, aber die Hände waren zu Fäusten geballt. Maik stieg in die Jeans. Arnims Wut war noch nicht vorüber, auch wenn er jetzt versuchte, sie nicht zu zeigen. Was hinter seiner beherrschten Fassade vor sich ging, konnte Maik nicht erahnen. Er knotete die Schnürsenkel zusammen und warf sich die Schuhe über die Schulter.

Bevor sie den Rückweg zum Hof antraten, sah Arnim über den See hinweg, der ruhig und ungebrochen vor ihnen lag. In ihm spiegelten sich die dunklen Wolken eines schwülen Tages.

„Natürlich glaube ich dir", sagte er dann, den Blick weiter auf das Wasser gerichtet, „ich war nur durcheinander und vielleicht auch enttäuscht darüber, daß du es mir nicht gesagt hast. Aber du hast wohl recht, warum hättest gerade du Andreas erschießen sollen? Es war nicht fair, dir irgend etwas zu unterstellen. Schließlich warst du der einzige, der Andreas wirklich gemocht hat."

Dann ging Arnim an Maik vorbei und strich ihm dabei einmal kurz über das Haar.

Im Obstgarten sammelte Martin herumliegende Äste auf und warf sie zu einem kleinen Haufen inmitten eines der Beete, die Peter noch nicht bepflanzt hatte. Halbverbranntes Holz und die graue Asche eines älteren Feuers lagen noch unter der Stelle, auf die er die neuen Äste stapelte. Hier hatten Peter und er die alten Möbel zerteilt, klein gehackt und verbrannt, die die letzten Eigentümer stehenlassen hatten und die so häßlich gewesen waren, daß sie nur als Brennholz taugten. „Auf einen neuen Anfang", hatte Martin gesagt, Peter im Arm, und sie hatten der davonfliegenden Glut nachgeschaut. Stockfinster war es gewesen. Im Schein des Feuers hatte vor ihnen das Haus geflackert, noch mit den alten Ziegeln und der abblätternden Fassade, und abwechselnd hatten sie neue Scheite in die Flammen geworfen. Peter hatte ihn geküßt, sich dicht an ihn gedrückt. Diese Umarmung war ihm so endgültig erschienen, und doch hatte sie sich gelockert, waren sie beide ein Stück weit auseinander gedriftet. Er hatte es nicht sehen wollen, zu lange einfach die Augen verschlossen. Vor der Zerbrechlichkeit ihrer Beziehung und dem, was Andreas beinahe daraus gemacht hatte.

Andreas hatte zuviel auf dem Gewissen. Aber sein Tod hatte nichts geklärt, alles nur komplizierter gemacht. Deshalb die Idee, heute ein Lagerfeuer zu machen, als Abschluß ihres gemeinsamen Wochenendes. Vielleicht war es noch nicht zu spät, ließen sich ihre Differenzen kitten.

Den anderen hatte er noch nichts von seiner Idee gesagt, es sollte eine Überraschung sein. Wenn sie vernünftig blieben, konnten sie einfach beisammen sitzen, die Anspannung, die Vergangenheit für ein paar Stunden vergessen. Immerhin waren sie Freunde. Es half nichts, sich Vorwürfe zu machen. Die Anschuldigungen, die Peter und er sich an den Kopf geworfen hatten, selbst Josefs unmögliches Verhalten, waren Ausdruck ihrer Hilflosigkeit, nichts weiter. Und was Maiks Lüge anbelangte, darüber würde sich reden lassen. Was immer ihn veranlaßt haben mochte, ihnen etwas vorzumachen, er würde seinen Grund gehabt haben.

Allerdings fiel es Martin schwer, Maiks Übernachtung nicht mit dem Mord in Verbindung zu bringen. Es schien so offensichtlich. Dabei hatte er geglaubt, Maik gut genug zu kennen. Maik war ein sensibler, vielleicht zu naiver Mann, leicht zu beeinflussen. Andreas hatte ihm den Kopf verdreht, ihn für seine Dealerei benutzt. Maiks Enttäuschung war nur allzu verständlich. Aber war dies Grund genug, Maik einen Mord unterstellen zu dürfen? Immerhin hatten sie sich alle in Andreas getäuscht, hatten sich Facetten von ihm aufgetan, die keiner von ihnen in diesem Ausmaß erwartet hatte. Vor ein paar Tagen noch hatten sie nichts davon geahnt.

Daß Andreas Drogen nahm, auch damit dealte, hatte Martin gewußt, und auch sein Verhältnis zu Maik war ihm lange bekannt. Immerhin war er dabei gewesen, als sie sich kennenlernten, als er sich zwischen diese feigen Nazis und Maik gestellt hatte, damals auf der Klappe. Er hatte Maiks Gesicht gesehen, seine Augen, die er nicht von Andreas genommen hatte. Und Andreas war darauf eingegangen. Seitdem hatte Maik sich verändert. Er war aufgeschlossener geworden, gesprächiger, witziger, und das hatte an Andreas gelegen. Und wohl auch an den Drogen. Gesagt hatte Martin nie etwas, weder zu den beiden noch zu Ralf. Er hatte sich nicht einmischen wollen. Doch Maik mußte irgendwann kapiert haben, daß Andreas ihn nur benutzte, er mußte Andreas' illegale Geschäfte irgendwann durchschaut haben. Wie hatte Maik darauf reagiert? Mit Enttäuschung natürlich, mit Wut und Haß – aber mit Rache?

Immer blieb ein Rest von Unwissenheit zurück, nie konnte man sicher sein, jemanden ganz zu kennen. So wie er Arnims Wandlung zum Skinhead und Josefs ständige Sticheleien und Ausfälle nie ganz begriffen hatte, so mochte er auch in Maik etwas mißverstanden haben. Über sein Elternhaus, seine Herkunft hatte Maik immer geschwiegen, als sei dies für seine Freunde, für ihn, belanglos. Er wußte nicht, was hinter seinem Schweigen lag, welche Gedanken ihm durch den Kopf gingen. Vielleicht hätte Martin mehr Fragen stellen und Antworten verlangen sollen, vielleicht hätte er Maik dann besser verstanden. Jetzt allerdings nährten diese Versäumnisse in ihrer Freundschaft nur den Zweifel.

Martin hielt inne, einen morschen Ast in der Hand. Kai hatten sie alles zugetraut. Es war so leicht gewesen, an seine Schuld zu glauben, an den gewaltbereiten Hetero mit dem Haß gegen Schwule. Aber das war auch nur ein Vorurteil, sie hatten die Dinge nicht weit genug hinterfragt. Das war ihr Dilemma. Sie hatten nicht über den Tellerrand hinaus – auf sich selbst – blicken wollen.

Martin zerbrach den Ast über seinem Knie. Die beiden Hälften zerbröckelten, zerfielen in seinen Händen zu Spänen. Wenigstens zum Anzünden waren sie gut genug. Mit dem Schuh schob er sie zusammen, dann blickte er in den Himmel. Hoffentlich machte ihm das Wetter keinen Strich durch die Rechnung.

Aus den Augenwinkeln heraus bemerkte er Peter, der durch den Garten auf ihn zukam. Langsam folgte Peter den Steinplatten, blieb öfter stehen, prüfte vorsichtig die Stachelbeeren und stützte einen der umgeknickten Zweige der Tomatenstauden. Auf Martin schien er nicht zu achten, so, als versuchte er, wie zufällig im Garten zu sein. Selbst Peter, seinen eigenen Freund, hatte Martin nicht vollständig durchschaut. Wie sollte ihm das erst bei den anderen gelingen?

Neben Martin blieb Peter schließlich stehen, spielte unruhig mit den Fingern und sah ihm bei der Arbeit zu. Martin sagte kein Wort. Er versuchte, ihn zu ignorieren.

„Was machst du da?" fragte Peter schließlich.

„Das siehst du doch. Ein Lagerfeuer für heut abend."

„Ja, keine schlechte Idee. Wenn das Wetter mitspielt."

Martin trat ein paar Schritte zur Seite und hob einen schweren Ast vom Boden, den der Sturm vor einigen Wochen von einem der Kirschbäume gerissen hatte. Mit dem Fuß auf dem einen Ende brach er ihn entzwei.

„Was ich gestern gesagt habe ..." Peter sprach langsam und betonte jede Silbe, wie immer, wenn er sein Stottern unterdrücken wollte. „... das habe ich nicht alles so gemeint. Ich war noch geschockt, immerhin hat Andreas mir ziemlich viel bedeutet. Aber ich habe darüber nachgedacht. Ich hätte dich nicht verlassen können. Andreas war ein Spiel, mehr nicht."

„Hängst du jetzt erneut dein Fähnchen nach dem Wind?" fragte Martin und legte die beiden Asthälften über dem Haufen gegeneinander.

„Mach es mir nicht schwerer, als es ohnehin schon ist.“ Peter drehte sich um, war im Begriff zurück zum Haus zu gehen.

„Es hat sich nichts geändert, Peter. Du nicht und ich auch nicht. Warum meinst du plötzlich, daß du mich und das Leben hier draußen trotz allem ertragen kannst?“

„Ich war u-unzufrieden“, sagte Peter, den Rücken ihm noch zugewandt. Dann erst sah er ihn wieder an. „Andreas hat mir eingeredet, daß ich in dieser Einsamkeit etwas versäume. Und du warst in den letzten Monaten nicht gerade sehr aufmerksam oder gar zärtlich. Ich h-habe das vermißt.“

Martin wischte sich den Schweiß von der Stirn. Vielleicht hatte Josef ja recht, und Peter war nur mit ihm hierher gezogen, um ihm einen Gefallen zu tun. Aber sie waren doch jeden Schritt gemeinsam durchgegangen, hatten zusammen abgewogen, und Martin hatte wieder und wieder gefragt, ob Peter sich wirklich sicher war. Immerhin war es um ihre Zukunft gegangen. „Wenn du nicht willst, dann sage es. Ich kann auch weiterhin in diesem öden Berlin leben, das ist schon okay.“ „Ich bin mir ganz sicher“, hatte Peter gesagt, „natürlich will ich dort mit dir leben.“ Es war seine Entscheidung gewesen. Aber dennoch fühlte Peter sich vernachlässigt, irgendwie verlassen. Er hatte Abwechslung gesucht, die Martin ihm wohl nicht gegeben hatte.

„Es war soviel zu tun“, sagte Martin mit einem Schulterzucken. „Das Dach, die Zimmer, das weißt du ja selbst. Und ich wußte ja, was zwischen euch vor sich ging. Jedenfalls einiges davon. Das hat mir nicht gerade viel Mut gemacht.“

„Andreas hatte Schluß gemacht“, sagte Peter leise, „er hat mich fallenlassen.“

Tränen hatten sich in Peters Augen gebildet, und Martin wandte sich ab. Das also war der eigentliche Grund, weshalb Peter einlenken wollte. Übertrieben angestrengt rieb er die Hände gegeneinander, um den Schmutz des Holzes abzustreifen. „Verstehe. Hat Maik da irgendwie eine Rolle gespielt?“

„Wie kommst du darauf?“ Peter sah ihn überrascht an.

„Ich dachte nur. Du gehst ihm plötzlich aus dem Weg. Und wir wissen ja alle, was er für Andreas empfunden hat. Ich kann mir vorstellen, daß es dich schockiert hat, mit wem Andreas noch so ins Bett gegangen ist.“

Peter winkte heftig ab. „Nein, nein. Das mit Maik und Andreas habe ich doch gar nicht gewußt. Das hat nichts damit zu tun! W-Wirklich. Mit Andreas und mir wäre es sowieso nicht lange gutgegangen. Ich habe mir was vorgemacht. Natürlich war ich geschockt, als er mir das gesagt hat, aber letztendlich war ich froh. Ich – ich will n-nicht fort von hier.“

Martin sah ihn an. Peters Stimme zitterte. Er klang verzweifelt, als meinte er tatsächlich, was er gesagt hatte. Vielleicht hatte ihm Andreas' Tod die Augen geöffnet. Oder Peter bog sich die Wahrheit erneut zurecht. Aber genaugenommen war der Grund für seinen Stimmungswechsel nicht wirklich wichtig. Die Entscheidung, mit Andreas fortzugehen, war ihm so oder so genommen worden. Und offensichtlich tat es Peter gut, im Nachhinein seine Gefühle für Andreas kleinzureden.

„Nun, wie auch immer“, sagte Martin. „Ich hab mich ja auch nicht wirklich über Andreas' Tod gefreut. Das war nur die Wut über dein Geständnis. Wenn ihr es wirklich ernst gemeint hättet, dann hätte ich es eben irgendwie allein schaffen müssen.“

Martin lächelte Peter an. Jetzt war es einfacher, erneut aufeinander zuzugehen. Den angestauten Haß, mit dem sie gestern noch Andreas' Tod gewünscht hatten, wollte Martin löschen. Andreas durfte nicht länger zwischen ihnen stehen. Wenn sie sich vertrugen, würden sie das Vergangene ruhen lassen und von vorne beginnen können. Sie mußten zusammenhalten, das Ungewisse, Bedrohliche aussperren. Mehr, da war er sich sicher, bedurfte es dazu nicht.

Sein Lächeln wurde nicht sofort erwidert. Peter zögerte, fuhr sich über das Gesicht, und sein Blick traf ihn fragend durch die gespreizten Finger. Schließlich machte Peter einen Schritt auf ihn zu, und Martin hielt ihm die offene Hand entgegen. Diese Berührung tat gut. Vielleicht, wenn sie acht gaben, war noch nicht alles zu spät. Martin fuhr seinem Freund durchs Haar, und dann – das hatte er lange nicht mehr getan – küßte er ihn. Nicht einen dieser nichtssagenden, kurzen Küsse auf den geschlossenen Mund, sondern lange, tief und mit echtem Gefühl darin.

Es dauerte eine Weile, ehe sie sich aus der Umarmung lösten.

„Laß uns zurück gehen", sagte Martin, „ich habe den anderen noch nichts wegen des Lagerfeuers gesagt."

„Das wird ihnen gefallen. Wir haben auch noch Kartoffeln und Würstchen zum Grillen." Peters Gesicht strahlte, und er nahm Martins Hand in die seine. Gemeinsam gingen sie so die Steinplatten entlang zur Hintertür. Kurz bevor sie die Küche betraten, hielt Martin ihn zurück.

„Noch eins", sagte er leise. „Wenn dich die Sache mit Maik belastet, dann sieh zu, daß du das klärst."

Verwundert sah Peter ihn an, zog die Augenbrauen zusammen. „Wieso sagst du das?" fragte er.

„Wenn wir es noch einmal versuchen", antwortete er, „dann sollte nichts zwischen uns stehen."

Josef sah auf und bemerkte sofort die Veränderung in Peter und Martin. Das Dauerleiden auf Peters Gesicht war verschwunden. Endlich sahen seine Augen mal nicht verheult aus, und die Mundwinkel zeigten tatsächlich nach oben. Und Martins Stirnfalten, die ihn um mindestens fünf Jahre älter machten, waren geglättet. Wenn er jetzt noch den Schnauzbart abrasierte, ginge er glatt für dreißig durch. Was immer sie draußen getrieben hatten, es hatte ihnen sichtlich gutgetan.

„Na, da sieht aber jemand glücklich aus", begrüßte er sie, „habt ihr draußen Versöhnung gefeiert?"

„Kannst du nicht einmal irgend etwas unkommentiert lassen?“ fragte Martin zurück. Aber anstatt ihm einen seiner skeptischen Blicke zuzuwerfen, lachte er dabei.

„Nein, natürlich nicht“, erwiderte Josef, „du kennst mich doch. Wenn ich nicht meinen Senf dazugeben kann, bin ich deprimiert. Und da wir schon dabei sind: Was machen wir jetzt wegen der verschwiegenen Übernachtung von Maik? Immerhin ist das doch mehr als merkwürdig.“

Martin ging zur Spüle und wusch sich die Hände. „Was sollen wir schon machen? Das ist Sache der Polizei“, sagte er, während er mit der Seife und der kleinen Bürste angestrengt den Dreck abrieb.

Allein vom Zusehen wurde Josef sich wieder bewußt, weshalb er niemals auf dem Land leben wollte. Zu viel Schmutz.

„Meinst du, wir müssen das melden?“ fragte er.

„Ohne Maik etwas unterstellen zu wollen“, sagte Peter zu seinem Freund gewandt, als sei es Martin, der die Entscheidungen traf, „aber das wäre vielleicht das Beste. Wenn es nichts mit dem Mord zu tun hat, braucht Maik schließlich nichts zu befürchten.“

„Ich weiß nicht“, antwortete Martin vorsichtig und trocknete sich die sauberen Hände am Spültuch ab. „Immerhin ist er ein Freund. Wäre das nicht so etwas wie Verrat?“

„A-Aber wenn unsere Befürchtungen stimmen? Wenn Maik – wenn er i-irgendwas damit zu tun hat, dann ist es unsere Pflicht, das zu melden. Es wäre f-furchtbar, wenn er Andreas was angetan hat und womöglich ungeschoren davonkommt.“ Peter hielt abrupt inne. Das Stottern hatte sich verstärkt, und er war rot angelaufen. Offensichtlich war es ihm peinlich, was er gerade gesagt hatte.

„Wir haben nicht viel in der Hand“, erwiderte Martin, und Josef sah, wie er Peter einen merkwürdigen Blick zuwarf. „Wir brauchen mehr Beweise.“

„Du hast das Band doch gehört, Martin“, mischte Josef sich ein, da er Peter völlig recht gab. „Andreas hat ihn ausgenutzt. Maik hatte allen Grund, stinksauer auf ihn zu sein. Wäre ich auch, wenn Andreas mich so behandelt hätte. Ich habe ja gewußt, was für ein Schwein er war, aber für Maik kam das bestimmt wie ein Schock. Vielleicht hat er die Beherrschung verloren."

„Maik ist ein ruhiger Typ, ich glaube nicht, daß er zu so etwas fähig ist", sagte Martin, aber Josef bemerkte, wie seine Stimme leicht zitterte.

„Eben", sagte Josef. „Ruhig und gelassen, bis das Faß überläuft. – Woher stammt er überhaupt?"

Martin sah ihn verblüfft an. „Na, aus Berlin, wie wir."

„Nein, ich meine ursprünglich."

„Keine Ahnung", antwortete Martin verwirrt. „Seine Mutter ist Deutsche, soviel ich weiß. Was spielt das jetzt für eine Rolle?"

„Josef meint", sagte Peter, und diesmal hatte er seine Stimme unter Kontrolle, „daß Mentalitäten eben verschieden sind. Einen Moment sind sie die Ruhe selbst und dann, plötzlich …" Peter öffnete seine erhobene Faust, ließ den Satz mit dieser theatralischen Geste unvollendet. Josef blickte ihn an. Das war es nicht, was er sagen wollte. Seine Frage war ihm einfach so in den Sinn gekommen, ohne irgendeine Absicht. Dennoch nickte er wortlos.

„Vielleicht", sagte Martin. „Aber auch das beweist nichts. Ich rede nachher mal mit ihm. Dann wissen wir mehr."

In diesem Moment betrat Arnim die Küche. Völlig außer Atem und mit verschwitztem Gesicht holte er sich ein Bier aus dem Kühlschrank.

„Was ist los?" fragte Martin.

Zunächst reagierte Arnim nicht, trank zügig und schaute sich dann in der Runde um. Josef erwiderte seinen Blick, zog die Brauen nach oben, damit er endlich eine Erklärung abgab. „Na, sag schon. Weshalb die hochrote Birne?"

Noch einmal setzte Arnim die Dose an, bevor er antwortete. „Ich hab mich am See mit Maik unterhalten." Dann berichtete er, weshalb Maik die Nacht über im Gasthof geblieben war. Die Begründung klang einleuchtend. Maik hätte alles getan, was Andreas von ihm verlangte.

„Er gibt also zu, hier gewesen zu sein“, rief Peter.

„Er war oben an der Landstraße“, korrigierte Arnim, „von dort bis zum Tatort ist es noch ein ganzes Stück.“

„Er kann Andreas gefolgt sein.“

„Ich glaube ihm“, antwortete Arnim und nahm einen weiteren Schluck.

„Na ja“, fiel Josef ein, „kein Wunder. Diese Urwaldprinzessin hat dein steinernes jüdisch-deutsches Herz ganz schön zum Schmelzen gebracht, was?“

„Halt die Klappe, Arschloch!“ fuhr Arnim ihn an und holte weit aus, so daß Bier aus der Dose schwappte. „Wo warst du denn zur Tatzeit, eh? Bevor du andere beschuldigst, fasse dir lieber selbst an deine dicke Nase. Immerhin gab es da ja wohl einige Querelen zwischen dir und Andreas.“

„Wenn du das Telefonat meinst, das war lediglich dahingesagt, mein Gott. Wir haben nie ernstliche Probleme gehabt, es ist einfach widerlich, mir so was zu unterstellen. Außerdem habe ich geschlafen und bin nicht mitten in der Nacht durch die Einöde gefahren. Und was die dicke Nase angeht …“

„Kannst du das denn beweisen?“ unterbrach ihn Arnim schroff. „Wer sagt uns, daß du nicht heimlich draußen warst? Immerhin hast du ein Zimmer für dich allein.“

Josef sprang auf. Das mußte er sich nicht bieten lassen. Er trat dicht an Arnim heran. „Genau wie du.“

„Aber ich beschuldige nicht blindlings andere Leute“, sagte Arnim zu ihm gebeugt und tippte mit dem Zeigefinger gegen Josefs Brust. Er konnte seinen Atem spüren, der nach Bier roch. „Wir haben nichts Konkretes in der Hand.“

Martin drängte sich zwischen sie. „Trotzdem sollten wir der Sache nachgehen, schon allein um Gewißheit zu bekommen“, sagte er. „Und bis dahin müssen wir endlich aufhören, uns gegenseitig zu beschuldigen. Vertragt euch also lieber."

Josef spürte plötzlich die Blicke der anderen auf sich ruhen, als wäre er für alles verantwortlich. Er holte tief Luft. Innerlich sträubte er sich, aber natürlich mußten sie sich zusammenreißen. Zumindest damit hatte Martin recht. Er richtete sich auf, sah Arnim direkt an.

„Es tut mir leid", sagte er, auch wenn es verdammt schwerfiel, „ich meine das nicht alles so. Ich bin nur – ach, es ist halt nicht einfach, das zu verkraften. Natürlich hast du nichts damit zu tun."

Mit einem Nicken nahm Arnim die Entschuldigung an. „Schon in Ordnung."

Um Platz zu machen, trat Martin einen Schritt zurück. „Na los, gebt euch die Hand drauf."

Martin sollte es nicht zu weit treiben, sonst verlor Josef die Lust auf dieses Spiel. Er verzog das Gesicht, streckte dennoch die Hand vor. Bevor er Arnims' zu fassen bekam, trat Maik durch die Hintertür.

In der Tür blieb Maik stehen. Daß er sie alle hier antreffen würde, paßte ihm ganz und gar nicht. Josef hatte den Arm seltsam erhoben und kratze sich jetzt hinterm Ohr, als wäre ihm seine eigentliche Handlung unangenehm. Martin setzte sich neben Peter an den Tisch. Alle starrten ihn an. Außer Arnim, der seinem Blick auswich. Er hatte es ihnen also erzählt. Noch immer die Hand am Türgriff, sah Maik über den Tisch, auf die Vase mit den Schnittblumen, auf die drei halbgefüllten Gläser, dann auf den Linoleumfußboden und die kleine Pfütze zu Arnims Stiefeln. Das Schweigen in der Küche war drükkend, und er mußte sich zwingen, nicht davonzurennen.

„Ach Maik", sagte Martin, „würdest du mir einen Gefallen tun?"

Maik bemerkte sofort den seltsamen Tonfall. Martin klang beiläufig, neutral, aber mit einer leichten Dringlichkeit in der Stimme, die keinen Widerspruch duldete. Maik sah ihn skeptisch an. Dann gab er sich einen Ruck und ging zur Kaffeemaschine, die hinter Arnim auf der Arbeitsplatte stand. Arnim wich zur Seite, schaute noch immer an ihm vorbei. „Natürlich", sagte er und schenkte sich Kaffee ein, „was gibt's denn?"

„Einen Moment", sagte Martin und verließ die Küche. Einen Augenblick später kam er zurück. „Du hast doch gesagt, daß dieser Handschuh nicht dir gehört, richtig?"

„Ja, das ist nicht meiner. Warum fragst du nochmal?" Die Kaffeetasse hielt Maik fest umklammert. Er konnte die Hitze spüren, die durch das Porzellan drang.

Martin hielt ihm den schwarzen Lederhandschuh entgegen. „Probier ihn doch mal an."

Der Handschuh hing schlaff in Martins ausgestreckter Hand zwischen ihnen. Lange zögerte Maik, stellte dann die Tasse ab und nahm ihn schließlich vorsichtig entgegen, als handelte es sich um rohes Fleisch.

„Warum?" fragte er.

„Vielleicht gehört er dir ja doch. Ich möchte nur sicher gehen. Wenn er nicht paßt, wissen wir wenigstens Bescheid." Martin lächelte ihn an.

„Bescheid? Worüber denn?" Seine Äußerung kam zu schnell, er wußte, daß er aufgeregt klang. Unsicherheit stieg in ihm auf und ein dumpfer Verdacht.

„Na, ob es deiner ist", antwortete Josef. „Was denkst du denn?"

Erneut versuchte Maik, Arnims Blick zu treffen, aber ohne Erfolg. Josef und Peter dagegen ließen die Augen nicht von ihm, so daß er langsam die rechte Hand in das weiche Leder steckte. Die Finger fanden die dafür bestimmten Öffnungen, und mit Hilfe der anderen Hand streifte er ihn über.

„Er – er ist ein wenig eng", sagte er.

„Ich f-finde, er paßt", widersprach Peter.

Maik betrachtete seine Hand, wendete sie hin und her, als müßte er versuchen, Gefallen an dem Handschuh zu finden.

„Aber es ist nicht meiner! Außerdem ..."

„Von uns gehört er jedenfalls niemandem", unterbrach ihn Josef, „und dir steht er ausgezeichnet."

Josef hatte provokativ die Augenbrauen in die Höhe gezogen, als forderte er ihn auf, es zu bestreiten.

„Wenn ihr etwa glaubt", rief Maik, „ich habe diesen Handschuh getragen, als ich ..." Er hielt inne, konnte den Satz nur flüsternd beenden. „... als ich Andreas erschossen habe, dann ist das Irrsinn! Das kann gar nicht sein. Ich bin ..."

„Niemand unterstellt dir etwas", fiel Arnim ihm ins Wort. „Wir wollen nur herausbekommen, wem er gehört. Weiter nichts."

„Ich kapiere nicht, was das soll", entgegnete Maik, aber das war gelogen. Natürlich war klar, was sie ihm unterstellten. „Und überhaupt, was ist mit dem zweiten Handschuh?"

Josef zuckte die Achseln. „Der kann überall sein. Zum Abdrücken braucht man schließlich nur einen."

„Wenn du den hier jetzt nicht mehr brauchst", sagte Martin ruhig, „dann schmeiß ihn weg."

Schnell zog Maik den Handschuh von der Hand und warf ihn angewidert vor sich auf den Tisch. Er fiel gegen die Vase, die ledernen Finger nach oben gekrümmt.

Ralf stand im Schatten der Pappeln und blickte über den Acker. Die Stelle, an der Andreas gelegen hatte, war noch deutlich zu erkennen. Dahinter erstreckte sich die dunkle, gefurchte Erde und verlief sich am grauen Horizont. Eine friedliche Leere, sanft und gleichförmig. Keine grellen Farben, nur dieses Braun der Felder und das Grün der Bäume. Den Verlust hatte er bisher nicht gespürt. Erst langsam machte sich dieses Gefühl breit und ließ erahnen, was

Andreas' Tod für ihn bedeuten würde. Sicher, er hatte gewünscht, Andreas los zu sein, die Sorgen und Nöte einfach abwerfen zu können, die er über ihre Beziehung gebracht hatte. Aber dennoch hatte er Andreas geliebt. Vier Jahre waren eine lange Zeit. Lange genug, um über Streitigkeiten und Differenzen hinwegzusehen, und lang genug, die Kleinigkeiten, die stillen und schönen Momente nicht missen zu wollen. Andreas' Lachen, das die Kerbe in seinem Kinn geglättet hatte, sein bissiger Humor, die wenigen Zärtlichkeiten und selbst sein Schweigen.

In den letzten Monaten hatte Ralf seine Liebe zu ihm nicht mehr deutlich spüren können. Zu viele andere Dinge hatten diese Zuneigung verdeckt. Vielleicht war er nicht genug gegen das angegangen, was Andreas kaputt gemacht hatte. Er hätte zur Polizei gehen, Kai und die anderen Dealer anzeigen können. Andreas hätte eine Therapie machen können, oder sie hätten einfach das Café verkauft, woanders neu angefangen. Es gab soviel, daß sie hätten tun sollen und nicht getan hatten. Das war nicht allein Andreas' Schuld. Jetzt kam diese Erkenntnis wohl zu spät.

Dabei schien gestern noch alles so eindeutig gewesen zu sein. Es war so plausibel, so einleuchtend, daß Kai ihn erschossen hatte: der Hetero, der Kriminelle, mit seiner Intoleranz und den Vorurteilen gegen alles, das abwich von der Norm – Gut gegen Böse, ein einfaches Prinzip. Aber nun schien alles auf den Kopf gestellt. Andreas wurde in den Dreck gezogen, nicht nur ihn hatte er schlecht behandelt, auch die anderen hatten einen Grund gehabt, ihn zu hassen. Doch wenn Andreas nicht das Gute war, das viele in ihn projiziert hatten, dann täuschten sie sich womöglich auch in Kai. Dann mußten sie zulassen, daß Kai unschuldig war, daß es eine andere Möglichkeit geben konnte, einen anderen Mörder. Einer von ihnen.

Einer von ihnen. Ralf schloß die Augen. Der Wind hatte zugenommen, er hörte ihn in den Pappeln rauschen. Die

Luft roch anders als noch heute mittag, sie war schwerer, weniger schwül und mischte sich mit dem Geruch von Erde. Eine Hand legte sich plötzlich auf seine Schulter. Erschrokken fuhr er auf.

„Alles gerät durcheinander", sagte Arnim hinter ihm.

Ralf antwortete nicht, sondern blickte auf die starre Ordnung der geometrisch angeordneten Felder. Schließlich sagte er: „Ich weiß nicht, was ich denken soll."

„Vielleicht haben wir es uns zu leicht gemacht mit dem, was passiert ist. Und damit, was wir Kai zugetraut haben. Niemand von uns hat ihn gesehen, es gab keine Zeugen. Nur Indizien."

„Glaubst du, Maik hat Andreas erschossen?" Ralf sah ihn an, wollte sehen, wie Arnim reagierte. Ob ihre Anschuldigungen in der Küche ernst gemeint waren oder ob Arnim sie als Unsinn abtat. Er mußte wissen, ob er sich etwas einredete.

Arnim zuckte die Achseln. „Ich habe keine Ahnung. Aber ich kann es mir nicht vorstellen."

„Wenn Kai es nicht war, dann muß es einer von uns gewesen sein." Jetzt, wo er die Worte aussprach, klangen sie bedrohlich.

„Diese Möglichkeit müssen wir zulassen. Egal wie verrückt das klingt. Und genau deshalb dürfen wir uns nicht gegenseitig beschuldigen. Nur dann sind wir stark genug."

„Maik ist hier gewesen, und der Handschuh paßte", sagte Ralf leise, die Worte wiederholend, die Martin ihm erzählt hatte.

„Ja, das spricht gegen ihn."

„Im Moment sieht es wohl nicht gut für ihn aus. Wir glauben doch alle, daß er lügt. Aus welchem Grund auch immer. Aber das liegt nicht daran, daß er – ich meine …" Ralf stockte, sah Arnim vorsichtig an. „Ich meine, es liegt nicht dran, daß er schwarz ist, oder?"

Einen Augenblick lang hielt Arnim seinem Blick stand, dann wich er ihm aus. „Natürlich nicht", antwortete er schließlich, den Blick zu Boden gesenkt. Seine Stiefelspitze stocherte im Sand.

Ralf nickte. Wenigstens in diesem Punkt war er beruhigt. Er hatte sich freisprechen wollen von einer unbestimmten Verantwortung, einem Makel, der ihre Urteilskraft womöglich getrübt hatte. Jetzt erschien es ihm einfacher, Maiks Schuld in Betracht zu ziehen. Aber vielleicht täuschten sie sich ja auch in Maik, so wie sie sich in Kai getäuscht hatten.

Arnim ging an ihm vorbei, schlug den Feldweg ein, der einen weiten Bogen um das Haus machte. Ralf folgte ihm.

„Seine Hautfarbe hat nichts damit zu tun", wiederholte Arnim, „es ist nur ..." Er hielt inne, und Ralf folgte seinem Blick auf den Tatort. Die gelben Bänder der Polizei flatterten dort im Wind. Bald würden sie davonwehen und nichts mehr übriglassen als aufgewühlte Erde.

Da Arnim schwieg, legte Ralf den Arm um seinen Hals und wartete, bis Arnim genug hatte von dem, was er auf dem Acker sah. In der Umarmung spürte Ralf die tiefen Atemzüge. Es fiel Arnim offensichtlich nicht leicht, weiter zu reden.

„Ihr habt es ja mitgekriegt, daß ich ihn mag", sagte er schließlich. „Dabei kenne ich ihn so gut wie gar nicht. Was weiß ich schon von ihm? Nichts."

„Das ist doch immer so am Anfang", sagte Ralf. Er drückte ihn fester an sich. Plötzlich ging es um Arnims Gefühle, und es war das erste Mal, daß er sie ihm gegenüber offenlegte. Auf keinen Fall wollte er Arnim jetzt verletzen. Er würde ihn einfach reden lassen.

„Aber in dieser Situation ist das was völlig anderes", fuhr Arnim fort. „Was ist, wenn Maik mich angelogen hat, wenn ich mein Vertrauen verschenkt habe? Ich kann nicht in ihn hineinsehen. Jeder hat schließlich seine Grenzen. Irgendwann ist die Wut größer als die Vernunft, und man rastet aus. Ich weiß ja selbst, wie das ist, wenn man sich zusammenreißen muß. Die Frage ist nur, ob Maik stark genug war. Nach all dem, wie Andreas ihn behandelt hat."

Angst vor der Enttäuschung. Das war es, weshalb Arnim reden mußte. Zweifel, die sich ihm aufgedrängt hatten, und nicht zu Unrecht. Ralf kannte das. Oft genug hatte er kurz vor der Entscheidung gestanden, Andreas zu verlassen. Um wieviel einfacher hätte sein Leben sein können. Aber immer war er geblieben. Egal, was Andreas getan hatte. Und im Grunde bereute er nichts. Nicht mehr.

„Tut mir leid, wenn ich dich so zuquatsche", sagte Arnim und löste sich aus der Umarmung.

„Schon in Ordnung. Dazu sind Freunde doch da." Ralf lächelte ihn an.

Ohne Vorwarnung beugte Arnim sich vor, gab ihm einen Kuß auf die Wange. Dann schritt er schnell an ihm vorbei.

„Ich bin sicher, daß wird sich klären zwischen Maik und dir", sagte Ralf, die Hand an der Wange. Zum zweiten Mal innerhalb weniger Minuten hatte Arnim ihn überrascht. Er hätte nicht gedacht, daß Arnim so sanft küssen konnte.

„Ich kann eine Menge vertragen", antwortete Arnim. Seine Stimme hatte den nachdenklichen Tonfall verloren. Sie klang wieder hart und bestimmt, wie Ralf sie gewohnt war. „Aber wenn mich einer verarscht, hört der Spaß auf."

Der Tatort war aus ihrem Blickfeld entschwunden. Der Weg wand sich nun um den Hügel, hinter dem der Kuhstall lag.

„Es wird wirklich das Beste sein, wir überlassen das Ganze der Polizei", sagte Ralf, „wir wissen ja nicht einmal, was die Untersuchungen erbracht haben."

„Ja, du hast recht", stimmte Arnim zu, „wir sollten uns nicht einmischen, dann brauchen wir uns später nichts vorzuwerfen. Rückgängig machen läßt sich eh nichts mehr."

Immer in Sichtweite des Hauses umkreiste Maik den Hof, beobachtete er, wer ein- und ausging. Er wartete darauf, daß Arnim irgendwann kommen würde, um ihn zu suchen. Aber Arnim ließ sich nicht mehr blicken, nachdem er ohne Ralf zurück ins Haus gegangen war. Im Obstgarten konnte Maik Josef erkennen, der Kirschen pflückte, dann Martin und Ralf, die sich auf eine Bank setzten und miteinander sprachen. Keinem von ihnen wollte Maik jetzt begegnen, und deshalb hielt er soviel Abstand zum Hof wie möglich. Die Luft hatte sich abgekühlt. Starker Wind kam auf, der bereits einzelne Blätter von den Bäumen riß.

Das Gespräch von vorhin saß Maik noch tief in den Knochen. Niemand hatte es ausgesprochen, aber ebensowenig glaubten sie an den Grund für seine heimliche Übernachtung. Sicher, sie waren verärgert über sein Schweigen, doch das tiefe Mißtrauen, das ihm in der Küche entgegengeschlagen war, verstand er nicht. Wieso taten sie, als hätte er etwas mit dem Mord zu tun? Es war nicht seine Idee gewesen, sich mitten in der Nacht zu treffen, er hatte nur befolgt, was Andreas ihm aufgetragen hatte. Wenn es nach ihm gegangen wäre, dann hätte er die Nacht in Berlin verbracht, in seinem eigenen Bett, anstatt in einem schäbigen Zimmer auf einer durchgelegenen Matratze. Sie müßten doch wissen, daß Andreas nicht zimperlich war, wenn es ums Geschäft ging. Und Kai war alles zuzutrauen.

Als Martin von ihm verlangt hatte, den Handschuh überzustreifen, hatte er sich gefühlt, als säße er bereits vor Gericht. Als müßte er sich verteidigen. Aber wie oft sollte er es ihnen denn noch erklären? Es war nichts vorgefallen. Das einzige, weswegen man ihm einen Vorwurf machen konnte, war, daß er den Umschlag nicht gefunden hatte, mit dessen Inhalt Andreas noch am Leben wäre. Aber das war nicht Maiks Schuld. Er hatte das Geld nicht genommen. Niemals wäre es ihm in den Sinn gekommen, Andreas zu hintergehen. Niemals. Schon allein deshalb mußten sie ihm doch glauben.

Während Maik den Hof umrundete, spähte er durch die Bäume, Sträucher und an den Ställen vorbei zum Haus. Er wollte die Türen nicht aus den Augen lassen, in der Hoffnung, Arnim würde ihn suchen. Ihn würde er von seiner Unschuld überzeugen können. Wenn er nur eine Gelegenheit bekam, noch einmal ungestört mit ihm zu reden, würde er alle Zweifel ausräumen. Dessen war er sich sicher. Aber Arnim blieb im Haus.

Schließlich konnte Maik nicht länger warten. Er trat durch den kleinen Pfad zwischen den Büschen hindurch auf den Vorplatz, wo die Autos parkten. Martin und Ralf saßen noch immer im Garten, und Josef war gerade hinter dem Kuhstall verschwunden. Wenn er sich beeilte, konnte er drinnen mit Arnim reden, bevor die anderen zurückkamen.

Im Haus war es still. Maik ging durch den Wohnraum, um in der Küche nach Arnim zu sehen. Benutztes Geschirr stand in der Spüle und auf dem Tisch. Der Handschuh lag noch immer dort, die leeren Finger nach oben gekrümmt, als versuchten sie kraftlos irgendwo Halt zu finden. Die Tür zum Garten war geschlossen. Arnim war wohl oben in seinem Zimmer. Maik wandte sich ab, um zurück in den Flur zu gehen. Mitten im Wohnraum blieb er stehen. Er war nicht allein. Peter saß mit dem Rücken zu ihm in einem der Sessel, die Arme auf die Lehnen gestützt. Ihn hatte Maik im Hereinkommen gar nicht bemerkt.

„Suchst du Arnim?“ fragte Peter und rückte den Sessel herum. Er saß steif und aufrecht, den Hinterkopf gegen die hohen Polster gelehnt. „Der wird dir auch nicht mehr helfen können.“

„Was wollt ihr von mir?“ fragte Maik und warf einen schnellen Blick hinaus in den Flur. Es gefiel ihm nicht, mit Peter allein zu sein. An sein Geständnis über Andreas und ihn konnte sich Maik noch Wort für Wort erinnern. Irgendwie hatte es sie zu Rivalen gemacht, zu einem Zeitpunkt, als Andreas tot und alles bereits ohne Bedeutung war.

„Uns interessiert die Wahrheit, Maik. Du hast uns angelogen.“

„Ich habe nicht gelogen", rief Maik und trat einen Schritt auf Peter zu. Jetzt konnte er zu ihm herabsehen.

Peter erhob sich. „Gelogen, geschwiegen, das ist dasselbe. Aber du wirst deine Gründe gehabt haben."

„So wie du!"

„Ich habe gewußt, daß man dir nicht trauen kann", sagte Peter, dessen Hände sich zu Fäusten ballten. „Der Unterschied ist nur, daß niemand gehört hat, was ich dir auf dem Steg gesagt habe. Jeder hier weiß, wie sehr ich Andreas geliebt habe. Und der Rest ..." Er zuckte mit den Achseln, grinste. „Wer will schon beweisen, was unter vier Augen vor sich ging? Aber daß du in der Mordnacht hier warst, das ist bewiesen."

„Aber mehr ist nicht passiert, wirklich! Andreas ist allein zurück zum Hof. Kai hat ihn dort erschossen. Ich habe nichts getan!"

Peter wirkte sichtlich entschlossener, seine Stimme wurde kräftiger. Im Gegensatz zu den Tagen zuvor war das Verängstigte, Verunsicherte völlig aus ihm gewichen. Selbst sein Stottern war verschwunden. Es war, als spräche nicht Peter, sondern eine neue, unbekannte Person zu ihm.

„Bis jetzt hat die Polizei ja nicht einmal ein Motiv für Kais Tat", sagte Peter. „Geschweige denn Beweise."

„Aber es gibt ein Motiv", rief Maik aus. „Es ging um das Geld, das ich Andreas bringen sollte. Ich hatte es nicht dabei, und Andreas war furchtbar wütend deswegen. Er hatte sogar Angst. Deshalb hat Kai ihn umgebracht."

Einen Moment zögerte Peter. Seine Pupillen zuckten unruhig. Dann blickte er Maik direkt in die Augen, richtete sich auf und verschränkte demonstrativ die Arme vor der Brust.

„Warum rufst du dann nicht die Polizei an und sagst es ihnen? Schließlich ist das ein wichtiger Hinweis. Na los, hier ist das Telefon." Mit einer Kopfbewegung deutete Peter auf das schnurlose Gerät zwischen Sofa und Sessel.

Maik starrte auf das in der Ladestation aufrecht gestellte Telefon, schwarz und glänzend. Er bräuchte nur abzunehmen, ein paar Nummern einzutippen. Mehr nicht.

Als müßte er sich selbst daran hindern, steckte er die Hände in die Hosentaschen. Er wollte nicht verhört werden. Was ginge es die Polizei an, wie sehr er an Andreas gehangen hatte, wie befreit er mit ihm im Drogenrausch gewesen war, wie unbeschwert. Sie würden all das in den Schmutz zerren, seine Illusionen noch einmal zerstören. Und sie würden ihm nicht glauben. Wie sollte er von der Polizei, von Außenstehenden und völlig Fremden, Verständnis verlangen, wenn nicht einmal seine schwulen Freunde hinter ihm standen?

Peter nahm das Telefon in die Hand und hielt es ihm entgegen. Ein leiser Brummton war zu hören. Nur ein paar Nummern und er hätte Peter in diesem Spiel besiegt. Er hätte ihnen allen bewiesen, daß er nichts zu verbergen hatte, daß ihre Anschuldigungen falsch waren.

Nein, er konnte nicht anrufen. Solange Kai nicht gestand, würde die Polizei versuchen, aus ihm einen Täter zu machen, würde sie ihn wieder und wieder verhören. Auch deshalb mußte Maik den Mund halten. Aber da war der Haken. Wenn er schwieg, fehlte Kai das Motiv für die Tat. Gab Maik sein Alibi preis, indem er verriet, wo er sich tatsächlich aufgehalten hatte und warum, deckte er damit Kais Absicht auf. Kai hätte ein Motiv – und er kein Alibi mehr.

Maik mußte entscheiden, was schwerer wog. Beides zusammen war nicht zu haben. Schweiß rann ihm die Schläfen herunter.

Noch immer hielt Peter ihm das Telefon direkt vors Gesicht. Den linken Mundwinkel verzog er dabei zu einem Grinsen. Maik wich zur Seite aus.

„Was ist“, rief Peter ihm hinterher, „bekommst du kalte Füße?“

„Laß mich in Ruhe!“

Maik eilte in den Flur und von dort die Stufen hinauf. Hinter sich hörte er Peters schnelle Schritte.

„Warum hast du Angst vor der Polizei?" raunte er ihm auf der Treppe von hinten ins Ohr. „Du bist verpflichtet, alles zu sagen."

„Ich habe schon alles gesagt!" Maik blieb nicht stehen. In der Hektik rutschte er auf einer Stufe ab, mußte sich mit beiden Händen auf dem Sisalteppich abfangen.

„Andreas hat dich benutzt, Maik, hörst du? Benutzt!" Peter lehnte sich dicht zu ihm hinunter, bevor Maik sich wieder aufrichten konnte. „Und das hast du nicht ertragen. Aber die Bullen finden das früher oder später sowieso heraus. Stell dich lieber gleich, dann ersparst du dir und uns eine Menge Ärger."

„Es gibt nichts herauszufinden", schrie er Peter an. „Kai hat es getan. Kai! Und niemand sonst!"

Er wandte sich ab und rannte die restlichen Stufen nach oben. In seinem Zimmer öffnete er die Reisetasche, warf seine Kleidung hinein.

„Was hast du vor?" fragte Peter. Er blieb im Türrahmen stehen.

„Ich verschwinde. Ich lasse mich doch nicht beschuldigen. Ihr hattet alle miteinander mehr Grund als ich, Andreas zu ermorden. Andreas war mein Freund, ich war der einzige, der ihn wirklich gemocht hat, egal, wie er mich behandelt hat. Und mich", fügte Maik noch hinzu, indem er, mit der Kulturtasche in der Hand, dicht an Peter herantrat und jedes Wort betonte, „mich hat er schließlich nicht sitzenlassen!"

Peter schluckte. Einen Moment lang beobachtete Maik, wie Peters Gesicht alle Farbe verlor und er in die verschreckte, ängstliche Pose zurückfiel, die Maik von ihm kannte. Dann wandte er sich ab, um die restlichen Sachen in die Tasche zu packen.

„Das", stieß Peter wütend aus, „ist auch d-der einzige Triumph, den du h-haben wirst!"

Aber Maik achtete nicht mehr auf ihn. Er wollte nur noch fort von hier. Von dem gepriesenen Zusammenhalt war nichts mehr zu spüren. Er stand außen vor. Nun gut, wenn es das war, was sie wollten, dann würde er gehen.

Maik stopfte das letzte Hemd in die Tasche, zog den Reißverschluß zu. Hinter ihm schlug die Tür mit einem lauten Knall ins Schloß. Peter hatte wohl eingesehen, daß nichts mehr ihn aufhalten würde. Und daß Peter beleidigt war, nahm er in Kauf, daran war er schließlich selber schuld. Die Tasche geschultert, warf er einen letzten Blick durch das Fenster. Der Himmel über dem Acker hatte sich gänzlich zugezogen. Die Pappeln wippten aufgeregt im Wind, und die ersten Regentropfen schlugen gegen die Scheibe. Maik atmete tief durch. Wenn er Glück hatte, würde niemand ihn aufhalten. Für Entschuldigungen war es längst zu spät. Dann nahm er den Autoschlüssel aus der Hosentasche und ging zur Tür. Sie war abgeschlossen.

Mit der Zeit wurden die Rufe und Schläge gegen die Tür immer schwächer. Schließlich verstummten sie ganz. Josef hob den Kopf und lauschte.

„Er hat aufgegeben", sagte er.

„Was machen wir jetzt mit ihm?" fragte Ralf.

„Ist das denn wirklich nötig gewesen, ihn einzusperren?" fragte Arnim.

Josef griff nach dem Gin, den er mit dem Whiskey, dem Campari und dem Uzo von der Anrichte geholt hatte, und goß sich erneut ein. Nachdem Peter sie zusammengetrommelt hatte, brauchte er etwas Ordentliches zu trinken und das in Reichweite. Nicht nur er, auch die anderen hatten sich reichlich bedient. Jetzt gab es kein Drum-herum-reden mehr, sie mußten eine Entscheidung treffen. Josef blickte in die angespannten Gesichter, wartete ab.

Selbst Peter schenkte sich das zweite Mal ein. Er hatte wohl begriffen, daß ein bißchen Schnaps in manchen Situationen durchaus nützlich sein konnte. Die Sinne ein wenig abzustumpfen war auch dringend nötig. Alles andere würde sich finden.

„Maik wollte abhauen", sagte Peter nach einem kräftigen Schluck, „sich e-einfach aus dem Staub machen. Was hätte ich d-denn tun sollen?"

Ralf drückte die Zigarette aus, um sich sofort die nächste anzuzünden. „Das hätte ich nicht von ihm gedacht. Ich meine, bisher habe ich nicht ernsthaft geglaubt, daß er was damit zu tun hat, selbst diese Übernachtung beweist schließlich gar nichts. Aber wenn es sein Handschuh war, und er fliehen wollte, dann ..." Er brach ab, senkte den Blick in sein Glas.

„Er hat kein Alibi und dazu ein offensichtliches Motiv", fügte Martin hinzu.

„Ein Motiv haben wir doch irgendwie alle", fiel Arnim ein, „und was unsere Alibis angeht – niemand von uns kann wirklich beweisen, tatsächlich geschlafen zu haben."

„Auf wessen Seite stehst du eigentlich?" fragte Josef, beinahe erbost darüber, daß Arnim ihnen in den Rücken fiel.

„Ich versuche nur, sachlich zu bleiben", antwortete Arnim, aber seine Stimme klang ohne Überzeugung. Er zupfte an seinem Hosenträger herum.

„Entscheide dich, wem du vertraust", sagte Josef. „Wir müssen jetzt zusammenhalten."

In Arnims Blick lag offene Feindseligkeit. Dabei hatte Josef doch nur die Worte gewählt, die Arnim selbst immer benutze, dieses Gerede von Gemeinschaft und Stärke zeigen. Und auf einmal paßte ihm das nicht mehr.

„Josef hat recht", sagte Ralf, „wir müssen uns einig sein darüber, was wir tun."

„Benachrichtigen wir die Polizei", schlug Martin vor. „Sollen die entscheiden, ob sie Maik noch mal verhören wollen."

Niemand antwortete. Alles hatte plötzlich seine Eindeutigkeit verloren. Kai war nicht mehr zwangsläufig der Täter. Was in der fraglichen Nacht passiert war, blieb offen. Zu keinem Zeitpunkt hatte Kai die Tat wirklich abgestritten, aber ebensowenig hatte er sie gestanden. Daraus folgte nur eins: daß sie jetzt alle am Pranger standen. Und das war scheiße genug. Die eigenen Motive durften die Bullen nicht spitzkriegen. Genau deshalb mußten sie gemeinsam handeln, dann waren sie besser vorbereitet auf das, was folgen würde. Sie wären nicht auf sich allein gestellt, würden sie sich gegenseitig Halt und Rückendeckung geben.

„Stimmen wir ab", sagte Martin in das Schweigen. „Wer dafür ist, die Polizei zu informieren, hebt die Hand."

Zunächst reagierte niemand. Im Zimmer wurde es dunkel, und Regen prasselte in Strömen gegen das geschlossene Fenster. Josef sah kurz hinaus, durch die nasse Scheibe, die die Autos und den Stall dahinter aufzulösen schien. Neben ihm hatte Peter bereits den Arm gehoben, gefolgt von Martin. Als nächster folgte Ralf. Josef zuckte die Achseln und öffnete seine linke Handfläche als Zeichen der Zustimmung. Arnim zögerte.

„Was ist", fragte Josef, „worauf wartest du noch? Die Bullen zu benachrichtigen heißt doch nicht, Maik zu verraten. Wir wollen nur wissen, was passiert ist. Na los, mach schon."

Arnim starrte an ihm vorbei aus dem Fenster. Dann hob er die Hand.

„Das wäre also geklärt", sagte Martin.

Plötzlich zuckte ein Blitz durch das Fenster, gefolgt von einem gewaltigen Donner, der sie aufschrecken ließ. Der Regen trommelte laut auf das Dach.

„H-Habt ihr das gehört?" fragte Peter.

„Natürlich haben wir das", erwiderte Josef, „wir sind ja nicht taub."

„Nein, nicht der Donner. Ich meine oben."

Sie lauschten angestrengt. Josef hörte nichts.

„Was war denn?" wollte Arnim wissen.

„Vielleicht habe ich mich geirrt. Es klang, als g-ginge etwas zu Bruch."

Wie auf ein verabredetes Zeichen hin, standen sie gleichzeitig auf. Josef folgte den anderen langsam in den Flur. Auf der Treppe wurden sie schneller, rannten hinauf zu Maiks Zimmer. Peter drängte nach vorn, schloß auf. Innen wehte ihnen der Wind durch das offene Fenster entgegen, und Regen ergoß sich auf den Fußboden. Blätter wirbelten umher.

„Scheiße", rief Josef, „er ist fort!"

In der Dunkelheit und dem Regen war draußen kaum etwas zu erkennen. Der Kuhstall hob sich nur noch schwach von der Umgebung ab. Wieder donnerte es. Josef hielt Abstand, um vom Regen nicht durchnäßt zu werden.

„Er ist an der Abflußrinne hinuntergeklettert", sagte Martin, der sich aus dem Fenster lehnte. Mit dem Finger deutete er gegen die Hauswand. Josef versuchte, Maik auf dem Hof auszumachen.

„Weit kann er nicht sein", sagte Arnim, „kommt, suchen wir ihn!"

„Da!" rief Peter aus, als ein weiterer Blitz den Hof kurz aufhellen ließ. „Im Auto! Er haut ab!"

Durch eines der Autofenster konnte Josef jetzt schwach eine Silhouette erkennen. Gleichzeitig erklang das stotternde Röcheln eines Motors.

„Los, hinterher", schrie Arnim und rannte in den Flur. „Wir müssen ihn aufhalten!"

„Weit wird er nicht kommen", sagte Josef. Die anderen blieben an der Tür stehen, sahen ihn fragend an. Grinsend hielt er ihnen die Zündkerzen entgegen.

Noch einmal drehte er hektisch den Schlüssel im Zündschloß. Wieder geschah nichts. Verdammt! Bisher war der Wagen immer angesprungen, warum gab er ausgerechnet jetzt den Geist auf? Er mußte sich beeilen, bevor die anderen seine Flucht bemerkten. Verzweifelt wandte Maik den Kopf. Durch den strömenden Regen erkannte er die dunklen Umrisse seiner vermeintlichen Freunde am Fenster. Gleich würden sie ihm folgen, ihn erneut festhalten, die Polizei rufen, ihn ausliefern.

Ein letztes Mal versuchte Maik, den Motor zu starten, aber es hatte keinen Sinn. Er ließ den Schlüssel stekken, stieg aus. Eilig schloß er den Reißverschluß seiner Jakke, stellte den Kragen hoch. Hinter ihm heulte der Wind durch die Holzplanken des Kuhstalls. Der Sandweg, der zur Landstraße führte, war mit Pfützen durchlöchert, wand sich dicht am Haus vorbei. Die Schatten am Fenster waren bereits verschwunden. Es blieb ihm nur der kleine Pfad zu seiner Linken, der durch das Gebüsch auf die Felder führte. Er rannte los. In Sekunden hatte der Wolkenbruch ihn bis auf die Haut durchnäßt. Der aufgeweichte Boden spritzte mit jedem Schritt gegen die Hosenbeine.

Je schneller Maik rannte, desto heftiger schlug ihm der Regen ins Gesicht. Er konnte nicht mehr genau erkennen, wo er sich befand. Links und rechts hoben sich die schwarzen Schatten der Bäume von der Umgebung ab. Die tiefen Zweige der Büsche peitschten ihm gegen Arme und Beine. Sein Atem brannte in der Lunge.

Hinter sich hörte Maik plötzlich Stimmen, überdeckt von dem Wind und dem Regen. Er rannte schneller. Stolpernd gelangte er auf den Acker hinter den vom Unwetter gebeugten Pappeln. Hier war der Boden glitschig und weich. Das Laufen fiel schwer. Keuchend hielt er einen Moment lang inne, blickte zurück in die Dunkelheit. Lediglich vom Haus her drang ein schwaches Licht. Seine Verfolger konnte er nirgends ausmachen. Wohin Maik auch sah, brach die Sicht nach wenigen Metern ab, verschluckte sie die Dunkelheit mit den silbrigen Fäden des Regens.

Aus der Richtung der Ställe durchschnitt ein Lichtstrahl die Nacht, der aufgeschreckt hin und her tastete. Jetzt blieb ihm nur die Flucht nach vorn. Maik starrte in die Nacht vor ihm, in dieses Nichts aus Schwarz. Dann schlug er entschlossen die Richtung ein, in der er den Kirchturm vermutete. Wenn er sich nicht verlief, könnte er es schaffen und das Dorf vor ihnen erreichen. Dort konnte er sich verstekken, ein Taxi finden, das ihn in Sicherheit brachte, weit weg von dem Hof, den Anschuldigungen, von den Freunden, die sich gegen ihn gewandt hatten.

Doch er kam nur langsam voran. Zu oft stolperte er über den unebenen, aufgeweichten Boden, und seine durchnäßten Schuhe stapften unsicher durch den Schlamm, zerstörten endgültig die Markierungen der Polizei, die den Tatort abgegrenzt hatten. Morgen würde sich der genaue Ort, an dem Andreas gestorben war, nicht mehr ausmachen lassen.

Die Stimmen drangen immer näher an sein Ohr, und eine Sekunde lang traf ihn der Strahl der Taschenlampe. Reflexartig wich er zur Seite aus. Bis zum Dorf waren es mehrere Kilometer. Die Hoffnung, es vor den anderen zu erreichen, schwand. Und selbst wenn? Wohin sollte er dann gehen, wie lange würde er sich verstecken können? Maik begann zu zittern, und wieder hielt er an, entkräftet und außer Atem. Geisterhaft und körperlos hörte er Schritte aus dem Dunkel heraus. Der Lichtstrahl zuckte neben ihm ins Nichts. Er warf sich bäuchlings in den Schlamm. Der Schein der Taschenlampe glitt über ihn hinweg. Panisch robbte Maik auf einen der Büsche zu, kroch, so weit es ging, unter die tiefhängenden Zweige. Sein Gesicht vergrub er in den Händen. Der Geruch von warmer, lehmiger Erde drang ihm in die Nase. Er blieb regungslos.

Die anderen waren jetzt dicht bei ihm.

„Wo ist er hin?“ hörte er Josef rufen.

„Weit kann er nicht sein“, schrie Arnim über den peitschenden Regen hinweg.

Maik sah nicht auf, ließ den Kopf auf den Boden gedrückt. Er konnte die Erschütterung des Bodens spüren, als sie dicht neben ihm durch den Ackerboden stapften.

„Es hat keinen Sinn", sagte Ralf, „wir sollten umkehren."

„Wir kriegen ihn! Er muß dort entlang sein", rief Martin.

„D-Dieser Scheißkerl", hörte er Peter sagen, dann waren die Stimmen nicht mehr unterscheidbar und verebbten in der Distanz.

Vorsichtig hob Maik das Gesicht aus dem Schlamm. Der blasse Schein der Taschenlampe wanderte in sicherem Abstand durch die Nacht. Mühsam stand er auf, von oben bis unten verdreckt. Die nasse Erde klebte ihm im Gesicht, und die Feuchtigkeit drang durch die Jeans und sein T-Shirt bis auf die Haut. Ein Blitz tauchte die Felder für einen kurzen Moment in ein unwirkliches Licht. Er konnte die anderen ausmachen, sah ihre schwarzen Silhouetten gegen den aufgewühlten Himmel. Dann fiel alles zurück in die Dunkelheit.

Sein ursprünglicher Weg in Richtung Dorf war abgeschnitten. Er mußte zurück. Vielleicht hatte er Glück, und es dauerte einige Zeit, ehe sie bemerkten, daß sie ihn überholt hatten. Durch die Sträucher schlug er sich bis zum Kuhstall durch, dann dicht an dessen Außenwand entlang zum Schweinestall. Er blickte sich um, horchte. Der Sturm fegte gewaltsam durch die Bäume. Stimmen hörte er keine. Auch der Schein der Taschenlampe war nirgends zu sehen. Überall nur tiefschwarze Nacht, Umrisse einer aufgebrachten Natur. Erschöpft betrat er durch die Hintertür den Schweinestall, lehnte sich von innen dagegen, um kurz zu verschnaufen. Hier war es ebenso finster wie draußen, aber zumindest schützte das Dach vor dem prasselnden Regen. Langsam zeichneten sich Konturen ab: die Mauern der Schweineboxen, das alte Werkzeug, Steine und altes Stroh. Den größten der Steine rollte Maik vor die Tür, dann rannte er zum gegenüberliegenden Ende des Stalls und verschloß auch diesen Ausgang mit einem Stein. Zumindest für kurze Zeit war er in Sicherheit.

Maik ließ sich auf eine der niedrigen Mauern fallen und begann zu heulen. Ihm war kalt. An seinem ganzen Körper klebte Schlamm. Mit den Händen wischte er sich notdürftig das Gesicht ab, versuchte, den Dreck von seinem Körper zu klopfen. Die nasse Kleidung klebte schwer und klamm auf der Haut. Die kleine verschorfte Wunde auf seiner Stirn, die Arnim ihm zugefügt hatte, pochte.

Nachdem er in seinem Zimmer lange verzweifelt gegen die Tür gehämmert und gerufen hatte, war ihm klargeworden, daß niemand ihn befreien würde. Durch den Fußboden waren leise Stimmen zu ihm gedrungen, aber was dort besprochen wurde, konnte er nur ahnen. Sie würden ihn der Polizei ausliefern, ihn verraten. Ihr Verhalten war so plötzlich umgeschlagen, hatte sich unerklärlich gegen ihn gewandt, daß er nicht mehr gewußt hatte, wie er sie überzeugen sollte. Und nachdem Peter ihn eingeschlossen hatte, war sowieso jede Gelegenheit für Erklärungen vorbei gewesen.

Zunächst hatte Maik noch geglaubt, daß es lediglich Peter war, der ihm mißtraute, der eine merkwürdige Rache üben wollte aus einer Eifersucht heraus, die keinen Grund mehr hatte, und daß Martin oder Arnim ihn befreien würden. Aber niemand war gekommen. Schließlich hatte Maik das Fenster geöffnet. Für einen Sprung war es zu gefährlich gewesen. Er war auf das Fensterbrett gestiegen und hatte nach der Regenrinne gegriffen. Eine andere Chance hatte er nicht. Mit einer Hand noch am Fenstersims hatte er in der Luft gehangen, den linken Fuß auf einer Verankerung der Rinne. Dann hatte er losgelassen. Im Dunkeln war es unmöglich gewesen zu erkennen, wo genau er Halt gefunden hatte, aber irgendwie war es ihm gelungen. Drei Meter über dem Boden war er abgerutscht. Dieses Geräusch mußte ihn verraten haben. Mit einem dumpfen Aufprall war er im Blumenbeet gelandet, direkt neben dem Wohnzimmerfenster.

Weit gekommen war er nicht. Doch er durfte jetzt nicht aufgeben. Noch hatte er einen Vorsprung, eine winzige Chance. Wenn er sich beeilte, konnte er Martins oder Arnims Autoschlüssel holen und mit ihrem Wagen in Sicherheit fahren. Morgen früh würde er dann selbst zur Polizei gehen. Ein Geständnis war allemal besser als der Verrat seiner Freunde. Er würde ihnen zuvorkommen, alles sagen, was er wußte über Peter und Josef und selbst über Martin. Mit seiner Loyalität brauchten sie nicht mehr zu rechnen.

Draußen war nur das Trommeln des Regens zu hören. Viel Zeit hatte er nicht. Er mußte los. Zitternd vor Kälte stand er auf und ging zur Vordertür. Er konnte es schaffen, noch war nicht alles verloren. Dann hörte er den Schlag gegen die Tür hinter sich.

„Er ist da drin", schrie eine Stimme, und jemand warf sich gegen das Holz. Der Stein wich um einige Zentimeter.

Maik wollte gerade den Stein von seinem Fluchtweg räumen, als sich auch hier jemand von außen dagegen warf.

Die Steine waren nicht schwer genug, den Stößen lange Widerstand zu leisten. Beinahe gleichzeitig schlugen beide Türen auf. Starker Wind blies durch die Öffnungen in den Stall, zusammen mit dem Regen, der nicht nachlassen wollte. Josef blendete Maik mit der Taschenlampe, so daß er die Hand zum Schutz vor die Augen hielt. Hinter Josef erkannte er Arnim. Von der anderen Seite traten Martin, Peter und Ralf auf ihn zu.

Maik wich in die Mitte des Stalls zurück. Er versuchte, etwas zu sagen, aber die Stimme gehorchte ihm nicht. Seine Blicke hasteten hin und her. Die Arme hielt er ausgestreckt vor seinen Körper, um die Bedrohung damit irgendwie aufzuhalten. In seiner Angst hüpfte er in kurzen Sprüngen vor und zurück, als vollführte er einen Beschwörungstanz. Dabei trat sein rechter Fuß auf einen harten Gegenstand. Was immer es war, er würde sich damit verteidigen. Ohne den Blick zu senken, bückte sich Maik, bekam eine verrostete Brechstange zu fassen. Mit beiden Händen hielt er sie fest umgriffen. Das Eisen war kalt. Er spürte die Rillen und den Rost in seinem harten Griff.

„Laß sie fallen", rief Martin, „es hat doch keinen Sinn!"

Seine Freunde kamen dichter auf ihn zu. Die Fluchtwege waren ihm versperrt.

„Was soll das?“ sagte er. „Ich habe nichts getan!“

„Du machst alles nur noch schlimmer“, sagte Peter leise, aber seine Stimme blieb hart. „Wir wollen dir helfen. Weglaufen nützt nichts.“

„Arnim“, rief Maik und versuchte ihm ins Gesicht zu sehen. Aber es war zu dunkel, um irgend etwas darin zu erkennen. Verzweifelt hob Maik die Brechstange in die Höhe. „Verschwindet! Ich habe nichts getan. Laßt mich in Ruhe.“

„Du hast ihn umgebracht“, schrie Peter.

„Das ist nicht wahr! Kai war es! Wir müssen zusammenhalten. Das hatten wir abgemacht. Ich bin unschuldig.“

„Wir glauben dir nicht mehr“, erwiderte Josef und trat einen Schritt vor.

Der grelle Strahl der Taschenlampe traf Maik direkt ins Gesicht. Das Licht blendete ihn. Er mußte die Augen zusammenkneifen. Mit der Brechstange in der linken Hand stocherte er panisch ins Leere, um die Bedrohung abzuwehren. Ein metallenes Klicken durchbrach die Stille. Maik wich dem Lichtstrahl aus, sah an Josef vorbei. Arnim stand breitbeinig, sein Schnappmesser gezückt. Die stählerne Klinge glänzte senkrecht in seiner Faust. Durch ein leises Geräusch alarmiert, fuhr Maik herum. Martin hob einen der herumliegenden Steine auf.

Verzweifelt drehte Maik sich im Kreis. Diesmal würde niemand ihn retten. Er konnte nicht mehr erklären, daß es sich um ein Mißverständnis handelte, daß sie einen Fehler begingen. Immer näher kamen sie, umzingelten ihn. Ihre Gesichter glichen einander, verschwammen in der Dunkelheit zu einem einzigen Ausdruck der Entschlossenheit, der Wut und des Hasses.

Wie ein Schwert schwenkte Maik seine rostige Waffe, ließ sie in der linken Hand um sich kreisen, als schaffte er sich dadurch einen magischen Zirkel, innerhalb dessen er in Sicherheit war. Er spürte den Schweiß, der ihm von den Schläfen über das Gesicht rann. Seine Hände taten ihm weh. In seiner Ausweglosigkeit stieß Maik mit der Brechstange gegen eine der Gestalten, die zurückwich. Das war seine Chance. Ein letztes Mal versuchte er, in ihren Augen etwas zu finden, das ihn aufhalten würde, etwas, das ihm sagte, das alles sei nur ein Spiel. Aber er erkannte nichts. Dann ließ er die Brechstange fallen und stürzte durch die Lücke in der Umzingelung zur Tür.

Silberner Regen fiel schräg in den Stall. Die hölzerne Tür schlug laut und monoton gegen die Innenseite der Wand. Niemand hatte ihn aufgehalten, er hörte nur das Scharren von Füßen hinter sich. Der Boden war uneben und naß. Wasser spritzte aus den Pfützen. Der Wind blies ihm ins Gesicht. Nur noch wenige Meter, und er war draußen. Er stolperte. Wohin er fiel, konnte er nicht erkennen. Zu spät erhellte ein weiterer Blitz noch einmal die Nacht, erfaßte eine letzte Momentaufnahme. Der folgende Donner übertönte die Schreie, und alles geriet aus den Fugen.

Kapitel 5

In der einen Ecke des Wohnraumes standen die Reisetaschen gepackt. Sie saßen um den Tisch herum, übermüdet von einer schlaflosen Nacht. Wie betäubt waren sie gestern auf ihre Zimmer gegangen, hatten sich hingelegt und vergeblich gehofft, für ein paar Stunden alles zu vergessen. Morgens hatten sie sich ebenso stumm versammelt, und Martin hatte die Polizei verständigt. Sie warteten. Das Wochenende war endgültig vorüber. Sobald sie konnten, würden sie zurück in die Stadt fahren, jeder für sich. Selbst Martin und Peter hatten beschlossen, mitzufahren. Allein auf dem Hof zu bleiben, hätten sie nicht ertragen. Arnim hatte angeboten, sie ein paar Tage bei sich aufzunehmen.

Bald darauf hörte Arnim die Wagen kommen und sah aus dem Fenster. Die Bullen hatten Mühe, durch den aufgeweichten Boden zu manövrieren. Riesige Pfützen durchlöcherten den Platz vor dem Kuhstall. Äste waren von den Bäumen geknickt, lagen verstreut umher, und selbst einige Ziegel hatte der Sturm vom Dach gerissen. Von den Wolken der Nacht hingen nur noch wenige am Himmel, zwischen denen die Sonne wieder schien.

Arnim blieb sitzen. Auch die anderen rührten sich nicht. Einer der Bullen schimpfte draußen über die Pfützen, dann hörte Arnim das Abtreten der Schuhe auf dem Stück Teppich an der Haustür. Dieselben vier Beamten, die bereits vor wenigen Tagen den Mord an Andreas untersucht hatten, betraten den Wohnraum. Martin begrüßte sie, ohne aufzustehen, und berichtete ihnen die Geschehnisse der vergangenen Stunden.

„Wir haben noch versucht, ihn aufzuhalten", sagte Martin.

„Aber er wollte nicht hören", erklärte Josef.

„Wir wollten doch nur wissen, warum er uns nichts von der Übernachtung im Dorf erzählt hat", fuhr Martin fort, die Hände vor sich auf dem Tisch. Arnim bemerkte, wie verkrampft er die Finger ineinander verschränkt hielt, als müßte er sie ruhig halten. „Aber er ist uns ausgewichen. Er benahm sich eigenartig, so, als würde er etwas verheimlichen."

„Er und Andreas hatten Streit in jener Nacht. Es ging um Geld aus irgendwelchen Drogengeschäften." Ralf sah dem Kommissar ihm gegenüber direkt in die Augen. Dieser nickte. Er wußte wohl bereits, was Andreas verbrochen hatte.

„Dieser – Maik? Er war also zur Tatzeit hier auf dem Hof?" fragte der Kommissar.

„Ja", sagte Peter, „und als wir v-vorschlugen, die Polizei zu benachrichtigen, wollte er fliehen. Wir sind ihm gefolgt, wollten ihn zur Rede stellen. Aber er w-war nicht mehr er selbst, w-wie ein w-wildes Tier war er, und er hat uns sogar bedroht. So war es doch, nicht wahr?"

Sie sahen sich an. Arnim atmete tief durch. Einstimmig nickten sie.

Die Bullen antworteten nicht, so daß Arnim beschloß, die Situation genauer zu schildern. Dabei lehnte er sich zurück, verschränkte die Arme über der Brust. Nichts von dem, was gestern geschehen war, durfte zu dicht an ihn heran.

„Maik war außer sich", sagte er. „Im Stall hat er eine Eisenstange gepackt und ist damit auf Ralf losgegangen. Er hat sie in der Hand gehalten, hat geschrien und wild um sich geschlagen."

„Dann", sagte Martin, „ist er gestürzt und muß mit dem Kopf gegen einen der Metallhaken gefallen sein, die in den Mauern eingelassen sind."

Das war alles. Maik war sofort tot gewesen. Nach dem Schlag auf den Hinterkopf hatte Martin den Stein fallen lassen, Arnim hatte die Klinge seines Messers zurück in den Griff schnappen lassen und es in die Hosentasche gesteckt. Josef hatte die zur Waffe erhobene Taschenlampe sinken lassen und Peter die Brechstange, die er bei Maiks Flucht aufgehoben hatte, von sich geworfen. Sie hatten um den leblosen Körper gestanden, nicht gewagt aufzusehen. Das Loch in Maiks Kopf leuchtete selbst in der Dunkelheit. Ein Blitz hatte Maik für Sekunden im Sturz grell erleuchtet. Blut war da noch nicht geflossen. Das bemerkte Arnim einen Augenblick später. In diesem Moment wußte er wirklich nicht, woher es stammte. Die Wut hatte sie eins werden lassen, und ihre erhobenen Arme hatten für sich gesprochen. Bereit zum Schlagen waren sie alle gewesen. Wer letztendlich für das Loch in Maiks Kopf verantwortlich war, wurde dadurch nebensächlich. Denn verhindert hatte es keiner von ihnen.

Lange hatten sie auf die klaffende Wunde gestarrt, auf das Blut, das über Maiks Schädel floß und von dort auf den Steinboden. Sein Gesicht lag nach unten gewandt, die Gliedmaßen seltsam verdreht. Das Trommeln des Regens auf dem Dach war verebbt. Schweigend hatten sie gewußt, was zu tun war. Sie hatten Maik gegen die Mauer gezogen, ihn hochgestemmt und die Wunde gegen einen der Haken fallen lassen. Ralf hatte die Brechstange sorgfältig mit dem Taschentuch abgewischt, Maiks Finger darum gepreßt, ehe er sie neben dem Toten fallen ließ.

Im Zimmer war es still. Die Polizisten warteten auf weitere Erklärungen, die ausblieben. Zu sagen gab es nichts mehr.

„Und Sie waren alle dabei?“ fragte einer der Beamten schließlich. Seine Stimme klang skeptisch. „Ich meine, Sie können das alle bezeugen?“

„Ja“, antwortete Ralf, „das können wir alle bezeugen.“

Arnim sah ihn an. Auch Ralf sprach ruhig, gleichförmig. Vielleicht zu gelassen für das, was vorgefallen war, aber widersprochen hatten sie sich bisher nicht. Auch ohne ihre Version besprochen zu haben, waren sie sich einig darüber, was geschehen war. Es gab nur den Zusammenhalt, das Beharren auf das, was sich zugetragen hatte – wie es sich zugetragen haben könnte. Alles andere durften sie nicht mehr zulassen.

„Wir wollten ihn überzeugen, mit uns zur Polizei zu gehen", versuchte Arnim einen Abschluß, „aber er hat sich gesträubt. Er hatte Angst. Als er dann die Eisenstange aufgehoben hat, sie gegen uns gerichtet hat, da ...", kurz hielt er inne, „... da ist er gestolpert."

Arnim sah ihn noch vor sich. Den verdreckten, zitternden Körper, den wilden Blick aus dem Weiß seiner aufgerissenen Augen, das sich stechend von der dunklen Haut abhob. Er hatte Maik nicht wiedererkannt, und für einen Moment hatte er sich vor dieser Gestalt gefürchtet. Das war nicht mehr der, dem er vertrauen, den er lieben wollte. Alles an ihm war anders gewesen. Doch womöglich lag diese Andersartigkeit lediglich an dem, was Maik in ihnen gesehen hatte, war der verschreckte, wirre Blick nur die Reaktion auf den eigenen Irrsinn, das dunkel verzerrte Abbild ihrer selbst.

Der bedrohliche Anblick aber, den Maik im Stall geboten hatte, ließ keinen Zweifel an seiner Schuld aufkommen. Er nahm Arnim das bleierne Gefühl in der Magengegend. Hätte Maik sich ergeben, hätte er geweint, gefleht, dann wären seine Zweifel vielleicht stärker gewesen als sein Argwohn, dann hätte er Mitleid gehabt, Maik vielleicht erneut vertraut. Aber Maik hatte ihn bedroht, ihn angegriffen, und er hatte sich verteidigen müssen.

Maik mit der Brechstange in der Hand. Maik. Die Brechstange. In der linken Hand. Ein Bild wie im Spiegel, so kam es ihm vor, etwas verzerrt, verkehrt herum, denn da war noch ein anderes Bild, das sich über das erste legte. Wieder eine erhobene Hand, diesmal Maiks rechte Hand in der Küche, als sie ihn zwangen, den Handschuh anzuziehen. Den Handschuh, den er so entsetzt betrachtete, und seine stockende Erklärung, die im Keim erstickt wurde. Maik hatte versucht, ihnen zu erklären, wie falsch ihre Anschuldigung war. Doch sie hatten ihn nicht reden lassen. Sie hatten es nicht hören wollen. Verblendet hatten sie nur geglaubt, was sie glauben wollten.

Arnim schloß die Augen. Jetzt gab es kein Zurück. Denn was immer ihn irritiert hatte, sie mußten bei ihrer Geschichte bleiben. Selbst wenn sie einen Fehler begingen, wenn es einen anderen Täter als Kai nie gegeben hatte und wenn Kai aufgrund ihrer Tat freikäme – von nun an hatten sie den Verlauf des Mordes festgeschrieben, ihren zum Mörder gestempelten Sündenbock bereits gerichtet. Sie hatten sich für eine Version entschieden. Solange sie zusammenhielten, war dies die richtige. Die einzige. Ihre Version, mit der sie sich falschen Herzens täuschen mußten. Sie hatten keine andere Wahl.

Als Arnim die Augen öffnete, hatte Peter zu weinen angefangen, und Josef goß sich einen Whiskey nach. Ralf schien gelassen, ohne eine Regung auf seinem Gesicht. Martin saß aufrecht, die Hände noch immer gefaltet. Arnim blickte sie der Reihe nach an. Jeder einzelne erwiderte kurz seinen Blick als stumme Geste der Zustimmung. Gemeinsam würden sie die Sache durchstehen, egal wie viele Abgründe sich in den letzten Tagen zwischen ihnen auch aufgetan hatten. Sie waren nichts im Vergleich zu dem, was sie nun verband.